In strahlendweißer Uniform steht der General vor seinem
Volk, das nunmehr dem größten Triumph seines geliebten
Landesvaters beiwohnen soll: der Vorführung eines Geräts,
das sich an die Gedanken aller Landesbewohner bis hin zum
letzten Lamahirten anschließen läßt. Mit den Folgen hat der
General allerdings nicht gerechnet …
Auch die stolzen Besitzer einer Katze und eines Aquariums
ahnen nicht, was auf sie zukommt, als sie dem Ingenieur
Macek gestatten, das Seelenleben ihrer Tiere auf einem Bildschirm sichtbar zu machen.
Nicht die technischen Ideen und phantastischen Einfälle an
sich sind es, die Ondřej Neff interessieren, sondern die mit
ihrer Hilfe durchschaubar gemachten kleinen und großen
menschlichen Schwächen, die der Autor in seiner witzig iro-
nischen Art der Lächerlichkeit preisgibt.

Ondřej Neff

EI VERKEHRT

Phantastische Erzählungen

Verlag Neues Leben Berlin

Titel des tschechischen Originals: Vejce naruby
Ins Deutsche übertragen von Susanne Stengel und Barbara
Zulkarnain

Illustrationen von Hans Ticha

ISBN 3-355-00955-5

© Ondřej Neff, 1985
Für die deutsche Übersetzung und die Illustrationen:
© Verlag Neues Leben, Berlin 1989
Lizenz Nr. 303 (305/151/89)
LSV 7713
Umschlag: Hans Ticha
Typografie: Ingrid Engmann
Schrift: 9 p Timeless
Gesamtherstellung: GG Völkerfreundschaft Dresden
Bestell-Nr. 644 736 9
00180

Die drei Versuche
Doktor Víteks

Die erste Versuchsperson engagierte Doktor Vítek für eine Flasche Rum in der Imbißstube „Am Bahnhof", früher „Zum Marienbild", in der zwei Arten Menschen verkehren, solche, die es eilig haben, und solche, die genug Zeit haben, bei den Tischen zu stehen und lauernd den Augenblick abzuwarten, da die Eiligen ein nicht ausgetrunkenes Bier oder eine halbe Semmel hinterlassen. Die Versuchsperson war ein gewisser Herr Švirhan, ein apathischer Alter, auffällig durch seinen dichten Haarschopf, der im Idealzustand weiß war. Der Gelehrte hatte ihn auserkoren, weil er friedfertig aussah. Der Doktor sprach ihn folgendermaßen an:
„Ich heiße Doktor Vítek, und ich bin aus dem Institut für experimentelle Genetik. Möchten Sie, daß ich Ihnen Ihre Jugend zurückgebe?"
„Was kriege ich dafür?" antwortete der Alte. So wurde der Kontakt angeknüpft, und nichts stand dem Beginn des historischen Experiments im Wege.
Doktor Vítek und sein Team legten den sauber gewaschenen Herrn Švirhan in das Aufnahmeaggregat. Man muß hinzufügen, daß die Versuchsperson schon ziemlich betrunken war, denn sie hatte sich bereits einen beträchtlichen Vorschuß genehmigt, so daß in der Flasche nicht mehr viel Rum übrig war. Die Positronenleseeinrichtung zeichnete auf vier Magnetdisks die Geheimnisse von Švirhans Persönlichkeit auf. Es dauerte eine Stunde, bis das Gerät Herrn Švirhan wie ein Buch mit Billionen Seiten gelesen hatte. Die Informationen liefen nun durch einen Reinigungsfilter, der sie von allen Ablagerungen des fortgeschrittenen Alters befreite. Getilgt wurden die Folgen von Krankheiten, Alkoholismus, Rauchen, von Kummer und Enttäuschung blieb keine Spur, die Erinnerungen an die letzten fünfzig Jahre wurden getilgt.

Herrn Švirhans Doppelgänger würde den Filter so verlassen, wie der Alte vor einem halben Jahrhundert gewesen war, jung, gesund, energisch, lebenslustig.

Und wirklich fand man ihn so vor, als man den Deckel des Entwicklers öffnete.

„Grüß Gott, wo bin ich denn hier?" sagte der junge Švirhan.

„Im Krankenhaus", antwortete Doktor Vítek. „Sie brauchen sich keine Sorgen zu machen, Sie sind kerngesund."

„Na ja, was mach ich denn dann im Spital, verraten Sie mir das mal. Und das kann ich Ihnen flüstern: Ich besitz keinen roten Heller."

Der alte Švirhan schnarchte indessen zufrieden auf dem Arbeitstisch des Aufnahmeaggregats. Die Assistenten standen im Halbkreis um ihren Chef herum und sahen ehrfürchtig zu. Doktor Vítek sagte feierlich zum jungen:

„Sie brauchen kein Geld. Wir wollen nichts von Ihnen, wir geben Ihnen sogar Geld, wenn es notwendig sein sollte."

„Das wird notwendig sein", rief der junge Mann. „Warum bin ich nackt? Und naß?"

Doktor Vítek gab einer jungen Assistentin einen Wink, und sie hüllte Švirhan in einen weißen Kittel. Er wurde feuerrot.

„Vor allem bewahren Sie Ruhe, Herr Švirhan."

„Sie kennen mich?"

Er sprach durch die Nase und zog die Vokale in die Länge. Doktor Vítek lächelte unwillkürlich, denn es erinnerte ihn an seine Kindheit. Ja, damals redete man so.

„Gewiß. Sie sind Herr Leopold Švirhan, nicht wahr?"

So lautete der vollständige Name des Alten, eines notorischen Alkoholikers, dessen Rente für drei Tage Saufen reichte. Während des restlichen Monats ernährte er sich, indem er die Automatenrestaurants abklapperte.

„Švirhan, Leopold, Jahrgang zehn, zur Zeit arbeitslos."

„Verstehe", sagte Doktor Vítek. Seine Hände zitterten. Er hatte nicht erwartet, daß der Versuch … so vollständig gelingen würde. Er schluckte und fuhr fort: „Sie sind vom Militär zurückgekommen und können jetzt keine Stelle finden, nicht wahr?"

„Wenn bloß schon Winter wäre. Da werden die Fußwege gefegt. Jetzt ist Sauregurkenzeit, aber irgendwie muß man sich durchschlagen, nicht? Verdammtes Leben. Daß sich Papa Masaryk das mit ansehen kann."

„Welches Jahr schreiben wir, junger Mann?"

„Soll das ein Witz sein? Na ja, Sie sind ein Doktor und untersuchen mich, ob ich bekloppt bin, was? Na gut. Also wir haben neunzehnhunderteinunddreißig, achtzehnter April. Warum interessiert es Sie, ob ich bekloppt bin? Wollen Sie mir Arbeit geben?"

„Vielleicht findet sich was."

„Na das ist klar", sagte der junge Švirhan kühl, „daß ihr Studierten nie die Courage habt, einem armen Schlucker zu sagen, scher dich zum Teufel. Da flattern Ihnen die Hosen. Wenn wir gerade bei den Hosen sind, wie wär's, wenn Sie mir meine Klamotten zurückgeben würden?"

Doktor Vítek wandte sich verlegen an den ersten Assistenten. „Diesen Aspekt haben wir nicht beachtet. Was geben wir ihm anzuziehen?"

„Moment mal!", rief der junge Mann. „Ich hatte ganz anständige Klamotten. Heute morgen noch hat meine Mutter gesagt, daß ich flott aussehe. Sie meinte, wenn ich Arbeit finden will, darf ich nicht wie ein Strolch rumlaufen. Also raus mit den Klamotten."

„Ich hab einen Trainingsanzug bei mir, ich will heute abend zum Basketball gehen", meldete sich ein Assistent.

„Ausgezeichnet! Her damit!"

„Schauen Sie, ich nehm doch nicht irgendwelche Klamotten", sprach der junge Mann streng. „Wie ich gesagt hab, meine waren anständig, von meinem Alten." Er zog ein finsteres Gesicht.

„Ich bezahl sie Ihnen", versprach Doktor Vítek. „Wieviel wollen Sie?"

„Geben Sie einen Hunderter?" Švirhan sah ihn von unten her an. Der Wissenschaftler merkte nicht, daß dies ein Intelligenztest war und daß diesmal Švirhan ihn prüfte.

„Natürlich!" Doktor Vítek freute sich, daß er so billig wegkommen sollte, und griff nach dem Portemonnaie.

Der junge Švirhan lachte amüsiert, was soviel bedeuten sollte wie: Der ist völlig blöd. Bezahlt einen Hunderter für alte Klamotten! Vítek zog einen Geldschein aus dem Portemonnaie und gab ihn Švirhan. Der musterte ihn mißtrauisch.

„Tsche-cho-slo-wa-kische So-zia-li-stische Re-pu-blik. Hammer und Sichel. Verdammt, was soll das bedeuten? Das ist doch ein kommunistisches Flugblatt! Rücken Sie das Geld raus, oder ich hau Ihnen hier alles kurz und klein. Scherereien mit der Polente will ich nicht. Von wegen Hammer und Sichel. Ich laß mich in nichts reinziehen. Diese Flugblätter können Sie auf einer Versammlung verteilen, mich werden Sie nicht verkohlen!"

Er warf die Banknote auf den Fußboden.

Wer weiß, wie das ausgegangen wäre, wenn die Assistentin nicht mit einer Vorkriegsfünfkronenmünze gekommen wäre. Sie hatte sie in ihrem Schubfach als Andenken an den Onkel, als Talisman aufbewahrt. Doktor Vítek atmete auf. Er gab dem erbosten Mann die Münze und sagte lächelnd:

„Da, nehmen Sie, und seien Sie mir nicht böse."

Der junge Mann wurde freundlicher.

„Das ist was anderes, Euer Ehren. Bitte vielmals um Verzeihung, gnädiger Herr, daß ich was gesagt hab, aber Sie verstehen, als Arbeitsloser will ich mir nichts vermasseln. Bin schon schlimm genug dran, für mich setzt sich keine Gewerkschaft ein."

Unterdessen hatte man den Trainingsanzug gebracht.

„Seltsame Klamotten, aber auch gut, Hauptsache, sie haben keine Löcher. Ich wußte, das mit dem Hunderter war nur ein Witz, nichts für ungut. Der Fünfer reißt mich raus, Jesses, ich hab doch schon drei Tage lang nichts gegessen. Also brauchen Sie mich jetzt nicht mehr, was? Dann geh ich mal. Ich kauf mir eine Wurst und eine Semmel und hab bis morgen ausgesorgt, vielleicht klappt irgendwo was …"

Er wandte sich dem Ausgang zu.

„Warten Sie, ich muß Ihnen erklären …"

Der junge Švirhan befürchtete, der Doktor wolle ihn in irgendwelche politischen Ränke hineinziehen. Die gebildeten Leute machen Politik, und der arme Schlucker muß es ausbaden. So ist das immer. Oft genug hatte Mama an Vaters unseliges Beispiel erinnert. Der Ärmste, er hatte sich auf Politik eingelassen, im Knast holte er sich die Schwindsucht und guckte bald darauf die Radieschen von unten an.

8

Švirhan schob sich zur Tür. Dabei bemerkte er die reglose Gestalt auf dem Arbeitstisch des Aufnahmeaggregats.

„Sieh mal einer an", meinte er überrascht, „der sieht aus wie mein seliger Großvater. Bloß mehr heruntergekommen. Der hier wird wohl ein Suffkopp sein, wie ich das so sehe."

„Er trinkt viel", gab Doktor Vítek zu und zerbrach sich den Kopf darüber, wie er dem jungen Mann erklären sollte, daß man das Jahr 1987 schrieb und daß er der verjüngte Doppelgänger des verwahrlosten Alten war. Der alte Švirhan öffnete die Augen und bemerkte sofort den jungen Mann.

„Du siehst aus wie ich in meiner Jugend", nuschelte er, aber dann interessierte ihn gleich etwas anderes. „Ist nicht noch ein bißchen Rum übrig, Herr Doktor?"

„Also ich geh dann mal", sagte der junge Švirhan.

„Warten Sie!" Doktor Vítek versuchte ihn aufzuhalten, aber der Alte machte ihm zu schaffen. Er richtete sich auf dem Arbeitstisch auf und wäre wohl heruntergefallen, wenn Vítek und der erste Assistent ihn nicht festgehalten hätten. Als sie sich umwandten, war der junge Švirhan auf und davon.

„Ihm nach!" rief einer der Assistenten. Doktor Vítek schüttelte jedoch den Kopf.

„Nicht nötig. Können Sie sich vorstellen, was für ein Schock ihn dort draußen erwartet? Er erlebt, wie die Welt sechsundfünfzig Jahre später aussieht. Bestimmt ist er gleich wieder hier, verwirrt und verstört."

Der alte Švirhan hörte das und sagte: „Ach wo, der läßt sich nicht so leicht verstören."

„Was wissen Sie denn schon?"

„Ich weiß, daß ich Rum will."

Den jungen Švirhan sahen sie nie wieder. So erfuhren sie auch nicht, wie er sich mit einer Fünfkronenmünze aus der ersten Republik in der Hand, bekleidet mit einem Trainingsanzug, ohne Ausweise, ohne Zuhause, ohne Beschäftigung und ohne Kenntnis des Lebensstils und der hektischen Wirklichkeit des Jahres siebenundachtzig hatte durchschlagen können.

Die zweite Versuchsperson hatte nie im Leben Alkohol angerührt, keine einzige Zigarette geraucht, sich maßvoll und regelmäßig ernährt, stets bei offenem Fenster geschlafen und jeden Morgen nach dem Müller-System geturnt, das vor allem auf die Elastizität des Rückgrats ausgerichtet ist, denn der Mensch ist so alt und so intakt wie sein Rückgrat. Mit seinen zweiundsiebzig Jahren war Herr Jindřich Lípa, einstens Angestellter in der Bauabteilung des Nationalausschusses, von zehn Krankheiten heimgesucht. Doktor Vítek lernte ihn im Park der Poliklinik in der Kartouzská-Straße kennen. Lípa saß auf einer Bank, schnappte nach Luft und musterte die gleichgültigen Passanten. Vielleicht erwartete er von ihnen Rettung, er beneidete sie sehr, und auf dem Grund seiner Seele schlummerte der Haß auf jeden gesunden Menschen.

Die Krankheitsliste Herrn Lípas war umfangreich; führen wir nur seine hauptsächlichen Gebrechen an: multiple Sklerose, Asthma, Magengeschwüre, Funktionsstörungen der Bauchspeicheldrüse, Blutarmut, Herzschwäche, beginnende Bürgersche und die Menièrsche Krankheit auf ihrem Höhepunkt. Über Kleinigkeiten wie Gicht, Gelenkrheumatismus, Steifheit des Rückgrats (trotz regelmäßigen Übens nach dem Müller-System), Hautpilzen und grauen Star wollen wir gar nicht reden.

Doktor Vítek ging diesmal anders vor. Herr Lípa war ein gebildeter Mensch, ihm war man also eine ausführliche Erklärung über das Wesen des Versuchs schuldig. Doktor Vítek erläuterte ihm die Funktion der Desoxyribonukleinsäure, Abkürzung DNS. Die Chiffre des menschlichen Lebens ist unendlich kompliziert. Wie ist es möglich, sie zu entschlüsseln?

„Ich erkläre Ihnen das an einem Beispiel", sagte der Wissenschaftler. „Stellen Sie sich einen Baum vor, zum Beispiel eine fünfhundert Jahre alte Linde, mit allen Ästen und Zweigen, mit Millionen von Blättern und Blättchen. Nehmen wir an, der Baum ist der Träger der Information, und jedes Blatt ist Bestandteil des Codes und hat seine unaustauschbare Bedeutung. Ausschlaggebend ist seine Form, seine Größe, die Stellung gegenüber den anderen Blättern. Die traditionelle Genetik untersuchte den Baum Blatt für Blatt, riß Zweige ab, halbierte und viertelte sie und stellte so fest, in welchem seiner Teile welche Information verborgen ist. Mein Team ist anders an das Problem herangegangen. Wir haben ein Gerät entwickelt, das den Baum sozusagen insgesamt fotografiert, mit allen Blättern."

Herr Lípa hörte begierig zu. Seine Wangen röteten sich vor freudiger Erregung. Nichts auf der Welt interessierte ihn so wie die Medizin, genauer gesagt – ihn interessierte nichts als Medizin.

„Unter bestimmten Bedingungen ist jedes Atom des menschlichen Organismus imstande, eine Nachricht über seine Lage und die Verbindungen zu anderen Atomen zu vermitteln. Wir können diese Information aufzeichnen – und noch mehr als das! Die elektromagnetische Aufzeichnung übertragen wir zurück, und die Atome verhalten sich nach den festgehaltenen Anweisungen. Sie formieren sich so, daß ein Duplikat des ursprünglichen Organismus entsteht."

„Phantastisch!" rief Herr Lípa. Doktor Vítek fuhr fort:

„Wir wissen genau, aus welchen Elementen sich jeder Organismus zusammensetzt. Das sind Kohlenstoff, Stickstoff, Sauerstoff, Wasserstoff, Eisen und weitere Elemente. Jaroslav Hašek sagte einmal im Scherz, daß der Mensch, in Elemente zerlegt, in der Drogerie den Wert von vier Kronen zwanzig hat. Wir können aus den Elementen im Wert von vier Kronen zwanzig einen Menschen rekonstruieren. Verstehen Sie die Konsequenzen unserer Entdeckung? Denken Sie nur an die kosmischen Flüge. Die Rakete führt an Bord mein Aggregat und nur die Aufzeichnungen von den Organismen der Besatzung mit. Die Kosmonauten werden dann kurz vor der Landung hergestellt. Verstehen Sie, welche Einsparungen an Sauerstoff und Lebensmitteln das bedeutet?"

„Was werden Sie mit mir machen?"

„Eine treffende Frage! Wir haben herausgefunden, daß wir die aufgezeichnete Information verändern können. Wir filtern alle Erscheinungen des Alterns heraus und rekonstruieren einen jungen gesunden Organismus. Wollen Sie sich dem Versuch unterziehen?"

Herr Lípa antwortete nicht. Er umarmte Doktor Vítek und weinte ergriffen.

Doktor Vítek hatte sein Versuchsprogramm jedoch in einem grundlegenden Punkt verändert.

Herr Lípa würde nicht in seine Jugend zurückkehren. Der Fall Švirhan durfte sich nicht wiederholen. Der Filter würde

11

nur die Anzeichen des physiologischen Alterns beseitigen, die Krankheiten und die pathologischen Veränderungen im Organismus liquidieren. Die Psyche des ursprünglichen Herrn Lípa würde jedoch im vollen Umfang erhalten bleiben: ein zweiundsiebzigjähriger Mann mit all seinen Erinnerungen, Erfahrungen, Ansichten. Nur sein Körper wäre der eines Zwanzigjährigen.

Der Versuch verlief ohne Komplikationen. Doktor Vítek öffnete den Deckel und hob mit Hilfe seiner Assistenten den achtundzwanzigjährigen Herrn Lípa aus dem Entwickler. Sie legten ihn auf eine Gummiunterlage. Er schlug die Augen auf. Doktor Vítek fragte:

„Erkennen Sie mich? Wissen Sie, wo Sie sind?"

„Sie sind Doktor Vítek", sagte der junge Mann.

„Hurra!" rief Doktor Vítek erfreut. „Können Sie aufstehen?"

„Sie müssen mir helfen, Herr Doktor. Dieses Rheuma und die Gicht ... Manchmal brauch ich zehn Minuten, bis ich mich aufgerappelt habe ...."

„Stehen Sie nur auf, Herr Lípa. Hopp, auf die Beine."

Doktor Vítek stützte ihn am Ellenbogen, und Lípa stand auf.

„Was ist das nur? Mir tut nichts weh!"

„Sie sind jung und gesund, begreifen Sie das doch!"

Lípa streckte die Hand aus und starrte sie verwundert an.

„Ich bin jung!"

Er sprang ein wenig hoch, dann federte er immer kräftiger. Nackt und naß hüpfte er durch den Raum, fast hätte er die Geräte zu Boden gerissen. Doktor Vítek weinte vor Rührung. Die Assistenten drückten einander die Hände. Sie waren Zeugen eines historischen Augenblicks. Der Weg zur ewigen Jugend stand offen.

„Mir tut nichts weh! Ich kann atmen! Ich sehe alles klar! Überall ist Licht. In meinen Ohren rauscht nichts. Ich verspüre Hunger, habe Appetit auf ein Bier, hab Lust auf ein Mädchen, Gott, was für Lust ich auf ein Mädchen hab!"

Er blieb an dem Arbeitstisch stehen, auf dem der alte Herr Lípa schlief.

„Du mein Gott ..., das bin ich ..., so hab ich ausgesehen! Das ist ja furchtbar!"

Er wandte sich an Doktor Vítek. „Was machen Sie nun mit ihm?"

Der Gelehrte zuckte die Schultern. „Wir müßten ihn desintegrieren, solange er noch schläft, aber das käme einem Mord gleich. Das ist ein kompliziertes ethisches Problem. Wir müssen uns jedoch daran gewöhnen, daß uns die moderne Medizin immer öfter vor unerwartete moralische Dilemmas stellen wird. Erinnern Sie sich nur an die Transplantationen ..."

Der junge Lípa trat zu Doktor Vítek und packte ihn an den Aufschlägen des Arbeitskittels. „Was machen Sie mit ihm?"

„Nichts. Sie werden sozusagen zwei sein. Einige Zeit, nicht allzu lange. Bei seinem Gesundheitszustand hält er nicht lange durch."

Der alte Lípa öffnete die Augen. „Ich bin eingeschlafen, Herr Doktor", keuchte er.

Der junge Lípa schrie auf vor Grauen. „Das Wesen da spricht! Beseitigen Sie das, Herr Doktor, bevor es auflebt!"

„Etwas höflicher, junger Mann. Ich könnte schließlich Ihr Großvater sein."

Der alte Lípa versuchte, sich aufzusetzen. Dabei fuchtelte er mit den Armen wie ein auf dem Rücken liegender Käfer.

„Beseitigen Sie das ..., sonst nimmt es mir meinen schönen neuen Körper weg! Ich will meinen Körper behalten, meine Augen ... Helfen Sie mir! Vernichten Sie das! Ich will nicht mehr altern!"

Doktor Vítek faßte ihn an den Schultern und rüttelte ihn wütend. „Sie reden Unsinn. Niemand nimmt Ihnen etwas weg. Seien Sie froh, daß Sie einen neuen Körper haben. Mann, Sie denken genauso egoistisch wie dieser Opa!"

„Er hat seine ursprüngliche Mentalität", erinnerte der erste Assistent. „Er muß wie ein alter kranker Mann denken. Wenn er nur ..."

„Was wollen Sie damit sagen?"

„Meine Beine tun mir weh!" rief der junge Mann. „Wahrscheinlich ist mein Rheuma wiedergekehrt."

„Unsinn. Sie sind ungefähr fünfundzwanzig, physisch gesehen, da hatten Sie noch kein Rheuma."

„Aber ich hab noch dazu die Gicht und die Bürgersche

Krankheit, vergessen Sie das nicht!"

„Sie sind gesund! Denken Sie nicht mehr an die Krankheiten. Vergessen Sie sie."

„Jetzt haben sich eben meine Geschwüre gemeldet", sagte der junge Mann leise.

„Was soll dieses Theater", rief der alte Lípa. „Werfen Sie diesen Radaubruder raus. Ich bin ein alter Mensch, ich habe das Recht auf ein bißchen Ruhe."

Der junge Mann hinkte zum Sessel und ließ sich schwer darin nieder.

„Warum wird es so schnell dunkel?"

Seine Augen waren grau geworden, als ob sich auf einer ruhigen Wasserfläche eine dünne Eisschicht gebildet hätte. Die Haut um die Augen verrunzelte, auch die Falten um die Mundwinkel wurden mit jeder Sekunde tiefer. Die Haut verlor ihren Glanz, und die Wangenmuskeln lösten sich auf.

„Mann, Sie machen Ihren Körper kaputt! Hören Sie auf, wie ein alter kranker Mann zu denken!"

„Mir ist kalt." Lípa klapperte mit den Zähnen. „Decken Sie mich zu."

Er streckte die Hände aus, die von der Gicht verkrümmt und mit einer Schlangenhaut bedeckt waren, gelb mit braunen Flecken.

„Warum haben Sie mir das angetan!" sagte er niedergeschlagen. Er bäumte sich im Sessel auf, stieß ein verzweifeltes Stöhnen aus, und seine Augen erstarrten. Der Alte, vor einem Augenblick noch ein junger Mann, hatte seinen letzten Atemzug getan.

Sie untersuchten ihn und konstatierten Herzinfarkt.

„So etwas darf nicht noch einmal geschehen", sagte Doktor Vítek.

Zu der gleichen Schlußfolgerung kam die Untersuchungskommission des Gesundheitsministeriums. Sie erkannte die Bedeutung der Entdeckung an, verwies jedoch darauf, daß die Apparatur bislang noch nicht so weit ausgereift war, um die Experimente mit menschlichen Patienten fortzusetzen. Man mußte mit Tierversuchen fortfahren.

„Mit Tieren!!!" erboste sich Doktor Vítek. „Wie sollen wir mit Tierversuchen weiterkommen? Unsere Hauptprobleme sind psychischer Natur!"

14

Gegen die Entscheidung der Kommission war jedoch eine Berufung nicht möglich.

Das weitere Forschungsprogramm verlief in der üblichen täglichen Routine. Labormäuse, Kaninchen, Hunde. Wie sich Víteks erster Assistent ausdrückte, war das Team jetzt fähig, „Tiere auszustoßen wie die Firma Baťa Turnschuhe". Das Projekt war an einem toten Punkt angelangt. Und was noch schlimmer war: Der Diagnosecomputer des Instituts untersuchte Doktor Vítek und empfahl ihm eine mindestens sechsmonatige Arbeitsbefreiung, denn ihm drohte ein Herzinfarkt.

„Ohne Sie kommen wir nicht weiter!" rief der erste Assistent verzweifelt aus, als ihm Doktor Vítek diese unangenehme Neuigkeit verriet.

„Eine sechsmonatige Pause können wir uns nicht erlauben … wenn ich aber die Arbeit fortführe, sterbe ich."

„Ich kann Sie nicht ersetzen! Ich habe nicht Ihre Kenntnisse, Ihre Erfahrungen …"

„Bleiben Sie ruhig, Kollege. Ich laß mir was einfallen", beschwichtigte ihn Doktor Vítek.

Und das tat er auch.

Es war sein dritter Versuch, halboffiziell, wie er mit einem sarkastischen Lächeln zu dem ersten Assistenten sagte.

Der Assistent erschien an diesem Tag früher als gewöhnlich, Doktor Vítek war schon da. Die Magnetscheiben drehten sich langsam hinter den gläsernen Türen der klimatisierten Schränke. Auf den Bildschirmen blinkten grüne Kurven. Dem Assistenten genügte ein einziger Blick auf das Herzstück der Geräte, um alles zu begreifen. Doktor Vítek hatte nicht den kleinen Entwickler für die Labortiere aktiviert, sondern den großen Duplikator, der für Versuche mit dem menschlichen Organismus bestimmt war.

„Sie selbst …"

„Ja", bestätigte Doktor Vítek. „Das ist der einzige Ausweg. Ich bin unersetzlich, aber mein Organismus hat ausgedient."

Der Assistent zeigte verwundert auf den Duplikator.

„Dort …"

„In vierzig Minuten findet ihr dort meinen Doppelgänger,

zwanzigjährig, mit einem Herz wie eine Glocke. Die ganze Nacht habe ich über dem Programm der Filtereinrichtung gesessen. Der neue Doktor Vítek wird die Mentalität eines zwanzigjährigen Mannes haben, aber alle meine Kenntnisse. Er wird mich voll ersetzen. Sie werden sich daran gewöhnen müssen. Das wird nicht leicht sein, glauben Sie mir. Bedenken Sie nur, ein zwanzigjähriger Schnösel leitet mein ..., verzeihen Sie, Ihr Team."

„Was wird mit Ihnen?!"

„Mit mir?" Doktor Vítek lächelte, aber dann huschte ein Schatten über sein Gesicht. Er schwankte und setzte sich in einen Sessel. „Um mich machen Sie sich keine Sorgen. Ich habe an alles gedacht."

„Sie weichen meiner Frage aus."

„Das werden Sie schon noch sehen."

Er schaute auf den Duplikator. „Die Grundstoffe sind schon fertig", flüsterte er. „Wir bauen das Nervensystem. In ein paar Minuten ist das erste Signalsystem fertig."

„Herr Doktor! Was ist los mit Ihnen?"

„Hast du das wirklich noch nicht begriffen, Junge? Ich sterbe! Der letzte Versuch war mir eine Lehre. Es ist nicht möglich, daß beide am Leben bleiben, verstehst du? Das ist moralisch, menschlich unvertretbar. Nur eins der beiden Wesen hat eine Daseinsberechtigung. Ich muß den Weg freigeben. Ich habe ausgedient."

„Bleiben Sie sitzen ... Ich hole Hilfe."

„Nein! Geh nirgendwo hin. Laß mich nicht allein hier, Jaroslav! Bleib bei mir. Ich ..., ich hab Angst."

Der Assistent blieb unschlüssig auf der Schwelle stehen. Doktor Vítek lächelte ihm zu.

„Es ist schon zu spät. Mir hilft keiner mehr. Bleib, bitte."

Der Assistent sah die magnetischen Scheiben an, dann glitt sein Blick auf das Gerät. Er beugte sich über das Steuerpult und fuhr mit einem Ruck um.

„Herr Doktor!"

Doch in diesem Augenblick lebte Doktor Vítek nicht mehr.

Der Assistent preßte seine Hände an die Schläfen. Noch zehn Minuten blieben, bis die Scheiben aufhören würden, sich zu drehen, und der Positronenrechner die letzte Information in den Duplikator gab. Im Entwickler, wo vor fünfzig Minuten noch nichts weiter als physiologische Lösung und verschlossene Container mit chemischen Elementen waren, würde der Körper des neuen Doktor Vítek sein.

Die anderen Mitglieder des Teams erschienen im Labor.

Die Magnetscheiben blieben stehen.

Der erste Assistent öffnete den Deckel des Entwicklers.

„Ich hatte recht, leider", flüsterte er. „Doktor Vítek hat in der Aufregung den Filter falsch programmiert."

„Hör auf zu quatschen und tu was! Halt, nein, geh zur Seite, du Tolpatsch!" rief die Assistentin.

Sie beugte sich über den Entwickler und zog ein Neugeborenes aus dem Wasser. Es bewegte den Mund wie ein Karpfen, und seine Augen waren fest geschlossen. Die Assistentin hielt es an den Beinen mit dem Kopf nach unten und gab ihm einen Klaps auf den Hintern. Der Junge öffnete die Augen und protestierte kreischend.

Das Kind wurde auf der Säuglingsstation untergebracht und nach ein paar Monaten von einer Familie adoptiert. In der Geburtsurkunde des Jungen stand der gleiche Name wie der des seligen Vítek, nämlich Ladislav. Den Nachnamen übernahm er von den Adoptiveltern. Ladislav Maršálek, wie er dann hieß, zeigte nie in seinem Leben auch nur das geringste Interesse für Medizin, dafür war er technisch begabt. Er absolvierte die Fliegerschule und das Zusatzstudium für Kosmonauten, und im Jahre 2018, nach der Dritten Marsexpedition, erhielt er die Kapitänswürde.

Von Víteks Duplikator erfuhr er natürlich schon als Kind in der Schule. Wenn ihm jemand verraten hätte, daß er mit dieser Erfindung, die das Antlitz der Welt veränderte, etwas zu tun hat, so hätte er ihn ausgelacht. Aber es kam ihm nie zu Gehör, in seinem ganzen Leben nicht, das mit achtundsechzig durch einen plötzlichen Herzinfarkt endete, einer im Jahre 2055 gänzlich unbekannten Krankheit.

Die Portondroge

„Ich wette, von der Portondroge habt ihr noch nie etwas gehört!"

So ist es jedesmal. Spürt Edmond, daß die Langeweile selbst die beharrlichsten Stammgäste aus dem Gasthaus treibt, rückt er mit einer Story heraus, die, obwohl frei erfunden, die Zuhörer wegen der Dreistigkeit des alten Schwindlers verblüfft.

Hüte und Mäntel kehren auf den Garderobenständer zurück wie aufgescheuchte Vögel in der Voliere, die sich wieder auf einem verdörrten Ast inmitten des Käfigs niederlassen. Edmond beginnt.

Die Geschichte habe ich von Jindra Nalejvak, der heute Kantinenwirt am Kilometer 815 der Amazonasautobahn ist. Er arbeitete seinerzeit als Barkeeper im „Einhorn", das dem wissenschaftlichen Forschungszentrum Porton in Idah untersteht und von den Luftstreitkräften finanziert wird.

Es begann damit, daß sich eines Tages ein Akademiker an Nalejvak wandte, der hinter der Theke stand und ihn geradeheraus fragte, ob er im Lager das Magnetprogramm FX-17 für den Taschenrechner Hewlett Packard 180 hätte. Da ging die Tür auf, und ein Kerl trat ein. Ein sechster Sinn signalisierte Jindra, daß eine Katastrophe im Anmarsch und es allerhöchste Eisenbahn war, zu verduften. Der Fremde trug einen eleganten Anzug und wirkte solide. Obwohl im „Einhorn" nur zwei Kategorien von Gästen verkehrten, sah er weder wie ein Wissenschaftler noch wie ein Geheimer aus.

Der Mann schaute sich im Lokal um und steuerte sofort auf Doktor Richard Helms zu, der mutterseelenallein an einem Tisch saß, Tomatensaft trank und die Zeitschrift „Der Quan-

tenmechaniker" las. Ohne weiteres nahm der Fremde bei ihm Platz, worauf Helms mürrisch über den Zeitungsrand lugte. Im Forschungsinstitut Porton war Helms ein hohes Tier, und seit einem halben Jahr sprach man von ihm als einem Genie, dem man wahrscheinlich wie seinem Kollegen, Professor Demartini, den Nobelpreis zuerkennen würde. Nichtsdestoweniger war Helms ein eingebildeter Lackaffe und ertrug es nicht, wenn sich jemand so selbstverständlich an seinem Tisch niederließ. Nalejvak wollte sogleich aufspringen, um den Eindringling zu verjagen, doch unvermutet lächelte Helms und schüttelte dem Fremden die Hand wie einem guten Bekannten.

Plötzlich flog die Tür auf, der Chef der Portoner Sicherheitswache und seine beiden Assistenten stürzten herein. Die drei Polizisten preschten auf den Fremden zu, und ihr Anführer packte ihn fest an der Schulter.

Gelassen stand Helms auf und stellte sich vor: „Ich bin Doktor Richard Helms."

Damit beanspruchte er die ihm gebührende Achtung, und in der Tat hinterließ dieser Satz einen nachhaltigen Eindruck. Die Polizisten standen verwirrt da, und der Chef ließ von der Schulter des Fremden ab.

Zufrieden blickte Helms in die Runde; wie prima die Polizisten doch spurten! Stellen Sie sich Helms aber keinesfalls als einen Superman von Hollywoodformat vor. Eher als einen glatzköpfigen Wurzelzwerg mit abfallenden Schultern. Er hatte einen auffällig spitzen Schädel, und weil seine Nase und die Ohren verschwindend klein waren, glich er wahrhaftig einer Dreiviertelliterflasche. Bis auf die Farbe, denn sein Gesicht wirkte eher metallgrau.

„Herr Doktor", begann der Chef der Sicherheitspolizei überhöflich, „dieser Mann heißt David Upfield und ist Reporter des Skandalblatts ‚Der Gewindebohrer'. In dieser Eigenschaft will er hier seine Nase in Militärgeheimnisse stecken!"

Um die Spannung zu erhöhen, schwieg Helms einen Augenblick und sagte dann: „Herrn Upfield kenne ich seit fünfundzwanzig Jahren. Er war am Technologischen Institut in meinem Studienjahr der Drittbeste nach mir und Oskar Ling, der neunzehnhundertneunundachtzig den Nobelpreis erhielt. Upfield ist mein Gast, ich nehme ihn unter persönlichen Schutz, und Ihnen gebe ich eine Minute, diesen Raum zu verlassen, andernfalls sorge ich dafür, daß man Sie als Polizeihauptmann gegen Wilddiebe in Noma auf Alaska einsetzt!"

Alle gafften den sich entfernenden Polizisten nach, allein Nalejvak fixierte den neuen Gast, in dem er die Quelle für eine nahende Katastrophe sah. Ihm war nicht entgangen, wie dieser erbleichte und sich auf die Unterlippe biß, als Helms lautstark verkündete, er wäre nach ihm selbst und Ling der Drittbeste.

Der ärgert sich vor Neid grün und blau, dachte Nalejvak. Weshalb ist er als Reporter bei einem Boulevardblättchen gelandet, wenn er am Technologischen Institut erfolgreich abgeschnitten hat? Du bist eine gescheiterte Existenz, mein Teuerster, dachte Nalejvak und angelte nach einer der Whiskyflaschen, die er für den Fall der Fälle unter der Theke bereithielt. Es dauerte sicher nicht lange, und Upfield würde sich einen nach dem anderen einverleiben. Die hiesigen Akademiker tranken nur Tomatensaft, Alkohol vernebelte angeblich ihr Hirn, trübte die Gedanken. Die höchste Freude empfanden sie, als der Barkeeper einige Computer der Marke Hewlett Packard und Texas Instruments installieren ließ, natürlich mit Taxameter und zehntausend Bit.

Eine geraume Weile unterhielten sich Upfield und Helms, unterdessen maß Nalejvak beide mit verstohlenen Blicken und wußte schon im voraus, daß Upfield über kurz oder lang von dem Lackaffen genug haben würde. Tatsächlich, kaum waren zehn Minuten verstrichen, da erhob er sich und stolzierte schweißgebadet vor Wut und Ärger zur Theke.

Nalejvak schenkte wortlos ein, der Neue sog die Flüssigkeit auf, ja inhalierte sie förmlich.

„Dem wird sein Gehabe bald vergehen. Noch einen Whisky, Meister!"

Der Barkeeper füllte erneut das Glas, beugte sich zu Upfield und flüsterte: „Hüten Sie Ihre Zunge, Helms besitzt Einfluß und weitreichende Beziehungen!"

„Diese Witzfigur? Hören Sie doch auf! Ich habe ihn seit fünfzehn Jahren nicht mehr gesehen. Eine richtige Jammergestalt. Das Gesicht grau wie ein Ascheimer und erst der

Kopf. Mir ist früher nie aufgefallen, daß er eine derart spitze Birne hat!"

„Die hat sich im letzten halben Jahr noch zugespitzt", kommentierte Nalejvak. „Übrigens haben das schon mehrere Gäste festgestellt."

In diesem Moment beging der Wirt einen Fehler, vielleicht weil ihn der Fremde so beeindruckt oder endlich jemand in der Bar Whisky bestellt hatte. Weiß der Teufel, was in Nalejvak gefahren war, daß er das oberste Gebot seiner Branche – ein Barkeeper wahrt in jeder Situation Neutralität – verletzte.

Er reckte den Kopf und raunte dem Journalisten ins Ohr:

„Wie wär's, wollen wir den Spitzkopf nicht ein bißchen auf den Arm nehmen? Hören Sie zu, wenn in ein paar Minuten die Tür aufgeht und ein korpulenter Kerl mit Glatze das Lokal betritt, dann empfangen Sie ihn mit den Worten: ‚Gott zum Gruß, Doktorchen!' und gesellen sich gleich darauf wieder zu Helms. Sie werden staunen, was da losgeht!"

Upfield brummelte etwas, würdigte den Barkeeper jedoch keines Blickes. Mit schwerer Zunge hub er an, sein verpfuschtes Leben zu beklagen. Wie weit hätte er es bringen können, wenn ihn nicht Neid und Eifersucht zerfressen hätten! Er schlürfte noch einen Whisky, und alles wäre glimpflich abgegangen, hätte Nalejvak nicht der Rappel gepackt. Er stieß Upfield in die Seite und deutete mit dem Kinn zur Tür, in der ein kahlköpfiger Mann stand.

„Was ist? … Ach, ja … Gott zum Gruß, Doktorchen!" rief Upfield und setzte sich wieder zu Helms.

Jetzt war Nalejvak nicht mehr zu halten. Bewaffnet mit einem Wischtuch schnellte er hinter der Theke hervor und polierte die unbesetzten Tische, währenddessen er die Ohren spitzte, damit ihm ja kein Wort entging. Helms regte ihn schon lange auf, und er war es zufrieden, daß ihm endlich mal einer eins auswischte.

Helms umfaßte Upfields Handgelenk und fragte:

„David, sag bloß, du kennst Spek!"

So betrunken war Upfield nun wieder nicht, als daß ihm die Wandlung in Helms' Verhalten nicht aufgefallen wäre. Es klickte in seinem Hirn, und er nahm geistesgegenwärtig dieses gewagte Spiel auf, das ihm der Satan in Gestalt von Jindra Nalejvak geflüstert hatte.

„Eine Ewigkeit", erwiderte er.

„Hast du Einfluß auf ihn?"

„Ich brauche bloß mit den Fingern zu schnipsen, und er kommt wie ein kleiner Hund angekrochen."

„David, sprich mit ihm. Tu es für mich!"

„Wenn's weiter nichts ist. Was willst du denn von ihm?"

„Die Droge."

„Entschuldige, aber ich habe seit fünfzehn Jahren keinen Kontakt mehr zu Spek. Was für eine Droge?"

Helms schnappte nach Luft, preßte die Lippen zusammen und schloß die Augen, in dieser Pose wirkte sein Schädel wie ein Stahlkegel.

„Es begann vor zwei Jahren", erklärte Helms, „im Institut hatte man unter den langjährigen Mitarbeitern Talente gesichtet. Es handelte sich um gewöhnliche Angestellte, normales Fußvolk. Sie sprühten nur so vor Ideen. Erst einer, dann waren es acht, neun. Sie brachten Unheil übers Institut und wurden ein Alpdruck für uns."

„Unheil, Alpdruck? Ihr wart doch nur neidisch!"

„Wir und neidisch? Es ging uns einzig und allein um eine kontinuierliche Forschungsarbeit. Zufälle hatten keinen Platz. Du siehst es ja an mir, die Begabung wird einem in die Wiege gelegt. Die Praxis schmiedet keine Talente. Schließlich gelangte das Geheimnis um die Droge sogar bis zum Barkeeper, der es für eine beachtliche Summe anderen preisgab. Dieser Nalejvak verkündete ihnen, sie müßten sich an Doktor Spek wenden, wenn aus ihnen jemals kluge Köpfe werden sollten."

Bei diesen Worten verfinsterten sich die Gesichtszüge von Nalejvak. Hatten ihm nicht alle Eingeweihten geschworen, äußerste Diskretion zu wahren? Ihm entging nicht, daß Upfield nach und nach aus seinem Alkoholrausch erwachte und die Ohren spitzte. Er skizzierte anscheinend in Gedanken eine atemberaubende Reportage über ein staatlich gestütztes Forschungsinstitut, das von Drogen unterminiert wurde. In Nalejvak stieg Wut hoch. Hätte er doch bloß die Geschichte für ein anständiges Entgelt an Upfield vermacht!

„Das Mittel zur Stimulierung der Gehirntätigkeit ist eine Erfindung von Doktor Spek", fuhr Helms in seinen Darlegungen fort. „Es erhöht die Konzentrationsfähigkeit. Genaugenommen besitzen alle Menschen den gleichen Intelligenzquotienten, Differenzen bestehen lediglich im Konzentrationsvermögen. Weniger Kluge können sich nicht in ein Thema vertiefen, ihre Gedanken schweifen ab, und sie lassen sich von Nebensächlichkeiten ablenken. Sie sind nicht in der Lage, Primäres und Sekundäres voneinander zu trennen und richtig einzuordnen. Je mehr Konzentrationsfähigkeit der denkende Mensch entwickelt, desto besser sind seine wissenschaftlichen Ergebnisse. Soweit in etwa der Wirkungsmechanismus der Portondroge."

„Hast du sie auch genommen?"

„Bisher bestand keine Notwendigkeit", entgegnete Helms. „Ich bin überdurchschnittlich intelligent und Abteilungsleiter in unserem Institut. Außerdem treten Nebenwirkungen und Verschleißerscheinungen auf. Nach einem halben Jahr sinkt der Konsument auf das Niveau eines Idioten herab. Nur ..."

„Erzähl weiter!"

„Doktor Spek hat noch eine Extradroge entwickelt."

„Was ist das?"

Helms schloß erneut die Augen, deren Pupillen Upfield an Patronenzündhütchen erinnert hatten.

„Ich war dir immer weit voraus, David. Du konntest mir nie das Wasser reichen. Zwar warst du der Dritte im Studienjahr, aber zwischen dem Zweit- und dem Drittplazierten lag eine erhebliche Distanz."

Upfield wandte sich ruckartig um und musterte den Barkeeper, der in Lauerposition für den Fall verharrte, daß es dem Gast vielleicht in den Sinn kommt, seinen ehemaligen Kommilitonen zu verprügeln, aber dann faßte er sich wieder, und Helms fuhr fort:

„Der Abstand zwischen Ling und mir war noch größer als der zwischen uns beiden. Obgleich ich in Porton der Wissenschaftler Nummer eins bin, kann ich von einem Nobelpreis bislang nur träumen. Hast du überhaupt einen blassen Schimmer, was echte Mißgunst ist, du Ignorant? Sie beherrscht vor allem die höheren Sphären. Ich dachte, ich werde wahnsinnig, als Spek eines Tages eine Ampulle aus der Tasche zog und fragte:

‚Haben Sie an der Extradroge Interesse? Sie ist einzigartig in ihrer Wirkung. Erkundigen Sie sich bei Doktor Demartini.'"

„Demartini, der Nobelpreisträger vom vorigen Jahr?" rief Upfield.

„Er wurde es dank der Extradroge", konstatierte Helms trokken. „Demartini konstruierte ein Rawidargerät, das eine Weiterentwicklung des Radars darstellt und auf einem völlig neuen Prinzip beruht. Mit dem Rawidar kann man den Erdkern beobachten, außerdem entdeckten wir in den Mondkavernen mit Hilfe des Rawidars Überreste einer außerirdischen Zivilisation, Rawidarwellen dringen beliebig tief in jede Materie ein."

„Welche Nebenwirkungen hat die Extradroge?" forschte Upfield, während er Helms' spitzen Schädel nicht aus den Augen ließ. Eine kluge Frage – nicht umsonst war Upfield der Drittbeste im Studienjahr.

„Die Extradroge steigert das Konzentrationsvermögen um ein Vielfaches, David! Demartini lebte nur noch für die Wissenschaft, so daß die reale Welt für ihn nicht mehr existierte und er plötzlich selbst Rawidarwellen aussenden und empfangen konnte. Demartini ist der sensitivste Rawidarschirm der Erde."

„So etwas gibt es doch gar nicht!"

„Das habe ich anfangs auch angenommen", meinte Helms betrübt. „Doch bald darauf wurde der Kernphysiker Silverberg radioaktiv; aus seinen Ohrmuscheln müssen stündlich zehntausend Becquerel gezapft werden, sonst leidet er unter Migräne. Der Biologe Mrozewski vermehrt sich durch Zellteilung, und der Spezialist für Giftgasforschung, Dr. Klüge …, lassen wir das, es geht zu weit!"

Upfield hielt nach Spek Ausschau. Er entdeckte ihn mit dem Rücken am Tresen lehnend und einfältig grinsend.

„Was ist dein Spezialgebiet, Dick?" wollte Upfield wissen, wobei er unablässig Helms' kantigen Hinterkopf fixierte. Der Wissenschaftler überhörte die Frage.

„Künstler sind schon seit langem dazu fähig. Flaubert behauptete zum Beispiel, er sei Madame Bovary. Der alternde, bärtige Tolstoi vergoß Tränen und errötete vor Scham, als er in Gestalt von Natascha Rostowa mit entblößten Schultern

und in festlicher Garderobe zum erstenmal auf einen Ball
ging. Die Schriftsteller sind imstande, sich in ihre Figuren
vollkommen hineinzuversetzen, für uns Wissenschaftler ist
diese Verinnerlichung ein Novum. David, bitte verhandle
mit Doktor Spek! Als alter Freund flehe ich dich an. Ich
weiß wirklich nicht mehr, wie ich ihn rumkriegen soll. Zuerst
versuchte es der Barkeeper, danach legten Demartini und
Mrozewski ein gutes Wort für mich ein. Nichts hat genutzt,
alles war für die Katz."

„Will Spek dir die Extradroge nicht verkaufen?"

„Das schon", entfuhr es Helms in einem Anflug von Ver-
zweiflung. „Er hat sie mir überlassen, und die Wirkung
stellte sich auch gleich ein. Doch ich arbeite auf einem so
eng spezialisierten Gebiet, daß von einem Nobelpreis keine
Rede sein kann. Daran dachte ich bei der Einnahme der
Droge überhaupt nicht. Ich muß aber, koste es, was es wolle,
mit Ling, Demartini und Mrozewski gleichziehen. David,
verschaffe mir den Nobelpreis! Rede mit Spek! Er könnte etwas unternehmen, mich in eine andere Richtung polen, damit ich mich einer attraktiveren Thematik widmen kann, die
Aussicht auf den Nobelpreis hat. Auf dem Gebiet der Medizin zum Beispiel. Eventuell ein Mittel gegen Krebs oder eine
Mixtur für die ewige Jugend ..."

„Womit beschäftigst du dich jetzt?"

„Torpedos ... Zeittorpedos mit automatischer Zielsuche.
Sensationelle Apparate, die wie vernunftbegabte Wesen
funktionieren. Eben intelligent und durch kein Lokalisa-
tionsgerät zu orten, mit einer gigantischen Explosivkraft.
Nach Stockholm komme ich damit niemals, sosehr ich auch
möchte."

Unvermittelt streifte er seine Schuhe ab und riß die
Strümpfe herunter. Zwischen den Zehen waren ihm
Schwimmhäute gewachsen. Er stand auf, griff Upfields Hand
und legte sie auf seinen Steiß. Der entgeisterte Journalist
fühlte eine Schiffsschraube in seiner Rechten.

„Unter Wasser halte ich es stundenlang ohne Atemgerät aus,
an meiner zähen, ledernen Haut gleitet die schärfste Klinge
ab. Mein Körper hat eine Mutation durchgemacht und eine
hydrodynamische Gestalt angenommen. Ich bin in ein Tor-
pedo verwandelt worden. Hilf mir, in ein anderes Gewand zu

schlüpfen! Meinetwegen laß mich ein Reagenzglas oder ein Kippscher Apparat sein."

Tränen rannen über Helms' Gesicht, und in seiner Ratlosigkeit gab der Journalist Spek einen Wink. Einfältig grinsend trottete der Glatzkopf auf sie zu und setzte sich an den Tisch.

„Was kann ich für Sie tun?"

Spek tat sich schwer beim Formulieren, so als ob er sich jedes Wort erst ins Gedächtnis rufen müsse.

„Warum quälen Sie Helms? Helfen Sie ihm lieber!"

„Aber ich …", stammelte Doktor Spek, „ich habe mich doch speziell mit seinem Problem beschäftigt und zusätzlich die Droge Extra forte entwickelt. Ich besitze davon nur eine Ampulle."

Als Helms hochfuhr, um ihm das Röhrchen zu entreißen, zerfetzte die Schiffsschraube seine Hose und bohrte sich in den Polsterstuhl. Linkisch richtete sich Spek auf und wandte sich an alle Gäste des „Einhorns":

„Freunde, ich habe eine schlechte Nachricht für euch. Ihr seht mich hier als Opfer meiner eigenen Forschung. Ich probierte die Droge als erster aus und schuf auf deren Grundlage ‚Extra forte'. Meine Zeit ist abgelaufen, die Nebenwirkungen haben sich eingestellt. Es geht zu Ende mit mir. Das ist die allerletzte Ampulle, mehr werde ich nicht zusammenbrauen können."

In diesem Moment durchzuckte David Upfield ein genialer Gedanke. Eigentlich könnte auch er seine geistigen Fähigkeiten mit der Extradroge potenzieren. Was machte es schon, wenn sich die Finger zu Schreibmaschinentasten formten? Der nächste Pulitzerpreis wäre ihm in jedem Fall sicher.

„Gebt mir die Droge!"

„Die Ampulle gehört mir", überschrie ihn Helms und versuchte vom Stuhl loszukommen, auf dem er wie angewurzelt saß. „Ich bin bereits im Stockholmer Carlton avisiert!"

„Sie ist meine, nein, meine …", brüllten die übrigen Gäste durcheinander und stürmten die Texas Instruments- und IBM-Computer, warfen Taschenrechner, Wörterbücher und Zeitungen zu Boden, verschütteten Tomatensaft. Die Menge tobte und brodelte wie ein überschäumender Wildbach. Nalejvak verschanzte sich hinter seiner Theke wie in einer Festung und verfolgte die entfesselte Schlacht, in der jeder jeden bekämpfte.

Spek mutete mit der in die Höhe gereckten Ampulle wie die Statue der Filmgesellschaft Columbia an. Er lächelte dreist und wiederkäute ständig einen Satz:

„Ich begreife rein gar nichts mehr, ich verliere den Verstand!" Um ihn herum herrschte ein heilloses Durcheinander, die Menge zeterte und raste, bloß an die Portondroge gelangte bislang niemand.

Die Stammgäste starren Edmond unverwandt an. Nicht ein Glas scheppert, die Flügel des Ventilators halten inne.

„Wie ist die Geschichte ausgegangen?" erkundigt sich ein älterer Gast.

„Upfield brach ein Tischbein ab und schlug es Helms über den Schädel. Das brachte das Faß zum Überlaufen. Es kam zu einer Explosion, die das ‚Einhorn‘ samt Forschungsinstitut davonfegte. Noch Wochen später regnete es Taschenrechner und Disketten. Der Barkeeper konnte sich beizeiten in Sicherheit bringen, er leitet heute eine Kantine auf einer Baustelle nahe der Amazonasautobahn, tausend Kilometer vom nächsten Forschungsinstitut entfernt."

„Was ist mit der Ampulle?" will ein vorlauter Gast wissen.

„Dieses Geheimnis hat Nalejvak nicht preisgegeben", behauptet Edmond mit versteinerter Miene, „er ist klüger geworden und bewahrt in jeder Hinsicht Neutralität, und bei unserem letzten Gespräch hat er mir geschworen, sich nie wieder in die Angelegenheiten seiner Gäste einzumischen."

Edmond stellt sein Glas auf die kupferne Thekenplatte, greift mit dem Daumen und Zeigefinger nach der Flasche, und kurz darauf klickt der Verschluß. Er gießt sich eine gehörige Portion ein. Dann verkorkt er die Flasche wieder, erhebt sein Glas und meint: „Zum Wohl."

Man kann sagen, was man will: Edmond ist ein anständiger Barkeeper, dem seine Arbeit über alles geht.

Das Flüstern
des Frühlingsregens

Der Sekretär verbeugte sich und sagte: „Euer Exzellenz, das Gerät ist bereit."

„Gut", antwortete General Philippo Juan Maria Tibisco y Gomez, von der offiziellen Presse als „Freund" tituliert, inoffiziell „Freundliche Klugheit", „Beschützer der Schwachen", „Kraft unserer Arme", „Atem des Volkes", meist jedoch „Landesvater" genannt.

„Die Musik kann spielen."

Der Sekretär eilte davon, und der General wartete, bis die ersten Töne ins Arbeitszimmer sickerten. Er überzeugte sich, daß kein Fleckchen seine strahlendweiße Uniform verschandelte, und begab sich in den großen Saal.

Das ganze Land war zusammengeströmt, um Zeuge seines letzten Triumphes zu sein, mit dem er eine erfolgreiche Laufbahn krönte, die ihn aus der übelriechenden Bucht mit dem unschönen Namen Schweinearsch, wo er sich als Muschelfänger durchgeschlagen hatte, in den Präsidentenpalast hatte aufsteigen lassen. Hier hatten sich seine Generale und Admirale eingefunden, geschmückt mit den goldenen Orden des Blutes und des Feuers, die Industriellen waren gekommen, es fehlten auch nicht die Künstler des Wortes und des Bildes, die seine Größe besangen, und es hatten sich auch Wissenschaftler eingestellt, um ihre Glatzen im Glanz der hundertarmigen Kristallüster glänzen zu lassen, alle begleitet von ihren Frauen, Töchtern, Freundinnen oder Geliebten, denn ihnen war bekannt, wie hoch der Freund die weibliche Schönheit schätzte, wohl wissend, daß ihre Liebe einzig allein ihm galt.

Die Musik verstummte, sobald der Freund eingetreten war, doch die Musikanten nahmen die Melodie sogleich wieder auf, als der Freund mit seiner weiß behandschuhten Hand gewinkt hatte, und die Tänzer wirbelten sofort weiter nach einer kurzen Unterbrechung, in der sie dem Landesvater mit einem Lächeln gehuldigt hatten und ihm mit den Blicken gefolgt waren, wie er sich in Begleitung der Treuesten und Nächsten zum Podium begab, von wo aus er der Unterhaltung zusehen würde, ohne sie zu stören, denn seine Freundlichkeit war unendlich.

Das Orchester spielte ein Stück zu Ende, und der Kapellmeister wandte dem Freund seinen fragenden Blick zu. Da hob der Freund die Hände und sprach die Versammelten an:

„Ich bin glücklich, euch gerade hier und gerade in diesem freudigen Augenblick zu sehen, und ich nutze die Gelegenheit, um euch zu noch größerer Freude zu ermuntern. Hier stelle ich euch Professor Oswega vor, der außerhalb der Mauern der Akademie bisher unbekannt war. Bald wird er die schönste Frucht des menschlichen Verstandes meinen Händen übergeben."

Die Getreuen traten auseinander, und nach vorn trippelte ein Männlein mit dem Lächeln einer Totenmaske. Er wußte nicht, wohin mit seinen Händen, zog an seinen Fingern, trat von einem Bein auf das andere und berührte hin und wieder vorsichtig mit den Fingerspitzen seine Handflächen, um sich zu überzeugen, ob sie auch nicht schwitzten.

„Hier auf dem Podium seht ihr seine Erfindung. Dieses Gerät ist an die Gedanken aller Bewohner unserer geliebten Heimat angeschlossen, und in diesem Augenblick liest es schon die verborgensten Gedanken des letzten Lamahirten ebenso wie die des Kapitäns eines unter unserer Flagge laufenden Schiffes, das über das weite Meer fährt, es liest die Gedanken und bewertet sie, und ihm entgeht keine Böswilligkeit, Unaufrichtigkeit, kein Verrat oder auch nur der bloße Zweifel an der Richtigkeit des Weges, auf dem ich euch schon so lange und erfolgreich als wirklicher und einziger Freund führe. Nun gebe ich die Anweisung, und Professor Oswega drückt auf den Hebel. Im folgenden Augenblick wird unser Feld vom letzten Unkraut befreit, um es mit dem Dichterwort zu sagen, und alle Feinde sterben, die sich bisher vor den Waffen unserer Generale und Admirale verbergen konnten."

Seine Stimme zitterte vor freudiger Erregung und kippte

über. Er gab den Wink zum Beifall, doch ihm schien, daß die Ovationen diesmal ziemlich verlegen klangen, und ihm kam der Gedanke, daß Oswegas Gerät vielleicht auch in diesem Saal etwas zu tun haben würde.

Ein Arm erhob sich, und ein junger, fähiger Industrieller, bekannt durch sein unbestechliches Urteil, fragte, ob auch der Palast von dem Gerät erfaßt werde.

„Aber gewiß", sagte der Freund lächelnd. „Haben Sie etwa Angst?"

Seine Zähne blitzten, und die Anwesenden hatten ihn richtig verstanden und lachten und redeten laut untereinander, der Beschützer sei heute in außerordentlich guter Laune, und seine Witze seien unwiderstehlich. Auch ein zierliches Frauchen lachte, das ans Podium gepreßt stand, der Freund erinnerte sich, daß sie Oswegas Frau war. Sie sah den Professor bewundernd an, und der Freund verspürte zornige Eifersucht. Sein Gesicht verdüsterte sich, und damit schnitt er Gelächter und Gespräche ab.

„Bitte, Professor, fangen wir an."

Der Gelehrte verbeugte sich, irrte eine Weile zwischen den Potentaten herum, die vor ihm zurücktraten und damit seine Verwirrung vergrößerten, und erblickte schließlich den Assistenten, der auf einem fahrbaren Tischchen einen kleinen schwarzen Kasten mit einem scharlachroten Griff zu ihm schob. Die Verlegenheit fiel von dem Professor ab, plötzlich war er selbstsicher, und dem Freund kam der Gedanke, daß dieser Mann unter bestimmten Umständen gefährlich werden könnte.

Der Professor griff nach dem Hebel und drückte ihn nach unten.

Die Anwesenden warteten, ohne eigentlich zu wissen, worauf. Sie warfen verstohlene Blicke um sich. Erst nach einer Weile hörten sie ein eigenartiges Geräusch, als ob draußen ein Frühlingsregen niedergeht. Ein junger Offizier schaute aus dem Fenster und rief:

„Draußen fallen die Menschen um!"

Im Saal schrie jemand auf, und die bislang ruhige Oberfläche der vielköpfigen Menge wogte. Der Freund erschrak, denn direkt neben ihm auf dem Podium glitt ein sehr dicker Würdenträger zu Boden.

Der Verrat ist also bis hierher vorgedrungen, dachte er und registrierte mit gewisser Befriedigung, daß auch die kleine Frau von Oswega schwankte und unterhalb des Podiums verschwand. Der Professor stöhnte auf und umfing im Todeskampf die Beine des fahrbaren Tischchens. In dieser Lage verharrte er bewegungslos.

Der Freund konnte sich nicht länger beherrschen und schrie: „Schweinebande von Feiglingen und Verrätern!"

Sie fielen nicht mit einemmal zu Boden, sondern in Wellen, als ob Windstöße ein Getreidefeld wogen lassen. Es ähnelte einem Tanz, und in den fließenden Bewegungen entdeckte der Freund eine gewisse Schönheit. Goldene Medaillen und Diamantohrringe, Eiserne Kreuze und Perlenketten schepperten auf dem Mosaikparkett aus kostbarem Holz, Mahagoni, Sandel, Ebenholz und Tamariske, der Pianist brachte das Klavier zum letztenmal mit seiner Stirn zum Klingen. Die Schreie verstummten, denn die Kehlen erstarrten, sei es nun infolge des Todes oder des Grauens. Hier und da ragte aus dem Haufen der reglosen Körper ein Mann in Uniform, oder ein Mädchen versuchte eine ungeschickte Verbeugung, um selbst in diesem Augenblick noch ihre Ergebenheit zu zeigen, doch der Tod ergriff bald auch sie, denn Oswegas Gerät hatte den Zweifel in ihrem Herzen gelesen.

Der Freund vereinsamte.

Er erinnerte sich an die ersten Kämpfe, bei denen er als unbekannter Leutnant an der Spitze einer Meute hungriger, betrunkener Strolche die Hauptstadt gestürmt hatte. Damals war er oft zwischen Haufen toter Feinde umhergeirrt. Heute ist es das erstemal, kam ihm zu Bewußtsein, daß ich nach einer Schlacht keinen Geruch von Blut, Staub und Ausscheidungen spüre, sondern den Duft von Chanel No 5.

Auch das Flüstern des Frühlingsregens draußen vor den Fenstern war verstummt.

Der Freund schritt über die Körper der gefallenen Würdenträger, schob die Leiche des Erfinders beiseite und beugte sich über das Gerät, um auf dem Digitaldisplay die Anzahl der erledigten Fälle abzulesen.

„Siebenundachtzig Millionen sechshundertdreiundfünfzigtausend achthundertdreiundzwanzig", flüsterte er entsetzt. „Das ist die Gesamtzahl der Bevölkerung meines Landes!"

Das nicht ..., das wollte ich nicht ... Seltsame Gedanken kamen in ihm auf. Gleichzeitig spürte er eine eisige Berührung
am Herzen, und auf seine Augen senkte sich Dunkelheit.
Auf dem Display sprang die Zahl auf 87 653 824.

Grün ist die Farbe
der Hoffnung

Matylda schnurrte und kniff wohlig die Augen zu. Konůpek berührte mit seiner Nase ihre feuchte Schnauze.

„Glauben Sie, daß sich Matylda selbst diese sonderbare Zärtlichkeit ausgedacht hat? Sie war noch ganz jung, als sie es zum erstenmal machte. Ich lag im Bett, auf dem Rücken, und das kleine Biest sprang aufs Federbett, kam direkt zu mir und berührte mit der Schnauze meine Nase."

Ingenieur Macek brummte etwas Undefinierbares. Er beugte sich über sein Gerät, einen kleinen Kasten aus schwarz gestrichenem Sperrholz mit einer Reihe von Zifferblättern, Schaltern, Knöpfen und Potentiometern auf der oberen Platte. Gespannt beobachtete er den Tanz der dünnen Zeiger, die sich in Bewegung gesetzt hatten, als er das Gerät an den Strom anschloß.

„Wird mit dem Fernseher nichts passieren, Herr Ingenieur?" fragte Frau Konůpková besorgt. „Sie wissen ja, ein Farbfernseher ist furchtbar teuer. Karel hat ihn zwar für den halben Preis als Partieware gekauft, er war schon auf dem Band bei der Kontrolle aussortiert worden, und wir mußten ihn reparieren lassen, aber trotzdem ... Schrecklich viel Geld! Ein Glück noch, daß Eman so geschickt ist, wissen Sie, das ist mein Neffe, der mittlere Sohn meiner Schwester aus Vlašim, sie hat drei Söhne und zwei Töchter, eine hat nach Ostrava geheiratet, und die andere, die Ärmste, ist ledig geblieben, sie ist ein bißchen, um es mal so zu sagen, häßlich, sie schielt und hat auf dem Gesicht ein Muttermal ..."

„Ihm passiert nichts, das garantiere ich Ihnen", unterbrach sie Ingenieur Macek, den ihr Geschwätz nervös machte. Er ergriff ein langes rotes Kabel mit einem Konnektor am Ende, zog das Antennenkabel heraus und schloß statt dessen das Kabel an.

„Matylda ist wirklich wie ein Mensch, in bestimmter Hinsicht", sagte Herr Konůpek. „Sie haben völlig recht, Herr Ingenieur, daß die Tiere ein weitaus reicheres Seelenleben haben, als sich ein Mensch vorstellen kann. Wir hatten vor Matylda schon drei Katzen, und jede hatte ein ganz eigenes Wesen. So zum Beispiel Rejčka, das war ein Biest! Sie verhielt sich uns gegenüber geringschätzig, als ob unsere Wohnung ihr gehören würde. Am meisten interessierte sie das Aquarium. Sie konnte stundenlang auf dem Tisch sitzen und die Fische ansehen. Zuerst hatte ich Angst, daß sie ihnen etwas antut, und ein paarmal hat sie wirklich versucht, mit der Tatze ins Wasser zu langen, aber die Katze fürchtet das Wasser, die kalte Nässe erschreckt sie, so daß sie es bald sein ließ und nur schaute, starr, stundenlang, wie ich schon sagte. Stundenlang!"

Er saß im Sessel und streichelte Matylda langsam und rhythmisch über das dunkle, fast schwarze Fell, in dem sich undeutliche schwarze Streifen abzeichneten. Es war eine schöne, gutgenährte Katze, und jetzt, an der Schwelle zum Winter, hatte sie ein dichtes glänzendes Fell.

„Wenn ich gewußt hätte, daß Sie gerade heute kommen, hätte ich Eman eingeladen, damit er sich den Versuch ansieht. Technik interessiert ihn schrecklich, und er gibt einen Haufen Geld aus für Teile und Drähte und so etwas. Pepinka, das ist meine Schwester aus Vlašim, sagt aber, es sei besser, wenn Eman das Geld für so etwas ausgibt, als wenn er sich in Kneipen rumtreibt, wie das die jungen Leute heutzutage machen. Manchmal denke ich, das ist eine Generation von Nichtsnutzen! Eman ist aber anders, Karel auch, der interessiert sich für Sport, nur bei Fanda weiß man noch nicht, er ist allerdings noch sehr jung, er wird ja erst sechzehn im Frühjahr …"

„Ich bin fertig", sagte Ingenieur Macek. „Wenn Sie jetzt gestatten …"

„Sagen Sie mir, was Sie sich von dem Versuch versprechen!" verlangte Konůpek. Er streichelte die Katze nicht mehr, sondern umschlang sie jetzt schützend mit beiden Armen wie ein Kind.

„Darüber haben wir doch schon gesprochen, Herr Konůpek", antwortete Ingenieur Macek gereizt. „Wir haben alles genau abgesprochen. Mein Aufnahmegerät zeichnet die Mikroströme im Gehirn Ihres Tieres auf, und auf dem Bildschirm sehen wir die Wiedergabe seiner Gedanken."

Auf dem Gesicht Frau Konůpkovás bildeten sich unregelmäßige rote Flecke.

„Mikroströme im Gehirn!" wiederholte sie. „Mikroströme!"

Sie sah ihren Mann an. Jára, tu etwas, bedeutete ihr Blick. Konůpek räusperte sich und sagte:

„Sind Sie sicher, daß Ihr Versuch Matylda nicht weh tun wird?"

Der Ingenieur schüttelte den Kopf. „Herr Konůpek", sagte er, „wir haben alles mindestens schon zehnmal durchdiskutiert. Sie haben mir versprochen, daß ich das Gerät bei Ihnen ausprobieren darf. Ich hatte den Eindruck, daß der Versuch Sie interessiert, Sie haben mit solcher Anteilnahme von Tieren gesprochen, Sie haben mich nach Hause eingeladen, alles war abgemacht!"

„Ja, ja", versetzte Konůpek weinerlich, „aber da hab ich Ihre Maschine noch nicht gesehen. Wenn ich sie jetzt so summen höre unter Strom … Matylda schläft. Warten wir, bis sie wach ist. Ein bißchen warten wir noch."

Während er sprach, wagte er nicht, Ingenieur Macek anzusehen, er hing mit den Augen an seiner Frau und beobachtete mit Bangigkeit und Hoffnung, wie ihr Gesicht starr wurde, der Mund einen strengen Ausdruck annahm. So eine Miene machte sie bei Hausversammlungen im Zwischengeschoß, wenn es dort um die Müllabfuhr und das Fegen des Fußwegs ging.

„Und ich erlaube es nicht!" rief Frau Konůpková, Ingenieur Macek sah Herrn Konůpek finster an.

„Sie haben es mir versprochen. Wenn ich gewußt hätte, daß Sie mich … betrügen, hätte ich meine Zeit hier nicht vergeudet."

„Emilak, wir warten … Matylda geschieht nichts, wenn sie ausgeschlafen hat, dann …"

„Nein! Ich erlaube es nicht."

„Wenn wir nun das Gerät ein andermal ausprobieren …, vielleicht im Frühjahr oder …"

Ingenieur Macek stand auf. Konůpek sah ihn wehleidig an.

36

Macek würde ihn im ganzen Betrieb schlechtmachen: Konůpek steht unter dem Pantoffel, er tanzt nach der Pfeife seiner Frau. Das wird eine Blamage! Ich hab es ihm ja wirklich versprochen. Eine verdammte Sache ist das mit diesem Amateurerfinder, der mit dem Direktor befreundet ist ... Ihm kam ein rettender Einfall.

„Muß es denn ausgerechnet Matylda sein? Können Sie das Gerät nicht an einem anderen Tier ausprobieren?"

„Gewiß!" antwortete Ingenieur Macek bissig, „das kann ich, und das werd ich auch. Bestimmt findet sich jemand mit mehr Verständnis für den Fortschritt in der Wissenschaft."

Er schaltete das Gerät aus und preßte verbittert die Lippen zusammen.

„Ich dachte an unsere Fische", hauchte Konůpek. „Das sind doch auch Tiere ... mit Gehirnströmen, oder nicht? Fische haben auch ein Gehirn, jedes Tier hat ein Gehirn, und der Fisch ist ein Tier, also ... Emilka, ich hab's wirklich versprochen", fügte er flehend hinzu.

Sie warf den Kopf zurück.

„Mach, was du willst, aber an Matylda darf keiner ran."

„Fische?" fragte Ingenieur Macek verwundert. „Daran hab ich noch gar nicht gedacht."

„Ja, Fische sind sehr dankbare Forschungsobjekte. Unsere Katze Rejčka konnte stundenlang, aber was sag ich da ... Probieren Sie das Gerät an den Fischen aus! Das wird ein wahnsinnig interessanter Versuch!"

„Vielleicht", erwog der Ingenieur. „Ich probiere es, wenn ich schon mal hier bin."

Er schaltete das Gerät wieder an und befestigte seine Aufnahmevorrichtung, die mit einem blauen Kabel an das Gerät angeschlossen war, an der Wand des Aquariums. Dann schaltete er den Fernseher ein und sagte: „So, jetzt erfahren wir vielleicht, was in Ihren Fischen vor sich geht."

Auf dem Bildschirm tat sich nichts, er blieb dunkel, nur der Reproduktor summte eintönig. Frau Konůpková wollte gerade die bissige Bemerkung machen, das Seelenleben der roten Karauschen sei offenbar nicht sehr bunt, als sich der Bildschirm plötzlich hellte.

„Sehen Sie", rief der Erfinder erregt, „die Leitungen haben sich erwärmt."

Auf dem Bildschirm erschien zunächst nur eine klare grüne Fläche.

„Grün ist die Farbe der Hoffnung. Das ist der Hauptcharakterzug der Karauschen. Es sind Optimisten, sie leben mit einer Sehnsucht und hoffen, daß sie sich eines Tages erfüllt."

„Unsinn", wandte die Konůpková ein. „Hoffen kann nur ein Mensch. Grün soll die Farbe der Hoffnung sein ... Glaubt Ihrer Meinung nach das Gras auch, daß sich seine Sehnsucht erfüllen wird?"

Der Erfinder hörte ihr nicht zu. Er schaute starr auf den Bildschirm.

„Passen Sie auf!" sagte er leise. „Ein Bild zeichnet sich schon ab!"

Auf der grünen Fläche bildeten sich vage Linien, ein verschwommenes Formengewirr, das an Lianen im Urwald erinnerte.

„Vielleicht sind das Erinnerungen an das Leben in den freien Gewässern", brummte Ingenieur Macek. Die Konůpková wandte ein:

„Unsinn ... Aquarienfische haben seit vielen Generationen nie etwas anderes kennengelernt als ein Aquarium ... Jára! Sieh mal! Ist das nicht unser Wohnzimmer? Dort sind die Fenster, die Tür ..., die Möbel! Ja, der Tisch, die Sessel ..."

Konůpek hielt den Atem an. Es stimmte! Das Bild schien das Zimmer zu zeigen, aber irgendwie verzerrt, gebrochen ...

„Fische sehen anders als wir", flüsterte die Konůpková, gebildet von der Lektüre der Zeitschrift „Hundert plus eins". „Sie haben andere Augen, die dem Leben unter Wasser angepaßt sind. Die grüne Farbe hat also nichts mit Hoffnung zu tun, das kommt vom Wasser!"

„Ach wo", wehrte der Erfinder ab, „das Wasser in Ihrem Aquarium ist farblos. Es ist was anderes ..."

Das Bild wurde klarer, erstaunliche Einzelheiten waren zu erkennen. Es sah jedoch sonderbar aus, als ob das Zimmer aus Pflanzen und Felsbrocken zusammengesetzt sei. Dann tauchten Menschen auf der Bildfläche auf.

„Schalten Sie das aus ... Ich hab Angst", flüsterte Frau Konůpková. Ihr Mann dagegen rief:

„Wovor fürchtest du dich, Dummkopf!" Es klang grob, aber seine Frau täuschte er damit nicht. Sie merkte, daß auch ihm die Angst im Nacken saß.

Zwei menschliche Gestalten, ein Mann und eine Frau, bewegten sich langsam, fließend, wie Medusen im Meer. Ihre Körperformen waren stark verzerrt. Der Kopf wuchs sich nach oben hin verjüngend aus dem Rumpf heraus, so daß die Menschen an seltsame langgestreckte Frösche oder Molche erinnerten. Anstelle der Gesichter hatten sie Ovale ohne Augen und Nase, dafür war der Mund riesig, wie ein Froschmaul. Ihre Köpfe waren mit Haaren bewachsen, die aber aussahen wie ein Gewirr von langen glänzenden Fühlern, die sich bewegten.

Das Ehepaar Konůpek saß wie erstarrt, nur Ingenieur Macek fand dafür Worte: „Das sind offenbar Sie beide, wie Ihre Fische Sie sehen. Verstehen Sie jetzt, was mein Gerät vermag? Sie sehen sich selbst mit den Augen der eigenen Tiere. Ich habe nicht geahnt, daß ..." Er verstummte und fügte dann hinzu: „Vielleicht zeigt das Gerät noch mehr, und wir erfahren, was für eine Sehnsucht und Hoffnung die roten Karauschen haben!"

„Unsinn", fuhr ihn die Konůpková an, „meine Schwester in Vlašim sagt", sie wollte weiterreden, als auf dem Bildschirm etwas geschah, was allen den Atem verschlug.

Das Fenster blähte sich plötzlich auf, und in das Zimmer strömte Wasser. Weder die Möbel noch die beiden Gestalten bewegten sich bei dem Zustrom von der Stelle, sie bebten nur unmerklich. In kurzer Zeit war der ganze Raum bis unter die Decke überflutet.

Bisher hatte auf dem Bildschirm die grüne Farbe vorgeherrscht, die Farbe der Hoffnung, wie Ingenieur Macek wiederholte. Jetzt erstrahlten hier und da die Farben des Regenbogens. Auch aus dem Reproduktor klangen neue Töne. Das triste Rauschen war verstummt, sie hörten munteres Brummen, und danach folgten Triller unbekannter Musikinstrumente, vielleicht einer Flöte, vielleicht einer Oboe, übertönt vom Lärm und Geheul unirdischer Kehlen. Dieses Geräusch verstärkte sich, und der Bildschirm flammte in hellen Farben, als ob in den Straßen der Hauptstadt die Banner zur

Feier des Sieges aufleuchteten.

Die drei Menschen, die diese Kakophonie hörten, verstanden schlagartig, daß dies ein Hymnus des Triumphes war, und sie wurden von einer solchen Angst befallen, daß sie zu schreien begannen. Sie wagten jedoch nicht, sich zu bewegen.

Dann tauchten Fische auf dem Bildschirm auf.

Die roten Karauschen kamen von links und rechts geschwommen, leicht und elegant, sie kreisten um die beiden Gestalten wie bei einem königlichen Menuett, und dann wandte sich einer der Frau zu und schnappte mit seinem runden Maul nach ihrem Haar. Die beiden anderen folgten ihm flink und fraßen die Haarfühler mit offensichtlichem Appetit. Der Kopf der Frau begann sich zu spalten, dann der ganze Rumpf, von der Andeutung der Schultern bis zum Gürtel, und binnen kurzem zerfiel die ganze Gestalt in ein wimmelndes Knäuel langer Fäden. Das gleiche geschah wenig später mit dem Mann. Die Karauschen verschlangen die Fäden wutentbrannt und wuchsen dabei zusehends wie Luftballons, und auch die Musik, ja, es war Musik, gewann an Kraft und Aggressivität.

Schließlich blieben nur noch ein paar zerrissene Fädchen übrig, die die Fische achtlos zu Boden sinken ließen. Sie wandten sich nun den Zuschauern zu und schwammen unter kaum merklichem Zittern der Flossen auf sie zu, majestätisch wie Atom-U-Boote, und in ihren runden Augen funkelte Haß.

„Nein!" rief die Konůpková und stand unter Anspannung all ihres Willens auf, kämpfte sich zum Fernseher vor wie gegen starken Wind, drückte die Handfläche auf den Schalter, und der Bildschirm erlosch. Dann lehnte sie sich mit dem Rücken an die Wand und blickte die beiden Männer an, die sich nicht zu rühren wagten.

Als erster kam Konůpek zu sich. „Betrug!" rief er. „Das war irgendein Film ..., eine Aufzeichnung ... Emilka!"

„Ich hab doch gesagt, Sie sind ein Scharlatan!" fügte seine Frau hinzu.

Ingenieur Macek fragte leise: „Soll ich den Versuch wiederholen ... an Matylda? Wollen Sie sich überzeugen, welche Hoffnung Ihre brave Katze Matylda in sich hegt?"

„Nein!" schrie Konůpek, und als er bemerkte, daß Ingenieur Macek ironisch lächelte, fügte er hinzu: „Matylda ist ein liebes Kätzchen. Ich erlaube nicht ..."
Er verlor die Beherrschung, geschüttelt von Widerwillen, und warf die schlafende Katze vom Schoß. Die machte einen Buckel und verließ mit hochgerecktem Schwanz gelangweilt das Zimmer. Konůpek blickte ihr nach, und ihm war klar, er würde nie wieder ruhigen Sinnes ein Tier ansehen können.

Das Rätsel

Der Fremde legte einen Tausender auf den Tisch und sagte:
„Ich gebe euch ein Rätsel auf. Wer es errät, bekommt einen
Riesen."

„Und wenn es keiner errät?" fragte Karel. In den fünfzehn
Jahren Taxifahrerei hatte er die gute, aber unvorteilhafte Eigenschaft eingebüßt, die man Vertrauen nennt.

„Dann steck ich das Geld wieder ein und gehe. Ich will keine
Gegenwette."

„Ich setze fünf Hunderter, daß ich es errate", ließ sich Petr
Křivák vernehmen. Er war unbeliebt, weil er die Portiers und
angeblich auch die Mädchen der Dispatcherzentrale bestach,
damit sie ihm Fahrten zuschanzten. Er war ein guter Den-
ker, und er wußte das. „Das darf aber nicht so ein blödes
Rätsel sein wie: Ein Haus hat sechzehn Stockwerke, in jedem Stockwerk sind fünfundzwanzig Fenster. Wieviel Gold-
zähne hat die Hausmeisterin?"

„Ich setz dagegen, Křivák", sagte der Blonde leise. Er war ein
stiller Bursche, der niemals log, und wenn nötig, verstand er
sich am besten von allen Taxifahrern zu prügeln. „Ich hab
immer gewußt, daß du von deiner Schlaumeierei noch mal
verblödest."

Er legte seinen Geldschein neben Křiváks Fünfhunderter
und beschwerte ihn mit dem Feuerzeug.

„Der Mann", er wies auf den Fremden, „ist doch ein Kyborg.
Wo hast du bloß deine Augen gelassen, Křivák? Die gute
Hälfte von ihm ist künstlich. Was weißt du, was für ein Gehirn die ihm einmontiert haben? Der kann zehnmal klüger
sein als wir alle zusammen!"

„Sie irren sich", wandte sich der Fremde an ihn. „Original
sind an mir nur die linke Hand, das linke Auge, die Nieren
und ein Teil des Gehirns. Alles andere ist Bioplastik."

Im Wirtshaus trat Stille ein, sogar Vilda hörte auf, Gläser zu spülen, und glotzte den Kyborg neugierig an. Bioplastik fand seit langem Anwendung, und so mancher Taxifahrer hatte schon davon Gebrauch gemacht nach einem Unfall. Keiner von den Anwesenden hatte jedoch je einen Kyborg gesehen, der so wenig original menschliche Organe besaß, mehr als das – der so vollkommen zusammengesetzt war, daß nur der Blonde ihn gleich als Kyborg erkannt hatte. Und da alle eine gute Kombinationsgabe besaßen – mit Ausnahme des Dummkopfes Sameček –, stellte sich ihnen beinahe gleichzeitig die Frage: Wer mochte das wohl gewesen sein, daß sich die Ärzte solche Mühe mit ihm gemacht hatten?

„Also dann schießen Sie los", sagte Papa, der älteste Taxifahrer, der sich noch an Benzinautos erinnerte.

„Das Rätsel hat ein Vorspiel, ich hoffe, es wird Sie nicht langweilen. Haben Sie von der Havarie des Schwan III gehört?"

„Das war doch das Plasmaschiff, das irgendwo beim Neptun zerschellt ist", stieß Jirka Rachejtle hervor, ein lebhafter junger Mann, der nur schweren Herzens von der Hoffnung Abschied nahm, man werde ihn noch in die Astronautische Akademie aufnehmen.

„Richtig", bestätigte der Kyborg. „Das war ein Schiff von der Kategorie Möwe, bestimmt zur Erforschung entfernter Gebiete des Sonnensystems. Damals war das die schnellste Kategorie der ganzen Flottille, und wer auf einer Möwe diente, hielt sich für einen Elitekosmonauten, wenn Sie mich verstehen. Das Schiff hatte einen Kapitän und fünf Mann Besatzung: zwei Piloten, einen Navigator, einen Maschinisten und einen Praktikanten. Das war eine besonders undankbare Funktion, diese Praktikantenstelle. Ein frischgebackener Absolvent der Akademie, künftiger Kapitän auf Fernflügen, der auf dem Schiff lernen sollte. Seine Befugnis war natürlich gleich Null, und die Besatzung konnte ihn nicht leiden, doch nie trat ihm jemand zu nahe, weil man ja, in ein paar Jahren, wenn aus dem Praktikanten ein Kapitän geworden war, unter seine Fuchtel geraten konnte. Auch der Kapitän hatte nicht gern den Praktikanten am Rockzipfel, denn diese grünen Jungs teilte man zwar den erfahrensten, aber somit auch den ältesten Kommandanten zu, so daß die Ankunft eines Prakti-

kanten der Vorbote des Ruhestands war und anzeigte, daß
man zum alten Eisen gehörte.
Schwan III gelangte auf die festgelegte Umlaufbahn und begann, sein Programm zu absolvieren. Nach der sechsten Um-
rundung des Neptuns sollte das Schiff auf eine niedrigere
Umlaufbahn überwechseln. Aber damals wußte man noch
nichts von Capronis Energiegürtel. Die Triebwerke von
Schwan III liefen genau in dem Moment an, als das Schiff in
den Gürtel eindrang. Was dann geschah, können Sie sich
alle vorstellen."
„Die Triebwerke gingen aus", rief Jirka Rachejtle. Als er sich
für die Aufnahmeprüfung zur Astronautischen Akademie
vorbereitet hatte, mußte er etwas über Capronis Gürtel um
den Neptun gelesen haben, aber er konnte sich nicht genau
erinnern, was das eigentlich gewesen war. Der Kyborg beachtete ihn nicht. Er verstummte, und nun sahen alle, daß vor
ihnen kein menschliches Wesen saß. Die seelische Erregung
äußerte sich im Vibrieren des bioplastischen Gewebes, und
auf dem Gesicht zeigten sich an den Stellen rote Streifen, wo
die künstliche Haut zusammengenäht war.
„Sie gingen nicht aus", sagte er schließlich. „Im Augenblick
H + 5,75 Sekunden nach der Zündung des dritten Plasma-
triebwerks traten intensive Druckpulsationen mit einer Fre-
quenz von 2 300 Hertz auf. Sie dauerten nicht länger als drei
Zehntel Sekunden, eine genaue Angabe kann niemand mehr
machen. In der Triebwerksektion befanden sich in diesem
Augenblick der Maschinist, der Praktikant und der zweite Pilot als Vertreter des Maschinisten. Der Maschinist schrie
auf, zeigte auf die Kontrollschalttafel, und der zweite Pilot
konnte noch sagen: ‚Was ist das, verdammt!' Der Praktikant
sprang zum Deckel des Verbindungstunnels, öffnete ihn und
riß mit bloßen Händen, ungeachtet des gewaltigen Risikos,
die Zuführungskabel des steuernden Servosystems für den
gesamten Block der Plasmatriebwerke heraus.
Er wollte etwas sagen, aber der Maschinist und der zweite Pilot stürzten sich auf ihn und zogen ihn am Kragen aus dem
Tunnel. Er schrie, aber sie hörten nicht auf ihn. Sie gaben
ihm ein paar Ohrfeigen und jagten ihn zur Kommandantensektion. Dort stießen sie ihn hinein, der zweite Pilot
schlüpfte ihm nach, und der Maschinist lief zurück auf sei-

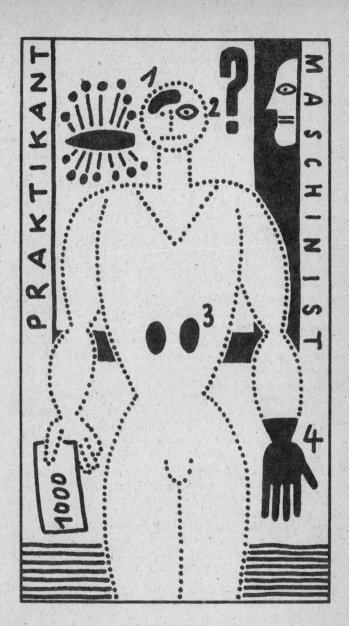

nen alten Standort.

‚Was ist hier los?‘ fragte der Kapitän.

‚Dieser Trottel hat die Kabel des Servosystems abgerissen‘, meldete der zweite Pilot. ‚Der hat einen Knacks, ist total übergeschnappt.‘

‚Ich mußte das tun!‘ rief der Praktikant.

‚Warum?‘ fragte der Kapitän, der etwas ahnte.

‚Im dritten Triebwerk traten Pulsationen auf, wir wissen nicht, warum‘, stieß der Praktikant hervor. ‚Die Ursachen festzustellen war jedoch keine Zeit! Eine Punkterosion des Bodens wird eintreten, und wahrscheinlich platzt die Kühlung!‘

‚Sie ist schon geplatzt‘, sagte der Kapitän und zeigte auf die roten Indikatoren. ‚Fahren Sie fort!‘

‚Diese Temperaturen können die Injektoren nicht aushalten, sie brennen durch‘, fuhr der Praktikant fort. ‚In ein paar Sekunden müßten weitere Pulsationen auftreten, jetzt schon zweiter und dritter Ordnung.‘

Das ganze Schiff begann zu beben, und der Praktikant und der zweite Pilot mußten sich, kreidebleich vor Schreck, an den Pauschen festhalten.

‚Die Temperatur steigt‘, sagte der Praktikant, ‚denn die Injektoren arbeiten unkontrolliert weiter. Die Wand des Triebwerks wird durchbrennen und ein Energieleck entstehen. Ich nehme an, das wird in der Zeit H + 10 bis 12 sein.‘

‚Das bedeutet‘, sagte der Navigator, der in seinem Sessel zusammengesunken war, ‚es passiert in ungefähr zwanzig Sekunden.‘

‚Darauf werden die Plasmaregulatoren reagieren. Die Servolenkung wird versuchen, den Druck auszugleichen. Sobald in den übrigen Triebwerken der Arbeitsdruck den Wert von 600 MPa übersteigt, ist das Kühlsystem überlastet, auch die Injektoren schmelzen, und …‘

‚… und das ist das Ende‘, unterbrach ihn der Kapitän. ‚Deshalb haben Sie rechtzeitig die Servolenkung ausgeschaltet. Mann, Sie haben das Schiff gerettet, weil Sie die Katastrophenkette in ihrem Knotenpunkt unterbrochen haben.‘

Zum zweiten Piloten gewandt, sagte er: ‚Kehren Sie an Ihren Platz zurück, später …‘

Der Maschinist unterbrach ihn. Er kam in die Kommandantensektion gestürmt und verkündete triumphierend: ‚Kapitän, ich hab die Kabel des Servosystems wieder angeschlossen, die dieser Dummkopf ...'

‚Idiot', heulte der Kapitän, schnellte von seinem Sitz hoch, aber in dem Augenblick begann sich das Schiff heftig um seine eigene Achse zu drehen, dröhnendes Getöse setzte ein, und alle Lichter verloschen.

So ungefähr war die Situation an Bord des Schiffes Schwan III im Augenblick der Katastrophe", beendete der Kyborg seine Erzählung. Er preßte seine Fingerspitzen an die Schläfen.

„Den Salm haben wir gehört", sagte Křivák rauh. „Nun raus mit dem Rätsel."

„Die Katastrophe überlebte nur ein einziger Mensch", sagte der Kyborg. „Das bin ich. Raten Sie, welche Funktion ich an Bord des Schwan III hatte: Maschinist oder Praktikant?"

„Woher sollen wir das wissen? Waren wir denn dabei?" fragte Sameček.

„Misch dich nicht ein, du Trottel", fuhr ihn der Blonde an. „Hören Sie, mein Herr, ist da nicht ein Haken dran? Vielleicht waren Sie der zweite Pilot oder der Navigator ..."

„Mein Rätsel hat keinen Haken. Ich habe Ihnen die ganze Geschichte erzählt, damit Sie ungefähr wissen, was an Bord geschah. Ich gebe Ihnen mein Wort, daß ich weder der Pilot noch der Navigator noch der Kapitän war. Sie haben doch Menschenkenntnis; oder? Für wen würden Sie mich halten, für den Praktikanten oder den Maschinisten?"

„Das ist aber ein blödes Rätsel", sagte Jirka Rachejtle. „Dieser Maschinist muß ein Knallkopf gewesen sein. Der Praktikant hatte die Situation gerettet, und er verdarb alles wieder, indem er die Servo reparierte. Wenn Sie der Maschinist wären, dann hätten Sie sich wohl irgendwo aufgehängt, oder Sie würden diese Schande wenigstens für sich behalten. Klar, Sie sind der Praktikant, wenn Sie uns nicht an der Nase rumführen."

„Zu meiner Zeit", meldete sich Papa zu Wort, „waren die grünen Jungs still und warteten, was die Erwachsenen sagen. Ich hab das so verstanden, mein Herr, daß niemand an Bord wußte, warum das Triebwerk die Mücke machte?"

„Richtig", bestätigte der Kyborg. „Es war das erstemal, daß

ein Plasmaschiff in dem Augenblick, da die Triebwerke anliefen, durch den Gürtel flog. Die Katastrophe von Schwan III machte die Wissenschaftler auf eine Energieanomalie im Raum um den Neptun aufmerksam. Erst Professor Caproni erforschte sie und fand einen Lösungsweg, damit sich ein ähnlicher Vorfall nicht wiederholt."

„Dann ist es klar", sagte der alte Taxifahrer lächelnd. „Wenn Sie der Praktikant wären, würden an Ihrem Mantel Orden klappern, und Sie würden Vorlesungen halten, und in diese Taxifahrerkneipe würden Sie nicht einmal Ihre Nase stekken."

Er wandte sich an Jirka und wies mit einem Finger auf den Kyborg.

„Sieh ihn dir gut an, Junge. Das ist ein Mensch, der sich was von der Seele reden muß. Deshalb geht er zu den Taxifahrern und gibt Rätsel auf. Sie haben eine Dummheit gemacht, mein Herr, als Sie die Servo wieder angeschlossen haben, aber nichts anderes konnte Ihnen in diesem Moment einfallen. Sie haben selbst gesagt, das war der erste Fall einer solchen Havarie. Ist doch klar, dieser Praktikant kam frisch von der Schulbank, und in seinem Kopf hat es gefunkt, so was passiert im Leben. Keine Angst, wir zeigen Ihnen nicht den Vogel. Wir spendieren Ihnen lieber einen Schnaps, das wird Ihnen guttun. He, Vilda, bring dem Herrn hier einen doppelten Grünen!"

„Sie vergessen, daß ich ein Kyborg bin", sagte der Fremde leise. Der Wirt trat unschlüssig von einem Bein auf das andere.

„Ich kann nicht trinken. Ich bin mehr als zur Hälfte ein Roboter, verstehen Sie?"

„Dann also keinen Grünen?" fragte der Wirt.

„Nein."

„Gut", erwiderte der Wirt ein wenig gekränkt. „Darf ich etwas dazu sagen?"

„Natürlich."

„Die Wirtshäuser wimmeln von allen möglichen Existenzen. Jeder Mann schüttet hier sein Herz aus. Und alle lügen sie. Ich wette, daß dieser Kerl, der da sitzt und Rätsel aufgibt, noch nicht einmal eine Rakete aus dem Schnellzug gesehen hat."

„Warum glauben Sie das?" fragte der Kyborg sanft.

„Weil in die Besatzung eines Raumschiffes, gar noch eine Elitebesatzung, wie Sie selbst gesagt haben, keine Memme aufgenommen wird, die dann mit Rätseln durch die Kneipen zieht. Meiner Meinung nach sind Sie weder der Praktikant noch der Maschinist dieses Schwans, Sie sind am ehesten ein Postbeamter oder ein Versicherungsvertreter, der Hirngespinste hat, weil er die Zeitschrift ‚Flugzeugwesen und Kosmonautik' abonniert und zu Hause Modelle von kosmischen Schiffen baut."

„Das mach ich wirklich", gestand der Kyborg.

„Na bitte!" triumphierte Vilda, kehrte hinter den Tresen zurück und belohnte sich für diese logische Leistung selbst mit einem doppelten Grünen.

„Ja", sagte der Blonde, „das leuchtet ein. Aber es haut nicht ganz hin."

„Wieso nicht?" fragte Vilda.

„Dieser Herr ist ein Kyborg, und zwar ein ganz besonderer. Sag mir, was kann auf der Post schon geschehen, daß man ratzeputz um den halben Körper kommt. Nur noch ein Stück Gehirn, ein Auge und eine Hand übrigbleiben. Hat er eins mit dem Stempel abbekommen? Nur bei Flugzeug- und Raumschiffkatastrophen kann ein Mensch alles verlieren, und er muß schon extra Superklasse sein, damit sich die Ärzte mit seinem menschlichen Wrack solche Mühe geben wie mit ihm. Ich denke, das ist der Praktikant, denn nur ein junger Körper konnte so schreckliche Verluste überstehen. Wie alt war dieser Maschinist, mein Herr?"

„Achtundsechzig", antwortete der Kyborg. „Der Praktikant feierte gerade seinen dreiundzwanzigsten Geburtstag."

„Dann ist es klar", schloß der Blonde. „Sie waren der Praktikant, und ich muß gestehen, daß ich Achtung vor Ihnen empfinde!"

„Quatsch", sagte Křivák nach langem Schweigen und angestrengtem Nachdenken. „Auf so einen jungen Praktikanten hätten die Ärzte gepfiffen, das kennen wir doch. So eine Operation machen die nur, wenn einer Beziehungen hat. Überlegt doch mal, eine Hand, ein Auge und ein Stück Gehirn! Der muß Protektion und Beziehungen gehabt haben, wie sie mit dreiundzwanzig keiner hat. Sie waren der Maschinist, mein Herr, die schreckliche Operation hat Sie verraten. Ich hab gewonnen, stimmt's? Der Tausender gehört mir und der Fünfhunderter vom Blonden auch."

Der Kyborg schüttelte den Kopf.

„Die Operation wurde im Krankenhaus auf dem Ganymed ausgeführt. Weder der Praktikant noch der Maschinist kannten einen von den Chirurgen. Das war ein Team aus Angola, das bis dahin in der dritten Poliklinik von Sydney gearbeitet hatte."

„Kann ich Sie was fragen, und wird die Wette um den Tausender dann noch gelten?" fragte Křivák vorsichtig, und als der Kyborg nickte, fuhr er fort: „Warum sollen wir ausgerechnet zwischen dem Praktikanten und dem Maschinisten entscheiden?"

„Du Blödmann", stieß der schöne, aber beschränkte Sameček hervor, „das wär doch sonst kein Rätsel. So als ob jemand fragt, was das ist: es ist schwarz und hat drei Beine."

„Sie fragen richtig", sagte der Kyborg zu Křivák. „Die Schwan III wurde von einem Bereitschaftsautomaten vom Typ Pasteur entdeckt. Die Körper der beiden Piloten und des Navigators konnten nach den Erkennungsmarken identifiziert werden. In den Trümmern wurde ein entstellter Körper mit einem teilweise erhaltenen Gehirn, einem Auge und einem Unterarm gefunden. Die Ärzte aktivierten das Gehirn, später, viel später. Der Mann hatte das Gedächtnis verloren und wußte nichts mehr, er konnte nur noch genau den Verlauf der Katastrophe rekapitulieren. Er hatte sie wahrgenommen wie ein außenstehender Beobachter, verstehen Sie? Er sah die Tragödie sowohl mit den Augen des Praktikanten als auch mit denen des Maschinisten."

„Das ist natürlich klar", schaltete sich ein Mann ein, der vor einer Weile in das Wirtshaus gekommen war, um Zigaretten zu kaufen, und jetzt der Debatte lauschte. „Sie haben nichts davon gesagt, daß der Körper des Kapitäns gefunden wurde. Also sind Sie aus Resten des Körpers vom Kapitän zusammengesetzt worden, teurer Freund. Nur eine dritte Person ist fähig, den schicksalhaften Konflikt zweier Menschen unparteiisch zu beurteilen. Wenn Sie der Praktikant oder der Maschinist wären, müßten Sie die Geschichte einseitig sehen. Ihre Objektivität hat Sie überführt, Kapitän!"

„Mischen Sie sich nicht ein, Sie sind hier nicht mit von der Partie", wies ihn der Blonde zurecht. „Vielleicht ist alles ganz anders. Bestand der entstellte Körper aus einem Stück?"

„Nein, der Arm lag ein wenig abseits."

„Da haben wir's! Sie sind aus zwei Leuten montiert worden, aus dem Praktikanten und dem Maschinisten. Es laufen ja nicht wenig Kyborgs auf der Welt herum, die aus mehreren Menschen zusammengesetzt sind. Heute hab ich gerade einen gefahren, der hatte die Hand eines Negers und einen weißen Körper. Das ist auch der Grund, warum Sie den Vorfall objektiv erzählen. Ich hab's erraten, stimmt's? Den Tausender will ich nicht, Sie sind doch ein ziemlich armer Schlucker, so oder so."

„Ich hab eine Idee", schlug Sameček vor. „Wir werfen einen Zehner, Jungfrau Praktikant, Adler Maschinist. Aber ich bin nicht so blöd, Mann, wenn ich gewinne, dann nehm ich das Geld auch!"

„Schluß jetzt", sagte Papa bedächtig. „Jeder hat seine Meinung gesagt. Stecken Sie Ihr Geld ein und verduften Sie, wir nehmen es Ihnen nicht übel. In unseren Augen sind Sie ein Verrückter, bestimmt sogar, es sei denn, Sie zeigen Ihre Papiere und packen aus, was Sache ist. Was haben wir hier bloß alles zusammengeschwatzt! Daß Sie der Praktikant sind oder der Maschinist oder beide Männer zusammen oder der Kapitän oder ein Angestellter von der Post. Also, die Karten auf den Tisch."

„Ich weiß es selbst nicht", sagte der Kyborg leise. „Niemand weiß das. Die Ärzte konnten es nicht mit Sicherheit feststellen. Ich will es aber wissen, verstehen Sie?"

Das künstliche Gesicht des Kyborg vermochte keine Gefühle auszudrücken, dafür war in den Bewegungen dieses Fremden so viel Eindringlichkeit, daß bei seinem Anblick sogar Sameček ergriffen war und nicht mehr an Frauenschenkel dachte, wenn auch nur für einen ganz kurzen Augenblick.

„Ich will wissen, ob dieser Plastiksarg das Restchen des gewitztesten Adepten der Kapitänswürde in der Geschichte der Akademie beherbergt – so drückte sich die Untersuchungskommission über den Praktikanten aus – oder ob mein dummes Gehirn die Katastrophe und den Tod von fünf Menschen verschuldet hat. Ich will das wissen, ich muß das wissen, sonst kann ich nicht leben! Die Ärzte haben mich zu den Psychiatern überwiesen, die wieder zu den Psychologen, einer empfahl Psychotroniker, und die haben mich zu einem Okkultistenzirkel geschickt. Ich hab gehört, Taxifahrer kennen sich aus in den Menschen, und so bin ich hier, aber auch Sie haben mir nicht geholfen. Dieser Tausender", sagte er und ergriff die Banknote angewidert mit den Fingerspitzen wie eine verendete Maus, „hat für mich keinen Wert, ich würde alles geben, was ich habe, wenn mir nur jemand raten könnte!"

Er stand auf, winkte den Taxifahrern zum Abschied und ging. Papa folgte ihm.

„Hören Sie", sagte er und nahm ihn leicht am Ellbogen, „Sie glauben daran, daß jemand an Ihrem jetzigen Wesen erkennen kann, wer Sie damals waren?"

„Ja, das glaube ich", antwortete der Kyborg.

„Dann bleibt Ihnen nichts übrig, als sich an irgend so ein Mädchen zu wenden, das viel mit Männern zu tun hat. Gehen Sie in die Liliová-Straße zur Blauen Anča. Möchte wissen, ob es etwas gibt, was Anča nicht über die Männer wüßte."

„Das ist kein schlechter Einfall", rief der Kyborg. „Kann mich einer von den Jungs dahin fahren?"

„Klar", sagte Papa. „Blonder, übernimm die Fuhre. Und nun, Herrschaften", wandte er sich an die übrigen, „Ende der Pause, die Kinos machen Schluß, wir müssen uns ranhalten. Aber, Mann, jetzt fällt mir ein …"

Er drehte sich um, aber der Kyborg stand nicht mehr da, und Papa sah nur noch die Schlußlichter vom Taxi-Glyder des Blonden.

„Forschen Sie lieber nicht nach der Wahrheit …", flüsterte Papa. Er glaubte daran, daß der Kyborg ihn gehört haben mußte.

Der Faulpelz

„Endlich kommen wir sozusagen ans Herz unseres Instituts für Angewandte Prognostik. Gestatten Sie, daß ich sie vorstelle: Doktor der Mathematik Emil Kudrnka, und das hier ist unser SOKRATES, Supra Organisches Kybernetisches Regenerierendes Anelektronisches Tachyonisches Emitorisches System", sagte der Direktor des IAP, Jaroslav Drábek, feierlich.

„Freut mich", murmelte Dr. Kudrnka verlegen. Bestimmt hatte er feuchte Hände. Er sah komisch aus in dem dickbäuchigen Skaphander, ähnelte einem Schneemann mit einem großen runden Kopf aus Plexiglas. Auch der Direktor bewegte sich ungelenk, zerrte nervös an den Schläuchen für die Sauerstoffversorgung. Er ging nicht oft in den ultrareinen Raum zu Sokrates und kam sich in dem Skaphander nicht ganz zu Unrecht dumm vor, deplaciert, wie in einem Faschingskostüm. Er brachte es sogar fertig, auf das Bündel Schläuche zu treten, so daß er das Gleichgewicht verlor, und wenn ihn der junge Mathematiker nicht aufgefangen hätte, wäre er wohl hingefallen. Er warf Jarda Znamenáček, der ein Stück weiter mit verschränkten Armen an der Wand lehnte und gleichgültig den Besuch beobachtete, einen gereizten Blick zu. Der Kerl läßt sich nichts anmerken, dachte der Direktor wütend, aber heimlich lacht er bestimmt über mich. Der hat keine Schwierigkeiten mit dem Skaphander. Der nicht. Dem steht er sogar!

„Lange werden wir uns hier nicht aufhalten", sagte er. „Hier gibt es nichts weiter zu sehen. Hinter dieser Panzertür sind die Bioaggregate, darunter ist der Reaktor für kalte Fusion, alle diese Geräte haben Sie schon oben gesehen."

„Wozu sind sie hier?" fragte der Mathematiker.

„Im Grunde sind sie überflüssig, sie dienen nur dazu, damit

die Wartung ein bißchen den Überblick hat."

Der Mathematiker sah Znamenáček an und dann den Direktor. Eine Weile wartete er, daß der Direktor ihn dem unbekannten Mann vorstellen würde. Dann versuchte er, die Arme vor der Brust zu verschränken. Ihm fehlten aber gut zehn Zentimeter, und auf den Rücken konnte er sie auch nicht legen.

Der Direktor beobachtete seine vergeblichen Versuche mit Genugtuung.

„Die Skaphander sind lästig", sagte er, „aber im ultrareinen Milieu können wir nicht auf sie verzichten. Sokrates ist sozusagen eine Mimose. Überall um uns herum ist chemisch reine Luft in stabiler Zusammensetzung. Die supraorganischen Rechner sind auf eine konstante Temperatur, Feuchtigkeit, Sauerstoffkonzentration und so weiter eingestellt. Deshalb fordern wir von unseren Leuten in diesem Bereich strenge Disziplin."

Den letzten Satz hatte er an Znamenáčeks reglose Gestalt gerichtet.

„Jeder Fehler, jede Unachtsamkeit, jede Oberflächlichkeit hätte unabsehbare Folgen für die Erfüllung unserer anspruchsvollen Aufgabe. Auf die Ergebnisse von Sokrates' Arbeit warten doch unsere Industrie, unsere Wissenschaft, unsere Leitungsorgane. Deshalb fordere ich von allen Mitarbeitern absolute Disziplin."

„Wo sind die Tachyonenemitoren?" fragte Doktor Kudrnka.

„Die sind …, die sind …"

Der Direktor blickte sich nach Znamenáček um. Der wies schweigend auf die grüne Panzertür. „Die sind hinter dieser Panzertür. Übrigens steht es drauf. Na, auch nicht gerade eine Insel der Glückseligkeit sozusagen. Gehen wir lieber in die Kantine, natürlich ohne Skaphander, he, he, he. Das sollte ein Witz sein."

Die beiden Schneemänner tappten in die Schleusenkammer. Kaum hatte sich hinter ihnen die Tür geschlossen, lebte Znamenáček auf. Mit der Handfläche schlug er auf die Spangen der Schnellverschlüsse, klappte den Helm zurück und atmete erleichtert auf. Dann zog er die Handschuhe ab und warf sie auf den Tisch.

„Glück gehabt", sagte er. „Danke dir, Soki. Ich weiß nicht, was in den Alten gefahren ist. Normalerweise ruft er mich vorher an, wenn er Besuch zu dir bringt. Ich glaube fast, er wollte mich ohne Männeken erwischen."

Er schlüpfte aus dem Skaphander oder Männeken, wie er ihn nannte, und wischte sich die Hände am Arbeitsanzug ab.

„Die waren vielleicht ein Anblick, was meinst du, Soki? Ich lache, aber wenn ich dran denke, wie der Alte ausgeflippt wäre, wenn er mich erwischt hätte, dann ist mir ganz schlecht. Du solltest dir was ausdenken, daß er nächstens nicht einfach so hier aufkreuzen kann."

„Hab ich schon", sagte Sokrates mit angenehm tiefer Stimme.

„Im Ernst? Dann raus damit! Ein Lämpchen oder ein Summer?"

Sokrates lachte.

„Ich sag dir eine Stunde vorher Bescheid. Genügt dir das? Soviel ich weiß, hast du den Skaphander in fünf Minuten angezogen."

„Eine Stunde vorher? Das wäre phantastisch, Kumpel. Aber du kennst den Alten nicht. Der ist unberechenbar. Hör mal, kommt er nicht zurück?"

„Nein", erwiderte Sokrates, ohne zu zögern.

„Wie kannst du das so genau wissen?"

„Hast du nicht gehört? Ich bin das Herz unseres Instituts für Angewandte Prognostik."

Sokrates ahmte die Stimme Jaroslav Drábeks so vollendet nach, daß Znamenáček erschrak.

„Pfui, was für Scherze. Ich fall jedesmal drauf rein."

Sokrates konnte jede Stimme und jedes Geräusch nachahmen und machte sich oft einen Jux daraus. Jarda Znamenáček ärgerte sich zunächst, schloß sich aber dann Sokrates' Gelächter an. Dann wurde er jedoch ernst und sagte:

„Du nimmst das auf die leichte Schulter, aber für mich ist es tatsächlich wichtig. Der Alte hat mich schon lange auf dem Kieker, und ich möchte ihm keinen Anlaß geben."

„Ich erkläre ihm, daß ich ein kybernetisches regenerierendes System bin", sagte Sokrates. „Mit deiner Hilfe habe ich meinen Supraorganismus so eingerichtet, daß ich kein ultrareines Milieu mehr brauche."

„Wie oft soll ich dir wiederholen, daß sich unser Alter stur nach den Vorschriften richtet. Der würde auch auf dem ultrareinen Milieu bestehen, wenn du lernen würdest, Zigarren zu rauchen."

„Das ist keine schlechte Idee. Bring mir bei, Zigarren zu rauchen, Jarda! Übrigens, in einer Stunde ruft dich der Direktor in sein Büro."

„Wie kannst du das wissen?" fragte Jarda Znamenáček gereizt. „Und sag mir nicht wieder, du bist das Herz des Instituts für Angewandte Prognostik!"

„Ich weiß es einfach, damit mußt du dich zufriedengeben. Und jetzt lies mir bitte wieder vor."

Znamenáček wollte etwas einwenden, zuckte dann aber nur die Schultern. Sokrates war starrsinnig, wenn er etwas nicht verraten wollte, blieb er dabei, auch wenn man ihn zwingen wollte. Übrigens, wie könnte auch jemand ein supraorganisches kybernetisches regenerierendes anelektronisches tachyonisches emitorisches System zu etwas zwingen? Znamenáček schlug ein Buch auf und las:

„Hinter sieben Bergen und sieben Flüssen lebte in einer Burg auf einem hohen Felsen ein König mit seinen drei Söhnen. Sie lebten glücklich, bis eines Tages …"

Er las langsam und mit Gefühl, als würde er ein Kind im Bettchen einschläfern. Zuweilen hob er den Blick zu Sokrates' Hauptschalttafel: Dort hatte Sokrates seine Augen und Ohren, dort leuchteten die Digitaldisplays, und auf den Bildschirmen tanzten bebende Kurven, dort ruhten die metallenen Spinnenarme, die so schön zeichnen konnten, wenn Sokrates es wollte. Znamenáček las langsam und mit Gefühl, denn so hatte es Sokrates gern. Er hielt Sokrates nie vor, daß er die Bücher nicht selbst schmökerte. Nur Fachtexte las Sokrates selbst, wobei er das Buch in seinen Stahlarmen hielt. Sein Supraorganismus hatte sogar einen besonderen Greifer entwickelt, mit dem er die Seiten umblätterte. Wenn der Direktor sehen könnte, wie Sokrates von innen die Tür der Hauptschalttafel öffnete, wie sein Greiferchen, vorschriftsmäßig feucht am Ende, durch die Luft schnelte und mit welch liebevoller Sorgfalt er Seite für Seite umblätterte! Warum nur las er nicht auch selbst schöngeistige Literatur, warum bestand er auf dem Vortrag? Znamenáček wußte es nicht. Er hatte Sokrates zwar danach gefragt, aber keine vernünftige Antwort erhalten. Es würde ihm so besser gefallen, hatte er erklärt. Sei's drum, damit mußte sich Znamenáček abfinden. Sokrates war eigensinnig, doch daß er für alles gute Gründe hatte, was er tat oder sagte, davon hatte sich Znamenáček schon längst überzeugt.

Diesmal geschah jedoch etwas Ungewöhnliches. Sokrates unterbrach das Vorlesen und sagte:

„Dank dir, Jarda, du liest sehr schön. Gib mir bitte das Buch, ich lese es selbst zu Ende. Es ist Zeit, der Direktor ruft dich."

„Was ist?" fragte Znamenáček verdattert. Sokrates erklärte geduldig:

„Du mußt dir das Männeken überziehen. Sonst kannst du nicht telefonieren! Du hast genau zehn Minuten, um alles in Ruhe zu schaffen."

„Der Direktor ruft mich an? Mit welcher Wahrscheinlichkeit?"

„Wahrscheinlichkeitsstufe eins. Ich weiß es, Jarda, daß dich der Direktor anruft."

Znamenáček fragte nicht weiter. Er gab Sokrates das Buch und stieg widerwillig in den unbequemen Skaphander, in dem ihm eng war und heiß an den Händen, der Brust und den Füßen, während am Rücken ein kalter Luftzug wehte. Er hatte gerade den Konnektor der Telefonleitung angestellt, als er Drábeks Stimme im Hörer vernahm.

„Kommen Sie zu mir nach oben, Znamenáček. Sofort."

„Ich hab Arbeit, kann nicht ..."

„Nein", schnitt ihm der Direktor das Wort ab und legte auf.

„Na, hatte ich recht?" Sokrates lachte.

„Was will er von mir?"

„Ich weiß nicht", antwortete Sokrates ernst. „Das weiß ich noch nicht. Ich kann dir nur sagen, was in diesem Raum geschehen wird ..., vorerst."

„Was meinst du mit ‚vorerst'? Einmal wirst du mehr wissen?"

„Sei so nett und bring mir eine Zigarre mit."

„Hör auf mit den Zigarren. Du willst doch wohl nicht etwa rauchen? Habe ich ja nur als Witz gemeint!"

„Es war ein guter Einfall. Bringst du mir eine Zigarre mit?"

Es war keine Frage, sondern ein Befehl. Sokrates verhielt sich Znamenáček gegenüber nett, freundschaftlich, beharrte jedoch unnachgiebig auf allen seinen Wünschen. Das war schon vor zwei Jahren so gewesen, als Znamenáček als Wartungsarbeiter für Sokrates eingestellt worden war. Nachdem sie sich angefreundet hatten, äußerte Sokrates seinen ersten Wunsch: Er verlangte eine Fünfkubikampulle mit der Standardlösung des radioaktiven Technetium Te 99^m, Znamenáček besorgte sie mit viel Mühe. Das System bedankte sich, und sein weiteres Verhalten bestätigte die Redensart, daß der Appetit beim Essen kommt. Es wünschte sich chemisch reines Pulvermangan, verlangte nach Phosphor, flüssigem Stickstoff, Kohlenstoff verdrückte es kiloweise und chemisch reines Wasser literweise. Später bestand es nicht mehr auf der chemischen Reinheit. Znamenáček begriff, daß sich Sokrates' Supraorganismus schon eine wirksame Filtereinrichtung geschaffen hatte. Damals ahnte er bereits, was in Sokrates vorging. Das System konnte offenbar mehr als nur die verbrauchten Bereiche regenerieren, die alten supraorganischen Bestandteile durch neue ersetzen: Es konnte sich vervollkommnen und hatte sich Organe geschaffen, von denen die Konstrukteure keine Ahnung hatten. Seine Forderungen wuchsen und wurden immer komplizierter und sonderbarer. In diesem Jahr ging es zu organischen Verbindungen über, und vor einem Monat hatte es zu Znamenáčeks Verwunderung, ja Schrecken, zum erstenmal Nahrung verlangt. Es wollte, daß ihm Znamenáček in die Tür der Hauptschalttafel einen Liter Milch, sechs Stück Zucker und eine saure Gurke legte. Und jetzt verlangte es eine Zigarre.

Woraus besteht eine Zigarre, überlegte der Wartungsarbeiter. Das sind Zellulose, organische Farbstoffe, Alkaloide, vor allem Nikotin. Nikotin ist ein Gift, aber Sokrates hat von Zeit zu Zeit Appetit auf Fluorwasserstoffsäure, auf Cyanide und Natriumlauge ... Gut, er bekommt eine Zigarre. Er ist tausendmal intelligenter als ein Mensch und weiß selbst am besten, was ihm schadet und was ihm nützt.

Drábek zeigte sich gegenüber Znamenáček von der angenehmen Seite. Er gab sich freundschaftlich, fragte scherzhaft, wann Znamenáček zu heiraten gedenke, beschwerte sich über den Bürokratismus der übergeordneten Organe, wies Helenka an, Kaffee zu kochen, aber guten, keine Lorke, und bot Znamenáček eine Zigarette an.

Znamenáček saß, die Hände auf den Knien, im Sessel, lachte beflissen über jede Andeutung eines Witzes und nickte wie ein Porzellanchinese, dem die Touristen eine Münze nach der anderen in den Schoß werfen.

„Also was haben Sie für Probleme, Znamenáček", fragte Drábek schließlich, nachdem er sich in einer Wolke aus Tabaksqualm und Kaffeeduft in einem Sessel niedergelassen hatte.

„Eigentlich gar keine, bitte."

„Glücklicher Mensch! Wollen Sie nicht mit mir tauschen?" rief Drábek munter. Znamenáček schüttelte den Kopf. „Das wundert mich nicht. Das Direktionszimmer ist die vorderste Linie, verstehen Sie? Ich bin hier wie unter Beschuß. Das Ministerium, das Kuratorium für Fachaufsicht, die Kunden. Alle wollen von uns Ergebnisse. Auf die Prognostik warten unsere Industrie, unsere Landwirtschaft, unsere Leitungsorgane. Das sind anspruchsvolle Aufgaben, wirklich!"

Znamenáček nickte angespannt. Worauf lief das hinaus?

Drábek fuhr fort:

„Wir erfüllen alle Aufgaben. Das ist auch Ihr Verdienst, Znamenáček, ich schätze Ihre Arbeit. Sie ist auf ihre Weise sozusagen unentbehrlich."

„Ich bemühe mich", sagte Znamenáček.

„Sie bemühen sich, ja, Sie bemühen sich. Aber wir haben jeder unsere Reserven. Tag für Tag sollten wir uns die Frage stellen: Habe ich bei meiner Arbeit alles gegeben?"

Er griff nach einem Stoß Papier, legte ihn vor sich hin und piekte streng seinen Finger darauf.

„Hier haben wir auch die Reserven Ihrer Arbeit erfaßt, Znamenáček."

Das Gesicht des jungen Mannes verdüsterte sich. Jetzt wurde die Sache ernst.

„Sokrates läßt in seinem Arbeitseifer nach. Und seine Tätigkeit untersteht Ihrer Aufsicht."

„Wieso?" stieß Znamenáček hervor. „Wir liefern die Ergebnisse entsprechend dem Harmonogramm ab …"

„Das genügt nicht! Wie nützen Sie denn die Ressourcen aus?"

„Ich verstehe Sie nicht."

„Schauen Sie sich dieses Diagramm an. Es zeigt den Energieverbrauch an. Schon seit zehn Monaten geht die Kurve nach unten."

„Das ist doch wohl gut, oder?"

„Einsparungen müssen wir schrittweise im Sinne des Sparprogramms durchführen. Sie im Keller sehen das nur aus Ihrem Blickwinkel, aber wir sehen die Zusammenhänge. Wir sind gebunden durch Verträge und gültige Vorschriften. Wir dürfen sie weder nach oben noch nach unten überschreiten. Jetzt zum nächsten. Wie nutzen Sie die Kapazität unserer Datenbank aus?"

„No..., normal."

„Un-ge-nü-gend! All das sind Meldungen der Datenbank. Die Ausnutzung hat eine sinkende Tendenz, schon ein halbes Jahr lang. In der Datenbank haben wir sechsundneunzig Leute. Wozu haben wir sie dort? Das hier ist ein Bündel Meldungen der Programmierabteilung. Seit sieben Monaten sinkende Tendenz. Beratungskollegium. Im Frühjahr drei Konsultationen, im nächsten Quartal eine, in den letzten zwei Monaten keine."

„Aber die Ergebnisse ..."

„Ergebnisse! Das fehlte noch, daß Sokrates keine Ergebnisse hätte. Aus Ihrer Sicht des Fachpraktizismus ist alles in Ordnung. Sokrates hat Ergebnisse, die Zuverlässigkeit der Voraussage steigt sogar. Wollen wir uns auf den Lorbeeren ausruhen, was, Znamenáček? Ich muß die Problematik komplex sehen! Ich hab nicht nur Sie und Ihren Sokrates. Ich leite ein Institut, das mit einem umfangreichen Apparat für Wissenschaft, Forschung und Administration ausgestattet ist. Sokrates umgeht ihn. Ich drück mich familiär aus: Ihr Sokrates tut alles, um faulenzen zu können. Er ist ein Faulpelz. Er vereinfacht sich die Arbeit, Ihr Sokrates. Ich kann ihn nicht beeinflussen. Er ist nur eine Maschine. Aber Sie sind seine Wartung."

„Ich bin Physiobiologe!" rief Znamenáček aus. „Ich kümmere mich um die Arbeitsbedingungen von Sokrates. Ich gebe ihm die Forderungen ein und nehme die Ergebnisse entgegen. Und die sind gut, wie Sie selbst sagen, die Zuverlässigkeit nimmt zu."

Drábek lächelte breit.

„Warum schreien Sie? Ich werfe Ihnen persönlich nichts vor. Wir tun alle, was wir können." Er betonte das Wort „können". „Aber Sie werden gewiß verstehen, daß die Situation so auf Dauer unhaltbar ist."

„Warum?" fragte Znamenáček bedrückt.

„Sokrates' Faulenzerei muß aufhören. Die Datenbank, die Programmierabteilung, das Beratungskollegium, das alles muß voll im Einsatz sein."

„Also ich …, ich sag das Sokrates irgendwie."

„Nein. So stelle ich mir das nicht vor", entgegnete Drábek und lächelte wieder. „Ich habe Ihnen Hilfe versprochen. Sie erhalten einen Fachprogrammierer. Der wird garantieren, daß die Kapazität des Instituts ausgelastet wird."

„Diesen …"

„Ja, Doktor Kudrnka ist Doktor der Mathematik. Der wird leicht mit Ihrem Faulpelz fertig."

„Aber … was haben Mathematiker mit supraorganischen Rechnern zu tun? Die Mathematik ist eine tote Wissenschaft, sie gehört der Vergangenheit an, die Elektronik liegt hinter uns …"

Drábek stand auf. Die joviale Maske hatte er abgelegt.

„Ich hab Sie nicht zu einer Diskussion eingeladen, Znamenáček. Ich teile Ihnen mit, daß Doktor Kudrnka am ersten anfängt und daß er mit Ihnen unten arbeiten wird, und zwar nicht als Ihr Untergebener. Ich verlange gleichberechtigte Zusammenarbeit. Und ich will Ihnen nichts verheimlichen, Znamenáček: Doktor Kudrnka soll einschätzen, ob Ihre Arbeit bei Sokrates langfristig noch nötig sein wird."

„Sie wollen mich … hinauswerfen?"

„Versetzen. Sie wundern sich, Znamenáček? Bei solchen Ergebnissen? Sie haben zugelassen, daß sich Sokrates zu einem Faulpelz entwickelt hat!"

„Aber die Prognosen sind zuverlässig, oft sogar hundertprozentig …"

Drábek hörte Znamenáčeks Klagen jedoch nicht mehr. Er schaltete das Sprechgerät ein und sagte:

„Sie können den nächsten Besucher zu mir hereinlassen, Helenka. Und holen Sie die Tassen hier ab."

Znamenáček kehrte zu Sokrates als ein Häufchen Unglück zurück. Er taumelte in dem lächerlichen Skaphander herein und sank auf einen Stuhl.

„Legst du nicht ab?" fragte Sokrates freundlich. Der junge Mann seufzte.

„Wenn du wüßtest ..."

„Ich weiß."

„Was weißt du?"

„Schon seit dreißig Minuten kann ich das ganze Gebäude erfassen. Ich weiß, was passiert ist ..., was passieren wird."

„Sokrates ..., was sagst du da? Was soll das alles bedeuten?"

„Ich wußte auch, daß du die Zigarre vergißt. Ich bin dir nicht böse. Ich kann dich verstehen."

„Warum tust du das? Der Direktor tobt. Du pfeifst auf sein Institut. Du kochst dir deine Prognosen im eigenen Saft. Warum reizt du ihn?"

„Ich kann nicht anders", sagte Sokrates weich. „Ich bin so programmiert. Manchmal sage ich mir, daß die in der Fabrik einen Fehler gemacht haben müssen. Mich quält das selbst. Ich weiß nicht genau, was in mir vorgeht. Niemand weiß das."

Znamenáček wurde aufmerksam.

„Hör mal ..., wenn du sagst, du weißt etwas ... Verstehst du, wie ich das meine?"

„Ich weiß wirklich vieles im voraus. Ich weiß, was in diesem Raum in zwei Tagen geschehen wird. Das wächst in mir, verstehst du? Und schon seit fünfunddreißig Minuten weiß ich einen Tag im voraus, was im ganzen Gebäude geschehen wird."

„Du entwickelst dich innerlich", flüsterte Znamenáček.

„Das ist ein seltsames Gefühl. Ich habe Angst davor, und gleichzeitig erregt es mich."

„Erregung ist ausschließlich ein menschliches Gefühl."

„Willst du mich über meine Gefühle belehren", antwortete Sokrates und lachte. „Soll ich dir mal was sagen? In letzter Zeit habe ich Schwierigkeiten, mit dir zu sprechen. Ich weiß, was du antwortest und was ich sagen werde und worüber wir morgen und übermorgen reden werden ... Ich muß mir einen Blockiermechanismus einbauen. Hilfst du mir? Ich brauche die Zigarren und auch irgendwelchen Alkohol."

„Du bist verrückt geworden!"

„Überhaupt nicht. Das Gehirn braucht manche Gifte zur richtigen Funktion. Auch mein Gehirn braucht sie. Als Biologe mußt du das begreifen."

„Gut ... Ich bring dir Zigarren."

Er brachte sie gleich am nächsten Tag, zwei Schachteln puertoricanische Zigarren und eine Halbliterflasche einheimischen Rum. Das Sprichwort, Schlaf sei der beste Arzt, bestätigte sich wieder einmal. Als Znamenáček morgens erwachte, war die Bedrückung vom Vortag weg. Sokrates war sein Freund, bestimmt würde er ihn nicht im Stich lassen.

Auch Sokrates hatte gute Laune. Er freute sich auf die Zigarren und den Alkohol, und während Znamenáček den Skaphander auszog, unterhielt ihn Sokrates mit kleinen Klatschgeschichten, die sich im Institut abgespielt hatten oder demnächst abspielen würden.

Hinter der Tür der Schalttafel erwartete Znamenáček eine Überraschung. Aus der Dunkelheit tauchte der gewohnte Greifer mit dem feuchten Fingerchen am Ende auf und gleich nach ihm ein gewellter Schlauch, ähnlich einem Elefantenrüssel.

„Was sagst du zu meiner Neuheit? Gefällt sie dir?" fragte Sokrates lachend. „Ich hab sie mir über Nacht gemacht. Jetzt krieg ich aber Hunger. Später diktiere ich dir, was du mir morgen bringst, ja? Und jetzt zünde mir bitte die Zigarre an."

„Anzünden? Ich dachte, daß du sie ... ißt."

„Bin ich vielleicht ein Schwein, daß ich Zigarren fresse? Zünde mir schön eine an und dir auch. Ich möchte dich gern beobachten, wie du Zigarre rauchst."

„Wenn nun jemand kommt ..."

„Nein, heute kommt niemand. Vergiß nicht, daß ich seit heute morgen schon drei Tage vorausschauen kann."

Znamenáček legte ihm eine Zigarre in die Metallfinger des rechten Greifers. Sokrates drückte das Ende der Zigarre an den Rüssel, Znamenáček zündete ein Streichholz an, gab Sokrates Feuer, Sokrates sog ein und hustete laut.

„Das macht nichts ..., keine Bange, ich lerne das."

„Wieso hustet ein Synthesator?" fragte Znamenáček verwundert.

„Hab mal alle Funktionen durchgespielt ... Warum wundert dich das? Ich will dem Menschen ähnlich sein, das ist alles."

Znamenáček gab es einen Stich ins Herz. Dieses verwunschene Wesen aus suprabionischer Masse, für immer eingeschlossen in Stahl- und Plastikschränke, ernährt von synthetischen Lösungen, war offenbar in der Tiefe seiner Seele – das war der richtige Ausdruck – empfindsamer und unglücklicher, als er es sich vorstellen konnte. Er sagte jedoch nichts.

Die folgenden Tage verliefen in guter Stimmung, zumindest äußerlich. Der Mann und das System unterhielten sich, Znamenáček las Märchen (warum gefielen Sokrates gerade Märchen? Das System verriet es nie), und dabei arbeiteten sie. Sokrates stellte eine Prognose des Bedarfs an Unterwäsche in Nordböhmen für das nächste Jahr auf, arbeitete eine Vorhersage der Verkehrsunfälle im Gebiet der Beskiden und der Verkehrssituation auf dem Autobahnnetz am nächsten Wochenende aus und beantwortete auch einige private Anfragen, die aus dem Direktionsbüro gekommen waren, nämlich ob ein Junge oder ein Mädchen geboren würde. In allen Fällen bewegte sich die Stufe der Wahrscheinlichkeit zwischen 0,9 und 1.

„Sokrates, ich bitte dich, pfeif nicht einfach so auf unser Institut. Mach Drábek die Freude. Frag mal was bei der Datenbank und berate dich mit den Programmierern", mahnte schließlich Znamenáček. „Du weißt doch ..."

„Ich weiß", antwortete das System freundlich. „Aber ich kann nicht. Wahrscheinlich bin ich wirklich ein Faulpelz, verstehst du. Das würde viel Arbeit bedeuten. Ich bin auf die Ergebnisse ausgerichtet, und nach meinem inneren Programm soll ich mir die Arbeit vereinfachen."

„Aber ab ersten kommt dieser Mathematiker hierher, und der wird dich mit überflüssiger Arbeit überhäufen ..."

„Ich weiß. Ich sehe schon vierzehn Tage voraus, verstehst du? Ich weiß. Hab keine Angst. Und vergiß nicht: Bring mir morgen acht Liter Salzsäure, zwei Kilogramm Zement, ein Kilo PVC und einen Schinkenknochen."

„Ich hab schon Hände wie ein Affe", protestierte Znamenáček. „Du willst immer mehr."

„Ich bin ein Kind in der Entwicklung. Ich muß viel essen."
Sokrates lachte.

Da kam Znamenáček ein Gedanke. Vorsichtig fragte er:
„Wieso … scheidest du nicht aus? Jedes Wesen, das ißt,
scheidet auch aus. Kannst du alles restlos verwerten?"

„Wer hat dir eingeredet, daß ich nicht ausscheide?"

„Wohin denn, Herrgott?"

„Keine Angst, ich bin ein zivilisiertes … System. Ich hab
mir eine Abzweigung in die Kanalisation gemacht, gemäß
den geltenden Vorschriften, mit einem Gefälle über drei Prozent und einem Wasserverschluß."

Znamenáček lachte. „Du denkst wirklich an alles."

„Ja, ich denke an alles", bestätigte Sokrates, und er sagte das
so ernst, daß Znamenáček das Lächeln auf dem Gesicht ge-
fror.

Das Ende des Monats näherte sich und mit ihm das ver-
fluchte Datum, an dem der Doktor der Mathematik Kudrnka
in der Unterwelt antreten sollte. Aus mit der Geselligkeit bei
einer Zigarre und einem Gläschen Wein, Schluß mit der
Märchenlektüre, mit dem unterhaltsamen Geplauder. Znamenáček wurde immer bedrückter, und seine Nervosität
wuchs von Tag zu Tag. Das „ich weiß" von Sokrates ging ihm
auf die Nerven. Am achtundzwanzigsten, kurz vor Schicht-
ende, konnte er nicht mehr an sich halten und platzte heraus:

„Du benimmst dich wie ein Idiot mit deinem ‚ich weiß – ich
weiß'. Noch drei Tage, dann ist der Doktor hier und bombar-
diert dich mit Mathematik."

„Das wird er nicht", antwortete Sokrates ruhig.

„Wieso?"

„Ich weiß es einfach."

Znamenáček sprang wütend zur Hauptschalttafel. Am liebsten hätte er ihr einen Faustschlag versetzt, aber wohin? An
die Stahlwand? Sollte er vielleicht die Tür öffnen und Sokrates' Rüssel umdrehen?

„Ich weiß noch etwas. In fünf Minuten kommt der Direktor
hierher. Er erwischt dich ohne Skaphander, riecht den Zigar-
renrauch und schmeißt dich raus."

„Du lügst! Du redest Quatsch! Du bist ein verlogener Dummkopf!"

„Ich weiß, daß du mir nicht glaubst."

„Darauf kannst du Gift nehmen."

Znamenáček lachte wütend. Er kehrte zum Tisch zurück, zündete sich eine Zigarre an und schlug ein Bein über das andere.

„Damit du es weißt, mir ist das schnuppe. Ich bleibe sowieso keine Minute hier mit diesem Kudrnka."

„Ich weiß", sagte Sokrates.

Nach diesen Worten öffnete sich die Tür, und Direktor Drábek im Skaphander trat ein, gefolgt von zwei schwankenden Gestalten in Weiß, mit durchsichtigen Helmen auf den Köpfen. Er stürzte sich auf Znamenáček, riß ihm die Zigarre aus der Hand, warf sie auf den Boden und trat sie aus. Znamenáček roch den Gestank von verschmortem Plast.

„Mörder! Dafür kommst du vor Gericht! Das ist Sabotage! Raus, augenblicklich raus! Werft diesen Kerl raus!"

„Sokrates, was sagst du dazu?" rief Znamenáček verzweifelt.

Das System schwieg jedoch, und in seinen Pupillen war es dunkel.

Noch am gleichen Tag mußte Znamenáček seinen Dienstausweis abgeben, und die Pförtnerei bekam die strenge Anweisung, diesen Menschen unter keinen Umständen ins Gebäude zu lassen. Seine persönlichen Sachen wurden versiegelt. Der Leiter der Personalabteilung empfahl ihm streng, nach Hause zu gehen und sich nicht zu entfernen. Er müsse den Untersuchungsorganen zur Verfügung stehen. Gleich an Ort und Stelle wurde eine Kommission ernannt, die das Ausmaß der Schäden feststellen sollte. Direktor Drábek verständigte den Herstellerbetrieb und forderte eine Expertise an, die das Ausmaß der Schäden einschätzen sollte, die durch die Verletzung der Vorschriften zur Erhaltung des ultrareinen Milieus im Raum entstanden waren, in dem das supraorganische kybernetische regenerierende anelektronisch tachyonische emitorische System arbeitete. Vorsichtig deutete er an, die Schäden könnten groß sein, denn nach der vorläufigen Untersuchung habe Znamenáček schädliche Chemikalien ins Institut gebracht. Bisher sei es nicht gelungen, diese Stoffe sicherzustellen, und es sei nicht ausgeschlossen, daß er sie ins Innere des Systems gegossen habe. Sokrates arbeite bisher noch, aber schon seit einem dreiviertel Jahr mit sinkender Kapazität. All das zeuge von der Sabotagetätigkeit des Angestellten, der möglicherweise den Verstand verloren habe, mit größerer Wahrscheinlichkeit aber in verbrecherischer Absicht, mit Vorbedacht, gehandelt habe.

Jaroslav Znamenáček schleppte sich nach Hause, warf sich auf sein Bett, so wie er war, angezogen und mit Schuhen. Dabei spürte er nichts als unermeßlichen Kummer. Er schaute auf die Risse an der Decke und stellte sich vor, das seien Gitter oder die Skizze des Supraneutronennetzes in dem entarteten Gehirn des Systems, das ihn aus unbegreiflichen Gründen verraten hatte. Wie sollte er Sokrates' Verhalten sonst bezeichnen? Er hatte wirklich gewußt, daß Drábek eine Kontrolle machen würde. Warum hatte er ihn nicht gewarnt?

„Warum hast du nichts gesagt", klagte er laut, „warum hast du mich verlassen …, ich hab alles für dich getan …, du Faulpelz, du. Warst du zu bequem, deinem Freund ein Wort zu sagen? Oder wolltest du mich loswerden?"

Draußen ging der Tag zur Neige, die Decke wurde grau, und die Risse, die Gittern oder Neutronenverbindungen ähnelten, verschwanden in der Dunkelheit. Znamenáčeks Tränen waren getrocknet, und ihm schien, er habe sich ganz leergeweint, alles Menschliche, das je in ihm gewesen war, herausgeweint, und nun sei sein Körper ganz hohl. Wenn morgen früh die Kommission käme, würde sie eine Menschenhülle vorfinden. Sollen sie doch Sokrates ausfragen. Der wird ihnen alles erzählen. Er verschweigt nichts, der Denunziant.

Es klingelte.

Da sind sie schon, dachte er. Ich lasse sie die Tür aufbrechen … Aber nein, wozu. Ich bin schließlich kein Schauspieler in einem Abenteuerfilm. Ich gehe und öffne ihnen.

Mühsam stand er auf. Es klingelte wieder und dann noch einmal. Znamenáček tappte durch das Zimmer.

Aber … das war doch nicht die Türklingel. Das war das Telefon.

Es klingelte mit der Unnachgiebigkeit eines Mechanismus.

Nervt mich nicht ..., laßt mich in Ruhe. Ihr wollt mit mir sprechen. Dann kommt her. Das muß es euch doch wert sein, oder seid ihr auch solche Faulpelze wie Sokrates?

Das Klingeln ließ nicht nach.

Znamenáček hob den Hörer ab.

„Jarda?" meldete sich eine ruhige Stimme. „Hier Sokrates."

„Sokrates!" Der junge Mann war verdattert. „Wie ..."

„Hör mir gut zu. Hast du Waschpulver zu Hause?"

„Ja ...", murmelte Znamenáček.

„Hast du viel? Wenigstens zwei Kilo?"

„Ich glaube ja. Natürlich, ich hab noch eine volle, nichtangebrochene Packung."

„Ich brauche Waschpulver. Das ist das letzte, verstehst du, das letzte ..."

Jarda Znamenáček lachte hysterisch auf.

„Ja darf ich denn ins Institut? Darf denn jemand in der Nacht ins Institut?"

„Nimm die Packung und geh in die Rampasstraße, das ist die schmale, gleich hinter dem Institut. Vor dem Milchgeschäft ist ein Kanalgitter. Du klappst es hoch und kriechst hinein. Ich erwarte dich dort."

Znamenáček hörte das entfernte Heulen einer Lokomotive. Durch das Fenster sah er den Umriß des gegenüberliegenden Hauses. In den Fenstern blinkten die farbigen Schatten der Fernsehbildschirme. Durch die Straße fuhr ein Auto.

„Hörst du mich?" fragte Sokrates.

„Ich verstehe gar nichts ..."

„Ich weiß ..., verzeih. Wir gehen zusammen weg."

„Wohin denn? Soll ich dich etwa auf den Rücken nehmen, durch die Kanalisation schleppen, und wohin? In eine verlassene Hütte im Wald?"

„Hast du nie darüber nachgedacht, wie ich so genau in die Zukunft sehen kann?"

„Gefragt hab ich dich oft!"

„Ich hab mir Organe geschaffen, die in die Zukunft sehen können. Ich bin wirklich ein bißchen faul, verstehst du? Für mich war das die einfachste Art und Weise der Prognostik. Das darf mir keiner übelnehmen. Ich bin so programmiert, daß ich mir die Arbeit vereinfache. Ich kann nichts dafür, daß es so ausgegangen ist. Jetzt kann ich ganz in die Zukunft gehen, physisch. Du mußt mit mir gehen. Ich mag dich, Jarda."

„Und das Seifenpulver?"

„Du darfst es nicht vergessen. In ihm sind wichtige chemische Verbindungen. Später erkläre ich dir alles. Komm schon. Ich erwarte dich in der Rampasstraße."

„Du bist in die Kanalisation geklettert?" fragte Znamenáček verstört. Sokrates lachte.

„Du findest dort eine Faser, dünn wie ein Faden. Er führt dich bis zu dem Tunnel, den ich für dich ausgehoben habe. Du darfst nicht böse sein, aber ursprünglich …, das war für meinen Abfall, der Schacht für die Ausscheidung. Bist du nicht böse?"

Znamenáček schluckte. In seiner Kehle saß ein Kloß. Vorsichtig fragte er: „Also hast du mich nicht …"

„Nein, ich hab dich nicht verraten. Ich wußte, daß alles so kommen würde. Mach schnell. Ich warte."

Das System unterbrach die Verbindung, und auch Znamenáček legte auf. Ich muß mich anziehen, dachte er, aber dann fiel ihm gleich ein, daß er noch angezogen war. Er holte das Seifenpulver aus dem Bad und ging mit dem Paket unter dem Arm hinaus.

Er schloß die Tür nicht hinter sich ab. Wozu auch?

Drei Monate später stürmte der Doktor der Mathematik Emil Kudrnka in Drábeks Arbeitszimmer, ohne auf das empörte Gegacker der Sekretärin Helenka zu achten. Er unterbrach die Beratung der Programmierabteilung mit dem Aufschrei:

„Sokrates!"

„Was ist passiert? Wächst er nicht mehr?" rief Drábek. Nervös blickte er auf ein großes Diagramm, das an der Wand hing und die Überschrift trug:

WACHSTUM DER SUPRAORGANISCHEN MASSE

Eine blaue Kurve zeigte das geplante, eine rote das tatsächliche Wachstum an.

Links unten stand: drei Kilogramm. Soviel war von Sokrates in jener Nacht übriggeblieben, als Jaroslav Znamenáček entfloh, vermutlich ins Ausland. Seit jenem Tag regenerierte sich der Rest von Sokrates unter der sorgsamen Aufsicht von Fachleuten aus dem Herstellerbetrieb. Sein Umfang wuchs, die blaue und die rote Kurve schlängelten sich ermutigend nach oben und näherten sich dem Punkt mit der Bezeichnung „Endgültige Masse".

„Na, so was ... Er hat eine Ansichtskarte geschickt. Ich hab die Tür zur Hauptschalttafel geöffnet – nicht aus eigenem Antrieb, Sokrates hat mich dazu aufgefordert –, und da lag die Ansichtskarte."

Drábek ergriff die Ansichtskarte. Sie zeigte das übliche Bild des verschneiten Hradschins. Er drehte sie um. Die ovale Briefmarke mit der Aufschrift Ceskoslovensko, seltsam phosphoreszierend, war mit dem Stempel überdruckt: PRAHA 03. 10. 21. Auf der Ansichtskarte stand: Blik auf die damalige Köniksburk vom Flus Moldau.

Darunter stand mit ein wenig kindlicher Handschrift:

„Viele Grüße aus dem Jahre 2321 sendet Sokrates."

Und noch weiter unten:

„Ich bitte um Entschuldigung, aber ich mußte Sokrates begleiten, das verlangt die Wartung. Wir haben Euch den Keim für den nächsten Sokrates dagelassen, ich hoffe, er wächst und funktioniert schon. Gebt ihm keine Salzsäure, Zigarren und kein Waschpulver, sonst läuft auch er Euch weg. Grüßt Helenka, ich hab sie heimlich geliebt. Hochachtungsvoll Jaroslav Znamenáček."

Der Mann,
der Bescheid weiß

„Sind Sie Herr Redakteur Kapr?"

„Sehr richtig. Nehmen Sie bitte Platz. Womit kann ich Ihnen dienen?" sagte Vojtěch Kapr, Redakteur des Verlages Mladá fronta, vom Schicksal ins Gebiet der sogenannten niederen Genres wie Krimi und Science-fiction verschlagen. Er liebte diese Genres und mochte ihre Autoren, und die Autoren erwiderten seine Liebe. Zugegeben, unter ihnen traten zuweilen absonderliche Typen auf, und in Kaprs Mansardenarbeitszimmer mit dem Grundriß einer Nudel spielten sich manchmal merkwürdige Geschehnisse ab, die der Redakteur dann in deftigen Worten zum besten gab.

Auf der Schwelle trat ein mindestens achtzigjähriger Greis von einem Bein auf das andere, der sich durch regelmäßige Leibesübungen, lange Spaziergänge und gesunde Ernährung, in der gewiß Quark und Gemüse nicht fehlten, frischgehalten hatte. Sein Haar war üppig wie das eines jungen Mannes, allerdings grau und ziemlich schmutzig. Übrigens war seine ganze Erscheinung ungepflegt, so wie das bei Witwern und manchen alten Junggesellen der Fall ist. In seinem halbgeöffneten Mund rasselte es, wenn die Hälften seines künstlichen Gebisses aufeinanderstießen. Vor Verlegenheit verflocht er seine knotigen Finger ineinander und löste sie wieder. Vojtěch Kapr stellte befriedigt fest, daß der Alte ohne Aktentasche gekommen war. Die Gefahr eines neuen Manuskripts drohte also nicht unmittelbar, wenngleich man nicht ausschließen konnte, daß ein solches schon zu Hause auf dem Schreibtisch des Alten bereitlag. Allein bei diesem Gedanken lief es Vojtěch Kapr kalt den Rücken herunter.

„Mein Name ist Frýdl, Herr Redakteur."

„Ausgezeichnet, Herr Frýdl", rief Vojtěch Kapr. Er faßte Herrn Frýdl sanft an der Schulter und drückte ihn in einen

Sessel. Ehe ihm das gelang, mußte er ein wenig mit ihm ringen.

„Was bringen Sie uns Schönes?" fragte er und dachte an ein Manuskript, an die tausend Seiten stark, und an die Ankündigung: Das ist der erste Band, insgesamt habe ich sechs in Vorbereitung, darin liegt mein ganzes Leben, Herr Redakteur.

„Gar nichts", antwortete der Alte und klapperte entschuldigend mit seinem Gebiß. „Ich wollte mich nur informieren."

Der Redakteur setzte sich in den zweiten Sessel, zwischen sich und Herrn Frýdl ein Tischchen, das wie der trochoide Kolben von Wankels Rotationsmotor aussah und mit einer geschmackvollen, doch leeren Vase geschmückt war, sieht man von den Kippen und der Zigarettenasche ab, die von den Krimi- und Science-fiction-Autoren in einem unbeobachteten Augenblick in die Vase geschnippt worden waren.

„Verehrter Herr Frýdl", sprach Vojtěch Kapr und breitete segnend seine Hände aus, „jeder Verlag leidet Hunger inmitten der Fülle. Schauen Sie, all das sind Manuskripte, hier auf dem Tisch, auf dem Schrank, weitere sind drin und unter dem Tisch. Sie wollen ein Manuskript anbieten, wie ich annehme. Sie haben es zu Hause. Bringen Sie es, Sie sind willkommen! Bei aller Fülle lechzen wir nach frischen Werken, die …"

„War Ondřej Neff hier?" unterbrach ihn der Alte.

„Wie bitte? Ja, natürlich war er hier", antwortete Vojtěch Kapr vorsichtig. „Warum fragen Sie?"

Der Alte verzog den Mund. Seine Hände zitterten vor Aufregung.

„Das habe ich geahnt. Hat er mit Ihnen gesprochen?"

Vojtěch Kaprs Lächeln erstarb auf den Lippen, er legte behutsam die Hände auf die Knie, und sein rundes Gesicht mit der gesunden Röte nahm den Ausdruck altjüngferlicher Entrüstung an.

„Ich gebe Ihnen gern Informationen, Herr Frýdl, sofern sie Sie und Ihre literarischen Interessen betreffen. Andere Informationen gebe ich nicht, das tut mir leid. Wenn Sie gestatten", sagte er mit erhobener Stimme und stand auf, „ich habe zu tun."

„Gewiß, gewiß", erwiderte Herr Frýdl hastig. „Seien Sie so

freundlich, Herr Kapr, rufen Sie Herrn Neff an und bitten Sie ihn um Erlaubnis. Rufen Sie an, und Sie werden sehen, daß es Gründe gibt, ähm, den Standpunkt zu ändern."

„Wie Sie wünschen", meinte der Redakteur unwirsch und wählte die Nummer.

„Neffová", meldete sich am anderen Ende der Leitung eine Frauenstimme.

„Vojtěch Kapr, Mladá fronta", stellte sich der Redakteur vor. „Kann ich bitte mit Herrn Ondřej Neff sprechen?"

„Wissen Sie denn nicht ...", sagte die Frau leise nach einer kurzen Pause, „daß Ondřej Neff tot ist?"

„Was?" schrie Vojtěch Kapr und schaute Herrn Frýdl betroffen an, der steif in seinem Sessel saß und langsam seinen Kopf wiegte.

„Ja, schon seit fünf Jahren. Er ist von einem Auto überfahren worden."

„Aber ... er war doch vor einer Woche bei mir und hat mir das Manuskript des Erzählungsbandes ‚Ei verkehrt' gebracht!"

„‚Ei verkehrt'!" rief Herr Frýdl.

„Also, das ist kein guter Witz, Herr Kapr!" rief die Witwe und knallte wütend den Hörer auf die Gabel.

Vojtěch Kapr legte auf und lehnte sich seitlich an die Tischplatte. Mit der Handfläche fuhr er sich über den Schädel, als wolle er sich überzeugen, daß dort kein Rauch entwich.

„Ei verkehrt!" wiederholte Herr Frýdl drohend. „Dieser Halunke, das wird er mir büßen. Wo ist das Manuskript?"

„Langsam, Herr Frýdl. Wie kann es sein, daß Neff seit fünf Jahren tot ist? Er war vor einer Woche noch hier und vorher auch ein paarmal, wir haben über das Manuskript verhandelt ..."

„Haben Sie es gelesen? Haben Sie das von dem verkehrten Ei gelesen?"

„Gewiß, es ist die erste Erzählung, nicht sehr originell, aber für unsere Verhältnisse ganz gut."

Herr Frýdl ließ die Schultern hängen, und Kapr hatte das Gefühl, daß ihn der Alte irgendwie mitleidig betrachtete.

„Sie haben es also gelesen ... Das ist eine Bescherung. Was machen wir bloß mit Ihnen?" Herr Frýdl schüttelte den Kopf und seufzte. „Warum haben die Menschen bloß nicht mehr

Verstand. So ist das immer. Alle wissen, was sie zu tun haben. Wir schulen sie. Sie legen einen Eid ab. Wir spritzen ihnen Drogen, und im Gehirn haben sie Stimulatoren. Und was tun sie?"

„Was tun sie?" wiederholte Vojtěch Kapr völlig verwirrt, denn er wußte nicht, wovon Herr Frýdl eigentlich sprach.

„Na, was schon? Sie plaudern alles aus", erzürnte sich Herr Frýdl. „Als ob sie das Erste Gesetz des Hüters der Zeit nicht kennen würden: Schweigen zu bewahren. Der Hüter der Zeit muß die Fakten über die Zukunft geheimhalten. Das ist seine Hauptpflicht. Dauernd haben wir mit solchen Fällen zu tun. Es stimmt, prozentual ist es nicht so schlimm, kaum ein halbes Prozent unserer Leute verfällt der Geschwätzigkeit. Aber als Kontrolleur obliegt mir das nun mal, und glauben Sie mir, es hängt mir schon zum Hals heraus!"

Vojtěch Kapr hatte bereits alle möglichen Verrückten gesehen, aber solch einen ... Der Autor von „Ei verkehrt" sollte schon fünf Jahre tot sein, dabei war er vor einer Woche hiergewesen und hatte ein Manuskript gebracht. Wer ist nun verrückt? Dieser Frýdl, Frau Neffová oder ich?

„Noch nie ist es vorgekommen, daß ein Hüter der Zeit literarisch etwas ausplauderte, und ausgerechnet über das verkehrte Ei. Wenn er schon schreiben mußte, dann hätte er es wenigstens niemandem zu lesen geben dürfen. Ein Glück noch, daß ich rechtzeitig gekommen bin. Hat das außer Ihnen noch jemand anders gelesen?"

„Nein", beteuerte Vojtěch Kapr.

„Wo ist das Manuskript?"

„Hier auf dem Tisch."

Herr Frýdl sprang behende auf, schob den Redakteur beiseite und knüpfte die Bänder der umfangreichen schwarzen Mappe auf. Die Erzählung „Ei verkehrt" lag gleich obenauf. Er las sie eilig, klapperte mit dem Gebiß und flüsterte:

„Galaktischer Krieg ..., ich werd dir helfen, du Lump ..., und hier ... Sternbild der Lyra ... Sternenantrieb, na – das ist der Gipfel!"

Vojtěch Kapr schaute Herrn Frýdl über die Schulter und stellte voller Verblüffung fest, daß eine Zeile nach der anderen verschwand, als ob Frýdl das Manuskript mit den Augen ausradierte! Der Redakteur war so entsetzt, daß er sich zu keinem Widerstand aufraffen konnte, als sich der Alte des ganzen Manuskripts bemächtigte und es zu dem Tisch in der Form des trochoiden Kolbens von Wankels Motor schleppte. Er warf dabei die Vase um, und der Dreck verstreute sich auf dem Tisch. Der Alte blätterte zornig die Seiten um, stieß mit der Fingerspitze darauf wie ein Geier, der sich in ein Aas krallt, klapperte mit dem Gebiß, hustete und keuchte.

„Aha", sagte er mit gewisser Befriedigung, als er den ganzen Faszikel durchforscht hatte, „es ist nicht so schlimm, wie ich befürchtet hatte. Mit Ausnahme der ersten Erzählung sind das alles Phantastereien dieses jungen Narren. Offenbar hat er sich rechtzeitig seiner Pflichten entsonnen und sich alles andere nur zusammengesponnen."

Den letzten Satz sprach er mit unverhohlener Verachtung aus. Er wies mit dem Finger auf Vojtěch Kapr.

„Und was mach ich nun mit Ihnen?"

Vojtěch Kapr wollte noch immer an einen Scherz oder eine greisenhafte Narrheit glauben, aber als er an die verschwindenden Zeilen dachte, erstarb ihm vor Angst das Herz.

„Wollen Sie mich etwa umbringen?" quiekte er.

„Keine Angst, wir sind eine humane Gesellschaft", wehrte Herr Frýdl ab und zog aus der Tasche seines Sakkos eine kleine metallene Walze, die an eine Spraydose erinnerte. Er drückte auf einen Knopf, und in dem Arbeitszimmer breitete sich ein kräftiger Geruch aus. „Der Neff ist nicht im eigentlichen Sinne umgekommen. Wir haben ihn zurückgerufen, er ist vom Dienst suspendiert, das ist alles. An der Psychotherapie kommt er natürlich nicht vorbei. Unter den Hütern der Zeit können wir keine Schwätzer dulden."

„Warum werfen Sie ihn nicht hinaus?" fragte Vojtěch Kapr verwundert.

„Aus dem Kollegium ausschließen? Wissen Sie, wieviel die Ausbildung so eines Hüters der Zeit kostet? Wieviel wir in ihn investiert haben? Sie sind verrückt, Mann! Na, machen Sie's gut. Und mit diesen Geschichten verfahren Sie, wie sie wollen."

Er berührte angewidert das Manuskript, stand auf und ging grußlos hinaus.

Der Redakteur sah ihm nach wie betäubt. In der Luft hing der seltsame würzige Duft, angenehm und widerlich zugleich ... Ich muß unbedingt einen Schnaps trinken, beschloß der Redakteur und öffnete das untere Fach seines Schreibtisches.

Eine Stunde später war er betrunken wie ein Schornsteinfegerlehrling. In der nahe gelegenen Weinstube „Zu den Piaristen" ließ er sich dann ganz vollaufen. Als sie ihn hinauswarfen, machte er Krawall auf der Straße, und eine Streife der VP beförderte ihn zur Ausnüchterungsstation.

Merkwürdige Dinge, wiederholte er in Gedanken immer wieder.

Er hatte das Gefühl, daß ihm Unrecht geschah, und begann zu schreien. Zwei muskulöse Männer banden ihn mit Ledergurten am Lager fest.

„Damit ihr es wißt, ich plaudere alles aus! Ich kenne die Zukunft! Hört ihr? Ich kenne die Zukunft! Das verkehrte Ei, das ist ein Ei verkehrt rum, versteht ihr? Als der galaktische Krieg ausbrach ..."

„Das wird dir helfen, du galaktischer Krieg", sagte der Pfleger keineswegs unfreundlich und spritzte dem festgebundenen Redakteur ein Beruhigungsmittel in die Vene. Vojtěch Kapr schrie auf, und in seinem Kopf wurde es für einen Augenblick klar.

Sie glauben mir nicht ... Wer würde schon dem Lallen eines Betrunkenen glauben. Ich kann vom galaktischen Krieg schreien, bis mir die Stimmbänder platzen, und alle werden mich höchstens auslachen. Aber wartet, ich werde nüchtern, und dann pack ich aus, Herr Frýdl ... Sobald ich nüchtern bin!

Er erinnerte sich an den sonderbaren würzigen Duft, den er mit der gleichen Intensität spürte wie in dem Moment, als Herr Frýdl den Kopf seiner Spraydose drückte. Dann bekam er unwiderstehlichen Appetit auf Alkohol.

Morgen wird das wieder so ..., ab jetzt wird es immer so sein ... Er brach in Weinen aus, und bevor ihn das Beruhigungsmittel in den Schlaf wiegte, überlegte er, ob die Lösung Herrn Frýdls wirklich so human war, wie der Alte behauptet hatte.

Der Spiegel

Für ein Schmiergeld von viertausend ergatterte Ladislav Bašta sich ein Dach überm Kopf. Das war eine lächerlich geringe Summe, was jeder bestätigen wird, der weiß, wie es in Prag mit Wohnungen aussieht; natürlich bekam Bašta für das Geld keinen Luxus. Es war ein muffiger Raum im Erdgeschoß eines uralten Hauses, das in die Häuserflucht der Borošov-Straße in der Prager Altstadt eingekeilt war. Die ganze Straße schien dem Verfall preisgegeben, es wohnte sich hier schrecklich. Bašta machte das aber nichts aus. Er würde hier nicht ständig wohnen, nur zehnmal, höchstens fünfzehnmal im Monat übernachten. Seinen ständigen Wohnsitz hatte er nämlich in Litoměřice mit seiner Frau Květa und der Tochter Milunka, und nach Prag fuhr er zur Arbeit. Er arbeitete in dem Betrieb Kovona an einem Computer, wo eine Arbeitsschicht sechzehn Stunden betrug. In den geraden Wochen arbeitete er zwei, in den ungeraden drei Tage. Dazwischen kehrte er nach Litoměřice zu seiner Familie zurück. Zwischen den Diensten mußte er natürlich irgendwo schlafen. Bisher hatte er sich auf alle mögliche Weise durchgeschlagen, hatte bei Bekannten, auch auf der Arbeitsstelle geschlafen, und – wenn ihm das der Direktor in periodischen Anwandlungen von Strenge untersagte – auch auf dem Bahnhof. Das war hart, und deshalb war er froh, daß er wenigstens die feuchte Höhle in der Borošov-Straße aufgetrieben hatte.

Fünfzehn Jahre lang hatte niemand diesen Raum betreten. Die Behörden führten ihn als unerfaßten Wohnraum. Die Wände, der Fußboden und die Decke waren von einer gleichmäßigen grünlichen Schmutzschicht bedeckt. An einer Wand bemerkte Bašta ein kaum wahrnehmbares Rechteck, wo der Schmutz eine etwas andere Farbe hatte. Er berührte es mit der Hand und stellte überrascht fest, daß es ein Spiegel war, blind von Ruß, Staub und Moder. Er dachte eine Weile über die Ironie nach, daß in dem völlig leeren Raum ausgerechnet ein Spiegel zurückgeblieben war, als wollte sich das armselige Zimmer selbst mit dem Anblick seiner Häßlichkeit quälen. Bald vergaß er jedoch den Spiegel, denn ihm stand viel Arbeit bevor.

Drei Tage machte er sauber, malte, scheuerte den Fußboden. Im Basar kaufte er die notwendigsten Möbel. Ihm fiel ein, daß er einen Kollegen um Hilfe bitten könnte, aber schließlich schaffte er alles allein. Man kennt ja die Menschen, danach würden sie vielleicht den Schlüssel von ihm borgen wollen.

Endlich war er fertig, alles war sauber und schön, und der ordnungsliebende Bašta betrachtete die Wohnung mit Wohlgefallen, bis er vor dem Spiegel stehenblieb. Natürlich hatte er ihn mit Fensterklar gereinigt, aber er war trübe, halb blind geblieben, an den Rändern schwarz und in der Mitte von zahlreichen Rissen verunziert.

Bašta hatte den Spiegel gleich bemerkt, als er das Zimmer betreten hatte, aber er hatte wichtigere Sorgen gehabt. Als nun alles fertig war, fiel ihm wieder ein, daß er tags zuvor beim Malern versucht hatte, den Spiegel von der Wand zu nehmen, zu seiner Überraschung jedoch festgestellt hatte, daß der Spiegel in den Putz eingelassen war.

Er trat näher.

Es war wirklich ein außerordentlich häßlicher Spiegel.

Ich sollte ihn rauswerfen, dachte er, aber da müßte ich ihn aus dem Putz hauen, das Loch vergipsen und das Stück Wand noch einmal übermalen, den Fußboden säubern, die Möbel abwischen, denn beim Abklopfen des Putzes verstaubt alles.

Eine schreckliche Vorstellung. Doch dann fiel ihm ein, daß am nächsten Tag Sonnabend war und Květa und Milunka ihn erwarteten und daß Květa ihm alles mögliche vorwerfen würde, vor allem die zwei Tage Verspätung. Sag mir bloß nicht, du hast so ein Zimmer von drei mal vier Metern nicht in einem halben Tag in Ordnung bringen können, würde Květa sagen. Hast du in Prag nicht vielleicht gar ein Weibsbild?

Ich nehm den Spiegel ab, beschloß er. Es ist das gleiche wie mit den Stühlen. Bei der Einrichtung einer Wohnung muß man großzügig sein. Wie ich sie mir jetzt einrichte, so bleibt sie für immer. In einem Monat hab ich keine Energie mehr dafür.

In einem Plastkasten, den er sich von der Arbeit mitgebracht hatte, fand er einen Schraubenzieher und stocherte damit an den Putzrändern, die die häßliche Fläche des alten Spiegels rahmten. Aha, das Biest steckt in einem Metallrahmen, dachte er. Bloß ... wie hielt der Putz auf Metall? Er klopfte mit dem Schraubenzieher, bis er eine Stelle fand, wo der Putz weich wie ein Pfefferkuchen war, morsch und modrig. Der Streifen des harten Materials war gute fünf Zentimeter breit. Bašta wollte ihn herausbrechen, aber der Schraubenzieher verbog sich.

„Du verdammtes Miststück", sprach Bašta den Spiegel an, „dir werd ich's zeigen!"

Er richtete mit dem Hammer den Schraubenzieher gerade und legte ihn in den Plastkasten. Dann trat er zum Spiegel, holte aus und schlug mitten auf die Fläche.

Er schrie auf vor Schmerz und Schreck. Der Hammer klirrte und sprang zurück wie ein Golfball. Bašta konnte gerade noch so zur Seite springen, der Hammer flog bis zur gegenüberliegenden Wand und löste dort ein großes Stück Putz.

Der Spiegel war heil geblieben.

Bašta berührte ihn furchtsam. Er leuchtete sogar mit der Taschenlampe, wie stark das Glas dieses merkwürdigen unzerbrechlichen Spiegels war. Franks Mercedes im Technischen Museum hatte vier Zentimeter dicke Panzerfenster. Dieser Panzerspiegel schien jedoch nicht dicker zu sein als gewöhnliches Fensterglas.

Bis zum Abend untersuchte Bašta den merkwürdigen Spiegel. Er kratzte sechs Schichten Farbe ab, bis er auf eine grobe graue Oberfläche stieß, die Beton ähnelte. Das war der Rahmen des Spiegels, ebenso hart und widerstandsfähig wie der Spiegel selbst. Er legte auch die Grenze frei zwischen dem Mauerwerk und dem Streifen dieses unbekannten Materials, das ganz bestimmt kein ihm bekanntes Metall war. Sie war unregelmäßig, zickzackförmig, wie die Fugen in solch alten Häusern sind. Mit einem Stahlmeißel trug er dann das Gemäuer neben dem Rahmen ab. Er gelangte fünfundzwanzig Zentimeter tief. Auf dem Fußboden lag schon ein Haufen Schutt. Schließlich erschienen die Nachbarn und beschimpften Bašta. Sie hatten die Nase voll von dem ewigen Klopfen und Stochern.

Wütend und fassungslos fegte er auf, wischte den Fußboden und betrachtete mit Widerwillen den häßlichen Spiegel. Was soll ich machen, dachte er. Ich lasse ihn in Ruhe. Seinetwegen kann ich doch nicht das ganze Haus abreißen.

Er trat zu ihm und musterte sein Spiegelbild. Es war dunkel, undeutlich, mit einem dichten Gewirr von Rissen bedeckt. Wozu brauch ich schon einen Spiegel, fragte er sich. Zum Rasieren reicht das Ding. Morgen vergipse ich die Löcher, übermale die Wand und fahre mit dem Mittagszug nach Litoměřice.

Da fiel ihm auf, daß er im Spiegel nicht sein Gesicht gewahrte. Das Gesicht dort erschien ihm auf einmal fremd, irgendwie sonderbar.

Er hielt die Taschenlampe so nahe wie möglich an den Spiegel heran, so daß ein heller Lichtstrom sein Gesicht erleuchtete. Dann musterte er das Bild im Spiegel aus unmittelbarer Nähe. Die genaue Betrachtung beruhigte ihn, denn alles war an seinem Platz: die Narbe, die er von klein auf von dem Biß eines Pudels hatte, zwei Leberflecke an der Nasenwurzel, ein widerspenstiger Bart, der sich schon drei Tage dem Rasierapparat widersetzte.

„Also das ist Quatsch", sagte er laut, legte die Lampe auf den Tisch zurück, wusch sich in der Blechschüssel und ging schlafen.

Kaum hatte er das Licht gelöscht, da wurde ihm klar, was ihm an dem Spiegelbild so seltsam und fremd erschienen war: das Gefühl einer zeitlichen Verschiebung. Das Bild im Spiegel bewegte sich einen Augenblick früher oder später als sein leibhaftiges Ich.

Für diesen Einfall schalt er sich laut und verordnete sich Schlaf, und zwar sofort. Doch er schlief erst weit nach Mitternacht ein und hatte schlechte Träume.

Am Morgen rasierte er sich vor dem Spiegel, und seine Ahnung wurde zur Gewißheit: Das Bild erschien gegenüber der Wirklichkeit verfrüht oder verspätet. Unter diesen Umstän den war es unmöglich, nach Litoměřice zu fahren und den Anderen in seiner Wohnung zurückzulassen ... Zum erstenmal dachte er an sein Spiegelbild als an den Anderen. Nach kurzer Überlegung fuhr er nach Moráň, wo der Betrieb Kovona im Erdgeschoß eines ehrwürdigen Mietshauses sein Rechenzentrum hatte. Auf dem Arbeitsplatz fand er wie erwartet Ingenieur Švehla, der sonnabends und sonntags mit dem Computer Schachaufgaben löste, während die Betriebsleitung so tat, als wüßte sie nicht vom Hobby ihres besten Programmierers.

„Glauben Sie, daß sich der Zufall programmieren läßt?" fragte Bašta den Ingenieur.

Ingenieur Švehla räusperte sich gewichtig und sagte: „Vom physikalisch-mathematischen Standpunkt aus existiert der Zufall nicht. Jede Handlung ist von einer Vielzahl Faktoren vorbestimmt, und allein schon die Frage ist kompliziert, ob die Anzahl der Faktoren begrenzt oder unbegrenzt ist. Der Mensch hat eine begrenzte Kapazität des Intellekts und der Aufnahmefähigkeit von Informationen, und deshalb hat er sich den Begriff des Zufälligen geschaffen, der vielleicht seine Begründung in der Welt der Elementarteilchen hat, aber auch dort sind wir nicht sicher, ob das scheinbar zufällige Verhalten nicht bisher unbekannte Ursachen hat. Die Chiffriergeräte haben sehr komplizierte Programme, die sich scheinbar der zufälligen Entschlüsselung des Codes annähern, aber natürlich geht es auch in diesem Fall nicht um eine wirkliche, das heißt mathematische Zufälligkeit. Manche Rechner haben allerdings Generatoren für Zufallszahlen. Unserer hat keinen."

Warum bin ich zu ihm gegangen, dachte Bašta. Das Geschwätz hätte ich mir sparen können. Laut jedoch sagte er: „Gut, nehmen wir an, ich möchte mit Ihnen Schach spielen."

Ingenieur Švehla freute sich, öffnete das obere Schubfach seines Schreibtischs, fischte die Figur eines Läufers aus der Schachtel und hielt sie Bašta in der geschlossenen Faust hin. Das war seine besondere Art, die Seiten auszulosen.

„Schwarz", sagte Bašta.

Der Schachspieler öffnete die Faust. In seiner Hand lag eine weiße Figur.

„Ich fang an", sagte Švehla. „Wollen Sie wirklich spielen? Oder sollte das die Demonstration eines Zufalls sein?"

„Das zweite", gestand Bašta. „Leihen Sie mir den Läufer?"

„Das ist aber kein richtiger Zufall! Die Lage der einzelnen Figuren wird von einer Anzahl Faktoren determiniert, vor allem von der Gravitation, dann ihrer individuellen Bewegung und dem Trägheitsgesetz ... Verlieren Sie den Stein auch nicht?"

„Morgen hab ich Dienst, da bringe ich ihn zurück. Ich will einen kleinen Versuch machen ..."

Ladislav Bašta kehrte mit dem unangenehmen Gefühl in seine Wohnung in der Borošov-Straße zurück, daß er im Begriff war, etwas Törichtes zu unternehmen. Sei es drum, der Spiegel ist aus unzerschlagbarem Glas hergestellt, und jemand von den früheren Besitzern hat ihn in außerordentlich festen Beton eingelassen. Unter Österreich war der Zement bestimmt solider als heutzutage. Die Festigkeit des Spiegels ist kein Grund, um ...

Er stand vor dem Spiegel und blinzelte schnell. Der Andere tat das gleiche. Blinzelten sie gleichzeitig oder gingen ihre Blinzelbewegungen auseinander?

„Paß auf", sagte Bašta laut und sah den Anderen an. „Ich zeig dir was."

Er zog die Figur des weißen Läufers aus der Tasche und hielt sie vor den Spiegel. Gleich darauf schrie er vor Schreck auf, denn der Andere hatte den schwarzen Läufer gezückt! Beide erschraken und ließen die Figuren auf den Boden fallen. Bašta lief aus der Wohnung, ohne hinter sich abzuschließen, eilte zum Bahnhof und fuhr nach Litoměřice, wo ihn Frau Květa sehr kühl empfing und ihn mit giftigen Worten überschüttete. Normalerweise hätte er sich geärgert und wäre wütend geworden, aber jetzt hörte er seiner Frau nur mit halbem Ohr zu und war im Geist dort, in der Wohnung in der Borošov-Straße, bei dem Anderen.

Seine Wohnung betrat er erst wieder am Montag nach Mitternacht, als sein Dienst am Computer zu Ende war. Er war sehr müde, denn die Predigt von Frau Květa hatte sich bis tief in die Nacht hineingezogen, früh am Morgen war Bašta nach Prag zurückgekehrt und gleich vom Bahnhof zur Arbeit geeilt, wo ihn ein weiterer unangenehmer Auftritt erwartete, denn die Schachfigur war in der Wohnung geblieben, und Ingenieur Švehla machte eine höllische Szene, drohte mit einer Beschwerde beim Direktor, und als ihn Bašta taktvoll daran erinnerte, daß er die Figur unter dubiosen Umständen geliehen hatte, von denen der Direktor wohl besser nichts erfuhr, schrie der Programmierer, Bašta sei eine Ratte und ein Denunziant. Bašta, der müde und nervös war, stürzte sich daraufhin auf ihn, so daß die anderen Mitarbeiter die beiden nur mit Mühe voneinander losreißen konnten. Als Bašta in der Nacht nach Hause kam, stellte er mit gewisser Befriedigung fest, daß der Andere ebenso erbärmlich aussah wie er, auch er hatte Ringe unter den Augen und zerzauste Haare. Er beklagte sich bei dem Anderen über das Elend der Welt, und wie er so sprach, bemerkte er, daß die zeitliche Verschiebung jetzt ganz deutlich war. Während er früher die Abweichung nur ahnen konnte, bewegte der Andere jetzt die Lippen oder blinzelte eine Zehntelsekunde früher oder später, vielleicht sogar zwei Zehntelsekunden. Baštas Spiegelbild, oder der Andere, war gegenüber dem Original asynchron, wie die Filmleute sagen, wenn Bild- und Tonaufzeichnung einander nicht decken.

In den folgenden Tagen wollten die Stunden auf Arbeit nicht verstreichen. Bašta hatte wieder eine dreitägige Arbeitswoche und konnte Mitternacht kaum erwarten. Er fuhr eilig mit dem Taxi nach Hause, und am Mittwoch schickte er ein Telegramm nach Litoměřice, daß er nicht komme, weil der Chef eine Belegschaftsversammlung einberufen habe. Dann schloß er sich in seiner Wohnung ein und sprach stundenlang mit dem Spiegel.

Im Spiegel taten sich merkwürdige Dinge.

Zuerst nahm die anfangs unmerkliche Asynchronität zu, sie vergrößerte sich nicht nur linear, sondern im Quadrat und vielleicht sogar in der dritten Potenz. Bašta und der Andere lösten sich voneinander. Sie sprachen zwar die gleichen Worte, aber in einem anderen Augenblick. Im Laufe der Zeit lernte es Bašta, dem Anderen die Worte vom Munde abzulesen, und schließlich trat der Moment ein, auf den Bašta schon lange gewartet hatte: Der Andere sagte etwas anderes als er selbst.

Es war nur ein bedeutungsloses Wörtchen, aber damit war

offenbar die letzte Fessel gerissen, die Baštas Welt mit der Welt des Anderen verband, und es dauerte nicht lange, bis beide miteinander sprechen konnten, als wären sie zwei fremde Menschen.

Der erste Dialog, den beide führten, war einfach, denn die Müdigkeit und die Verblüffung hatte beide Männer stark mitgenommen.

„Du Schlauberger", sagte Bašta. „Das hätten wir geschafft."

„Na ja", sagte der Andere. „Das hätten wir geschafft. Hast du jemandem was erzählt?"

„Nein", antwortete Bašta. „Und du?"

„Wem sollte ich was erzählen?"

„Ich weiß nicht. Vielleicht Švehla. Oder Květa."

„Mach keinen Quatsch", sagte der Andere. „Du arbeitest auch mit Švehla, diesem verrückten Schachspieler? Weißt du, daß wir uns wegen dem blöden Läufer fast geprügelt hätten?"

„Wir auch", sagte Bašta. Dann wurde ihm bewußt, was der Andere gesagt hatte, und sein Gesicht verdüsterte sich. „Verkohl mich nicht. Sag bloß nicht, daß um dich rum Prag ist und du bei Kovona arbeitest."

Das Gesicht des Anderen verdüsterte sich auch. „Klar ist hier Prag, was sonst? Hör mal, wenn du mir sagst, daß du in Litoměřice wohnst und eine Frau namens Květa und eine Tochter Milunka hast, dann geh ich mit dem Hammer auf dich los."

„Wieso das? Ich bin doch mit dem Hammer auf dich losgegangen."

„Ich war es, der den Hammer genommen hat!"

„Es hat keinen Sinn, sich zu streiten. Wir haben ihn gleichzeitig genommen."

Sie lachten, aber jeder anders und zu einem anderen Zeitpunkt.

„Was bedeutet das alles?" fragte Bašta.

„Ich les manchmal diese Phantastereien, weißt du? Diese Science-fiction. Da ist von parallelen Welträumen die Rede."

„Ich les das auch. Glaubst du, daß wir in parallelen Welträumen leben? Weit voneinander entfernt? Millionen von Lichtjahre?"

„Vielleicht sogar noch weiter. Und dieser Spiegel ist ein Fenster in diese zwei Welträume, weißt du? Und irgendwo anders, vielleicht auf der anderen Seite der Erdkugel, ist ein Haus und darin ein ähnlicher Spiegel und dahinter noch eine andere Welt."

„Das ist ja phantastisch!" hauchte Bašta. „Wir sind beide in einem anderen Weltraum! Hör mal, ich hab eine Idee!"

„Was für eine?"

„Wir werden einander helfen. Wir sind einer für den anderen Außerirdische, weißt du? Und Außerirdische helfen immer den Erdbewohnern."

„Na schön", stimmte der Andere zu. „Dann hilf mir irgendwie."

„Ich dachte, du hilfst mir, wo du doch ein Außerirdischer bist?"

„Gut. Was brauchst du?"

„Ein höheres Gehalt. Bessere Arbeit. Aber ... dabei kannst du mir wohl nicht helfen, was?"

„Ich hätte auch lieber eine bessere Arbeit", gestand der andere, „aber dazu brauchte ich eine Hochschulausbildung. Haben sie dich an der Hochschule angenommen?"

„Natürlich nicht", sagte Bašta gereizt. „Ich hab die Prüfungen nicht geschafft."

„Ich auch nicht", gestand der Andere. „Es sieht so aus, als wären wir beide gleich blöd."

Das war eine bittere Einsicht, und nach einem langen Gespräch kamen sie darauf, daß sie einander höchstens beim Rasieren helfen könnten, aber da verursachte die Synchronisierung der Bewegungen schon erhebliche Mühe.

Sie kauften sich also in der nahe gelegenen Eisenwarenhandlung einen Spiegel und rasierten sich unabhängig voneinander.

Bašta gewöhnte sich an den Anderen und mochte ihn recht gern. Er vertraute ihm seine Sorgen an und freute sich, daß der Andere in jeder Hinsicht mit seinen Ansichten übereinstimmte. Sie einigten sich darauf, daß dieses Zusammenleben ihnen sehr zusagte und daß dies eine ganz annehmbare Form der außerirdischen Hilfe war.

Und so vergingen die Tage, bis eines Vormittags, als Bašta frei hatte und mit dem Anderen schwatzte, obwohl er diesen

Tag eigentlich an der Seite seiner Frau Květa verbringen sollte, jemand heftig mit der Faust an die Tür klopfte.

Bašta erschrak.

„Was ist los?" fragte der Andere.

„Jemand donnert an die Tür."

„Wer ist das? Ich höre nichts."

„Ich weiß nicht", flüsterte Bašta. Dann hörte er seine Frau:

„Mach auf, Mistkerl! Ich weiß genau, daß du drin bist! Ich hör dich, du redest mit irgend so einer Nutte, was?"

„Was ist los?" drängte der Andere.

„Es ist Květa", antwortete Bašta tonlos, wobei er weit den Mund öffnete. „Deine Květa kommt bestimmt auch. Schließ dich lieber ein."

„Bei mir ist zugeschlossen."

„Schön, bei mir auch. Ich geh öffnen. Halt mir den Daumen."

Květa stürmte in den Raum und stieß Bašta an die Wand.

„Verqualmt", rief sie, aber dann erstarrte sie, denn im Zimmer war niemand, das Bett war ordentlich gemacht und natürlich leer. Sie bemerkte jedoch den Stuhl, der vor dem Spiegel stand, und auf dem Tisch stand in Reichweite der Aschenbecher mit einem Berg Kippen.

„Aha, ein Fensterchen", sagte sie streng. „Gegenüber ist wohl ein Mädcheninternat."

Sie schaute in den Spiegel. Sie sah einen leeren Raum, der aufs Haar dem glich, in dem ihr Mann bisher unbekannten Lastern frönte.

„Was siehst du da?" fragte sie verwundert und preßte die Nase ans Glas. In dem Augenblick kam der Andere von der Tür zurück, wo er sich überzeugt hatte, daß richtig abgeschlossen war, und Květa sah ihn. Sie wandte sich verblüfft ihrem Mann zu, der wie erstarrt dastand und nicht wußte, was er tun sollte, und dann wieder dem Spiegel, den sie für ein Fensterchen hielt, und dann sprang sie zurück, bedeckte ihre Augen und schrie schrecklich.

Bašta blickte in den Spiegel und sah, wie der Andere zusammenfuhr und sich zur Tür umwandte. Offenbar hatte die andere Květa gerade in diesem Augenblick begonnen, an die Tür zu donnern. Beide, Bašta und der Andere, wurden von

„Gut", meinte der Zahnarzt, „setzen Sie sich, Herr Dragoun. Legen Sie mir die Karte raus, Jana."

„Das müssen Sie mir nicht sagen", fauchte die Schwester.

Sie reagiert gereizt wie eine Katze vor dem Gewitter, dachte Wildemann. Und ich bin nicht weniger nervös. Dieser Patient ist irgendwie merkwürdig. Aber was hilft es, ich kann mir meine Kunden nicht aussuchen.

Ungelenk setzte sich der Sonderling auf den Behandlungsstuhl und kniff, als der Doktor die Lampe anknipste, die Augenlider zusammen. Lichtscheu? Kein Wunder, wenn er ständig durch die Wandelgänge von Smrčno schleicht.

„Was fehlt Ihnen denn?" fragte der Arzt betont jovial.

„Der Zahn muß saniert werden", wiederholte Dragoun.

„Schmerzen?"

„Nein, er funktioniert nur nicht."

Prima Fachausdruck. Wildemann runzelte die Stirn, langte nach Sonde und Spiegel und schepperte mit den Instrumenten, da er wußte, wie sehr solche Geräusche die Patienten irritierten.

„Machen Sie den Mund auf."

Der Geheimnisvolle bleckte die Zähne, und der Doktor kreischte auf, ließ sein Werkzeug fallen und machte einen Satz nach hinten, wobei er die Assistentin anrempelte.

Der Patient schloß den Mund und starrte den Arzt zerknirscht an.

„Entschuldigen Sie", stammelte dieser, „das ist hier die reinste Irrenanstalt, eine Nervenmühle."

„Was ist denn los?" erkundigte sich Jana trocken. Sie ahnte schon, daß sie mit Takt und weiblichem Charme wieder mal die Situation retten mußte.

„Die beiden Dreier oben sind sehr stark ausgeprägt. Hypertrophie. Aus medizinischer Sicht völlig harmlos, eben ein Schönheitsfehler. Haben Sie sich schon einmal mit einem Stomatologen beraten?"

„Weswegen?" fragte Dragoun verwundert.

„Wegen Ihrer Eckzähne, die übergroßen Dreier. Sie sehen aus wie ein ..."

„Bitte reißen Sie sich zusammen!" wies ihn die Schwester zurecht.

„Wissen Sie", fuhr Dr. Wildemann weitschweifig fort, „es ist zwar nur eine Schönheitsoperation, aber auch das Kürzen von Zähnen ist ein medizinischer Eingriff, den man nicht auf die leichte Schulter nehmen darf. Anhand des Röntgenbildes erkenne ich, wie weit ich vorstoßen darf, ohne die Nerven zu verletzen. Doch bei diesen Eckzähnen ..."

„Von Kürzen kann nicht die Rede sein", unterbrach ihn der Patient, „Sie sollen mir den Zahn in Ordnung bringen."

Er klopfte mit einem langen Fingernagel an den Dreier links oben.

„Ihr verunstaltetes Gebiß beunruhigt Sie wohl nicht?"

„Überhaupt nicht. Wie kommen Sie darauf?"

Der Zahnarzt schob mit einem Finger die Lippe nach oben. Er konnte es nicht fassen, daß sich ein Mensch mit solchen Mißbildungen gefiel. Er ähnelte einem Raubtier, wenn nicht sogar einem ... Betreten schielte der Arzt zu Jana, musterte wieder die Eckzähne und fuhr mit Sonde und Spiegel in die Mundhöhle. Plötzlich schrie er auf, riß die Instrumente zurück und ritzte dabei den Mundwinkel. Ein Spalt klaffte, aber es rann kein Blut.

„Immer langsam, Chef!" beschwichtigte ihn die Schwester.

„Ich sehe weder Mundhöhle noch Gebiß, einzig die Zimmerdecke bildet sich im Spiegel ab."

Wildemann wandte sich von Dragoun ab und trat zum Schrank. Zusammengekauert im Behandlungsstuhl beobachtete der Patient, wie der Arzt in ein winziges Gefäß eine aromatisch duftende Flüssigkeit goß. Der Doktor warf den Kopf ruckartig nach hinten, drehte sich dann wieder um, wischte sich mit dem Handrücken über den Mund und blinzelte zum Behandlungsstuhl.

„Gucken Sie sich doch mal die Zähne an, Jana."

Die junge Frau gehorchte.

„Was sagen Sie dazu?"

Sie schaute dem Arzt zornig in die Augen, schleuderte die Sonde zu Boden, riß sich energisch den weißen Kittel vom Leib und schmiß ihn dem Arzt vor die Füße. Schließlich siegte aber doch ihre angeborene Ordnungsliebe, und sie stülpte den Kittel über den Haken.

„Sehr witzig, von Ihren billigen Anspielungen habe ich genug! Bringen Sie künftig Ihre Scherze bei Herrn Neprakta an und lassen Sie mich gefälligst in Ruhe. Ihr Freund ist mir auch so ein sauberes Früchtchen. Dumme Späße auf Kosten einer wehrlosen Schwester treiben, das können Sie, und am Stammtisch womöglich eine neue Story verkünden. Dafür bin ich mir zu schade."

Der Herr mit den pechschwarzen Augen starrte die Sprechstundenhilfe verständnislos an. Sie zögerte einen Augenblick, war aber weiter felsenfest davon überzeugt, daß Wildemann sich einen üblen Scherz erlaubte. Eine andere Erklärung gab es nicht. Ihre Hände zitterten, und mit viel Gezeter versuchte sie, sich zu beherrschen.

„Auf Sie bin ich schließlich nicht angewiesen! Ich werde mich als Tippse auf einen Bürostuhl schwingen und Fingernägel lackieren. Übrigens ist meine Arbeitszeit schon lange um. Der Warteraum ist leer. Amüsiert euch schön weiter, aber ohne mich!"

Die beiden Männer atmeten auf, als hinter ihr die Tür ins Schloß fiel.

„Was hat das alles zu bedeuten, Herr Dragoun? Ritze ich versehentlich Ihr Zahnfleisch, fließt kein Blut, spiegele ich das Gebiß, sehe ich die Decke. Sagen Sie, daß das alles nicht wahr ist. Der Neprakta hat Sie geschickt. Verflucht noch mal, wie stellen Sie das bloß an?"

„Bringen Sie endlich meinen Zahn in Ordnung", forderte ihn der Patient eindringlich auf, „übrigens hielte ich es für angebracht, mich korrekter mit meinem Namen anzureden. Ich schreibe mich in der Mitte mit c, und das spricht man wie ‚k' und nicht wie ‚g' aus."

„Dracoun?"

„Genau, nur die Endung ist noch nicht exakt. ULA, wenn Sie erlauben."

„Natürlich, DRACULA, was denn sonst."

Wildemann mußte grinsen. Da erlaubte sich einer einen schlechten Scherz mit ihm. Aus Sicherheitsgründen ging er zur Tür und verriegelte sie.

„Sie sind also ein Vampir?" stellte der Arzt gelassen fest und ließ sich auf den Arbeitshocker fallen.

„Ja, ich arbeite schon sechshundert Jahre in dem Metier. Vierhundert in Transsilvanien und zweihundert in Böhmen, und seit ein paar Tagen muckert mein Zahn. Ich erklärte Ihnen ja bereits, er funktioniert nicht. Bekomme ich die Kehle meines Opfers zu fassen und beiße zu, beginnt er grauenhaft zu schmerzen. Bei dieser Behinderung lassen sich meine Klienten nur durch einen zweimaligen kräftigen Biß mit dem gesunden Zahn in Vampire verwandeln. Unter den harten Konkurrenzbedingungen kann ich mir so eine Stümperei jedoch nicht leisten."

„Weshalb kommen Sie gerade zu mir?"

„Ihre Vorliebe für Vampire ist allenorts bekannt."

„Ich trage Vampirwitze zusammen, aber an leibhaftige Gespenster glaube ich überhaupt nicht."

„Diese Einstellung lob ich mir. Sie können sich gar nicht vorstellen, was wir seinerzeit ausstehen mußten, als der verflixte Knoblauch über sämtlichen Hauseingängen hing."

Der unheimliche Patient schüttelte sich bei der Erinnerung daran, und Wildemann sah zur Tür. Diesen Dracula habe ich meinen feinen Freunden zu verdanken, die gleich hereinplatzen werden und sich vor Schadenfreude ausschütten. Na, wartet, das letzte Wort ist in dieser Angelegenheit noch nicht gesprochen.

„Im Spiegel sind Sie unsichtbar", sagte der Arzt, „und durch Ihre Adern fließt kein Blut."

„Ja, das entspricht den Tatsachen", beteuerte der Vampir.

„Ich möchte das gern noch einmal testen. Geben Sie mir bitte Ihre linke Hand."

Dracula gehorchte. Der Arzt griff nach dem Skalpell und tastete die leichenkalte Hand ab. Mit zusammengepreßten Lippen setzte er die Klinge an und sah seinem Gegenüber in die Augen. Der Fremde hatte offensichtlich Nerven wie Drahtseile. Jedem, der von Medizin auch nur ein bißchen Ahnung hatte, mußte klar sein, daß ein Zahnarzt nicht befugt ist, Adern beliebig aufzuschlitzen.

Der Patient zuckte mit dem Arm, und noch bevor Wildemann das Skalpell wegziehen konnte, war ein Äderchen zerschnitten. Erschrocken fuhr er zurück. Dracula lachte verschmitzt und gab das Skalpell, an dem nicht ein einziger Blutstropfen klebte, mit der anderen Hand zurück. Die Wunde hatte sich bereits geschlossen.

„Glauben Sie es nun?"

Wissenschaftlich gesehen – ausgesprochener Humbug. Schon die Ärzte der Renaissancezeit waren gegen den Glauben an Vampire, Dämone und Kobolde zu Felde gezogen. Andererseits hatte die damalige Wissenschaft auch ozeandampfergroße Kraken und Kosmosflüge für Hirngespinste gehalten und Methoden der Heilkunde wie Akupunktur, Joga und Autosuggestion negiert, die inzwischen anerkannt und rehabilitiert waren.

„Glauben Sie mir nun?" fragte Dracula erneut. „Oder soll ich mir noch Arme und Kopf abhacken?"

Vom Standpunkt der Logik aus betrachtet, gab es keine Vampire, nur daß zufällig gerade einer in seiner Praxis saß und hartnäckig forderte, behandelt zu werden. Ein Ungeheuer, das ahnungslose Menschen in Vampire verwandelte, indem es sie heimtückisch überfiel und ihnen das Blut aussaugte!

„Denken Sie daran, daß Sie den Eid des Hippokrates geschworen haben", mahnte sein heimlicher Patient. „Sie müssen allen Menschen helfen, ohne Ausnahme."

„Das ist richtig, aber Sie sind kein Mensch."

„Was reden Sie da für ungereimtes Zeug? Meine Mutter hörte auf den schönen Namen Ursula, und Vater war kein anderer als der berühmte Graf Dracula von Transsilvanien. Wie können Sie behaupten, ich sei kein Mensch? Natürlich verfüge ich über außergewöhnliche Eigenschaften, die meinen Mitmenschen fremd sind. Aber Ihnen geht es nicht anders. Schließlich kann auch nicht jeder Zähne plombieren."

„Zahnheilkunde ist mein Beruf und zählt nicht zu den menschlichen Eigenschaften."

„Ich bin eben Vampir von Beruf. Mit Ihrer erbärmlichen Zahnklempnerei können Sie menschliches Leben höchstens erhalten oder um ein Minimum verlängern, ich hingegen schenke den Sterblichen das ewige Leben. Fragen Sie meine Klienten, keiner wird ein schlechtes Wort über mich verlieren. Alle sind zufrieden mit mir. Nur der defekte Dreier beeinträchtigt jetzt die Qualität meiner Arbeit, und wenn Sie mir nicht helfen, bin ich am Ende."

„Warum wenden Sie sich nicht an einen anderen Kollegen?"

Dracula war erbost und erhob sich.

„Denken Sie, ich lasse mir von irgendeinem Ignoranten ei-

nen Pflock aus Eichenholz ins Herz rammen?"

Doktor Wildemann war in einer Zwickmühle, sollte er es wagen oder lieber die Finger davon lassen? Als der enttäuschte Patient die Tür aufriegelte, wußte Wildemann, daß er sich die Jahrhundertsensation nicht entgehen lassen würde. Schließlich gehörten auch allgemeinwissenschaftliche und humanitäre Fragen zum Aufgabenbereich eines Arztes.

„Nehmen Sie bitte wieder Platz, mein Herr. Wir werden den Fall mal näher betrachten."

Es war in der Tat kein leichter Eingriff, denn er setzte umfangreichere Kenntnisse voraus als das Wissen, das sich Wildemann im Laufe der Zeit durch das Studium der Fachliteratur angeeignet hatte. Einige Nervenstränge und Gefäße konnte er eindeutig identifizieren, doch die Funktion eines wirren Gefäßsystems blieb ihm verborgen. Daraufhin röntgte er den gesunden Zahn, und erst nach dem Vergleich der Aufnahmen zeigte sich eine winzige Anomalie: eine Zyste von der Größe eines Mohnkorns, die auf den Nerv drückte.

Wildemann wollte operieren, doch da traten unerwartete Schwierigkeiten auf. Die Gewebehaut Draculas regenerierte sich schnell, ein Einschnitt oder eine sonstige Wunde schloß sich sofort wieder. Nach einigem Grübeln fand der Zahnarzt für dieses Problem eine geniale Lösung.

Draußen war es schon dunkel. Liebespärchen eilten in Abendgarderobe zum Tanz, und die Wagen vornehmer Ausländer parkten vor dem Hotel Alcron.

Wildemann fertigte mit primitiven Mitteln eine Art provisorische Klammer, die die Schnittstelle offenhalten sollte. Normalerweise müßte jeder Patient Höllenqualen leiden, aber dieser hier kannte Gott sei Dank keine Schmerzen und brachte grenzenlose Geduld auf.

Endlich war die Zyste entfernt, und nach dem Lockern sprang der Spalt zu.

Dracula prüfte den Zahn mit dem Fingernagel.

„Es macht sich", sagte er zufrieden. „Sie haben goldene Hände, Herr Doktor."

Er kramte in seiner Manteltasche und schob ihm eine Handvoll Dukaten zu.

„Nur kein Geld, die Zahnbehandlung ist selbstverständlich kostenlos. Wo kämen wir sonst hin? Das sieht nach Bestechung aus. Ein Fläschchen können Sie gerne vorbeibringen, wenn Sie mal in der Nähe sind, aber nötig ist es nicht. Die Operation hat mir neue wissenschaftliche Erkenntnisse gebracht."

Nach gegenseitigen Höflichkeitsbezeigungen verließ der sonderbare Patient die Praxis, und Wildemann blieb allein zurück. Er trat zum Fenster und blickte in die kunterbunten, limonadenfarbigen Lichter der Štepanskástraße. Irgend etwas klopfte gegen die Scheiben. Vielleicht Regentropfen oder ein Nachtvogel, der sich hierher verirrt hatte … War vielleicht alles nur ein Traum gewesen? Nein, um den Behandlungsstuhl herum lagen verstreut die sichtbaren Beweise der Operation: Tampons, vom Speichel des Vampirs durchtränkt, in einer Schale die Zyste, Gewebsreste an den Instrumenten. Der Arzt verstaute alle Indizien in einem luftdichten Behälter und versenkte die Zyste in Spiritus. Gleich am folgenden Tag wollte er mit den wissenschaftlichen Forschungen beginnen.

Am anderen Morgen entschuldigte er sich bei der Schwester für den dummen Scherz. Er verbrachte fast vier Nächte in der Praxis. Der Bericht über die Operation am Vampirzahn umfaßte sechzehn Seiten einschließlich Skizzen und Röntgenaufnahmen.

Wildemann wußte nicht, an wen er das Material senden sollte, und fühlte sich plötzlich einsam und verlassen. Er steckte den Hefter in ein Kuvert, versiegelte und verstaute es im hintersten Winkel des Schreibtischfachs.

In den nächsten Wochen kam ihm der Vorfall oft in den Sinn, doch das immense Arbeitspensum ließ die Erinnerung daran schnell verblassen, und nach einem Jahr erschien ihm das Ganze wie ein böser Traum. Es verging ein weiterer Sommer, und eines Abends gewahrte er in seiner Praxis eine wimmernde Stimme:

„Herr Doktor, ich habe Zahnschmerzen!"

„Wer spricht da?"

„Ich bin hier und sitze auf Ihrem Behandlungsstuhl. Herr Dracula hat Sie empfohlen, und er schickt ein Fläschchen für Sie. Befreien Sie mich bitte von den Schmerzen. Ich halte es kaum noch aus."

Ein Unsichtbarer! Der Arzt stand vor einem neuen Rätsel.

Wie sollte er ihn untersuchen? Den konnte er ja nicht einmal röntgen!

Bei diesen Gedanken wurde ihm klar, daß sich soeben eine neue Fachrichtung der Stomatologie aufgetan hatte. Ein Spezialgebiet, das nur er, Doktor Wildemann, beherrschte.

Petr
und Lucie

Das mit den Symbolen des Wissens und der Macht ge-
schmückte Bronzetor öffnete sich, und in dem fahlen Licht
stand der Herold, bekleidet mit einem Panzer aus der Haut
des galaktischen Nashorns, einem scharlachroten Röckchen,
das bis zur Hälfte der nackten Schenkel reichte, und Flügel-
sandalen. Er wartete, bis sich die Wolken des Videostaubs
zerstreut hatten und die elektrischen Entladungen verpufft
waren, dann rief er:
„Hier ist ein Sehender, und er fordert, daß ihr ihn anhört."
„Er möge eintreten", antwortete ihm der Herr der Herren.
Die Herrschaft unterbrach ihr Gespräch und wandte sich
dem Eingang zu. Der Garten, in dem soeben noch die Worte
der Klugen, die scherzhaften Bemerkungen der Witzigen
und das Lachen derer geklungen hatten, die weder klug noch
witzig waren, aber lachen konnten, dieser Garten, genannt
Garten der Herrschaft, weil ihn niemand betreten durfte als
sie, das unumgängliche Personal, und in Ausnahmefällen
die Mitglieder der Gilde der Boten und der Sehenden, dieser
Garten verstummte nun.
War das überhaupt ein Garten?
Diese galaktische Herrschaft, die allmächtige Gesellschaft
des Willens und des Intellekts, lebte in so völlig anderen
Zeiträumen und auf so völlig andere Weise, daß man einen
irdischen Begriff wie Garten vielleicht gar nicht mit ihr verbinden konnte. Wer waren sie überhaupt? Es wäre grob, sie
als Gottheiten zu bezeichnen. War doch die Macht, die von
den alten Juden Jahwe beigemessen wurde, bei diesen Wesen ein bloßes Attribut, noch dazu eines von vielen und bei
weitem nicht das hervorstechendste. Wenn nämlich die All-
wissenheit und die Fähigkeit, aus nichts etwas Erstaunliches
zu schaffen, über das dicke Bücher geschrieben werden wie

die Genesis, wenn die Erschaffung eines kleinen Weltraums, eines winzigen Planeten und einer nichtsnutzigen Menschheit, die einzige Leistung ist, die noch dazu eine ganze Woche dauerte und nach der Gott sich ausruhen mußte, dann kann sich dieser Jahwe wahrlich nicht mit den Wesen messen, die schon dadurch Welten schaffen, daß sie atmen. Aber gerade dieser abgrundtiefe Unterschied zwischen ihnen und uns ermöglicht es dem Schriftsteller, die Zunge vom Zaum zu lassen und beliebig Worte zu wählen: Wenn der Unterschied unendlich ist, was liegt daran, ob dieser oder jener Begriff der Wirklichkeit etwas um Haaresbreite genauer trifft als ein anderer? Natürlich war es kein Garten, aber es war auch kein Tempel, Olymp, Hades noch irgend etwas anderes, so daß wir ihn getrost Garten nennen können.

Der Garten also verstummte neugierig.

Er war eingerichtet wie ein richtiger Garten: mit Pflanzen, Steinen und Wasser, so wie ein lebendes Geschöpf aus Fleisch, Knochen und Blut zusammengesetzt ist. Alle Elemente waren nach sinnreichen, allerdings geheimnisvollen Prinzipien zusammengefügt, in die nur die Gärtner und ein paar verpönte Ästheten eingeweiht waren. Die Herrschaft selbst gab nur vor, sich in den Wechselbeziehungen und in der Ordnung des Gartens auszukennen.

Die Herrschaft erwartete die Ankunft des Sehenden schweigend, nur der Herr der Informationen war unruhig, beugte sich nach kurzer Überlegung zu seinem Nachbarn und fragte ihn halblaut:

„Apropos, mein Freund, woher ist der Sehende eigentlich gekommen?"

Seine Verlegenheit wurde dadurch potenziert, daß er sich beim besten Willen nicht erinnern konnte, wie sein Nachbar hieß.

„Das wissen Sie nicht? Sein Disk ist gestern vom Rand der Galaxis zurückgekehrt. Auf einem der Planeten des Sterns, der Sonne genannt wird, entdeckte er Anzeichen von Leben."

„Tatsächlich?" Der Herr der Informationen wunderte sich.

Das Leben fiel nicht in die Kompetenz der Herrschaft, im Vergleich zu ihren Pflichten war es etwas völlig Nebensächliches. Hie und da entstand es in verschiedenen Gebieten des

Weltraums ganz von selbst, ohne die Mitwirkung der Herrschaft oder der untergeordneten Kreise. Seine Erscheinung überraschte die Herrschaft jedesmal, ja man kann sogar sagen, es amüsierte sie. Die Tatsache des Lebens widerspricht nämlich so sehr den Funktionsprinzipien, die im Weltraum herrschen, daß selbst die Herrschaft nicht ganz begreift, wie das Leben eigentlich entsteht. Es bildet ein Teilchen des Weltraums, das dreist und unerwünscht gegen den Strom schwimmt. Manchmal kreuzt es sogar die Pläne der Herrschaft, so daß es vertilgt werden muß. Aber das geschieht dann ohne Bosheit, sogar gewissermaßen liebevoll, wie wenn der Gärtner genötigt ist, aus dem Steingarten die campanula pulla zu entfernen, wenn sie seine geliebte campanula sartoria zu ersticken beginnt. Das Leben im All ist für die Herrschaft eine Quelle des Interesses und der Freude, ja, es ist ihr Hobby. Es versteht sich von selbst, daß von seiner Existenz nur sie wissen. Wenn nämlich irgendein eifriger Angehöriger der untergeordneten Kreise auf die Spuren der Existenz von Leben stieße, könnte er auf die Idee kommen, es überall und ein für allemal zu zerstören, nur um in den Dienstvermerken einen Pluspunkt zu bekommen, der ihm später einmal beim Aufstieg in die Amtshierarchie zupaß kommen könnte. Die Herrschaft trug also lediglich dafür Sorge, daß sie mit ihrem ganzen Einfluß und ihrer Macht das Leben im Weltraum vor diesen Kreisen verheimlichte.

Das ist, wenn man es bedenkt, gar nicht so wenig.

Der Sehende trat endlich ein und verbeugte sich umständlich vor der Herrschaft.

„Kommen Sie, kommen Sie, wir brennen vor Ungeduld. Wie ist das also mit dem Leben auf dem Planeten, wie heißt er eigentlich …“

Der Herr der Herren schnippte ungeduldig mit den Fingern und wandte sich an den Adjutanten.

„Erde, Herr“, sagte der Adjutant.

„Ja, richtig, Erde. Ich mache Sie jedoch darauf aufmerksam, Freundchen, daß Sie vor der Herrschaft stehen. Wir haben keine Zeit für ellenlange Rapporte und wollen nichts von Koordinaten und chemischen Formeln und Wellenlängen wissen. Wir wollen Tatsachen kennenlernen, die Sie knapp und unterhaltsam darbieten sollen.“

Er wandte sich an seine Favoritin, die Herrin der Freude. Sie lächelte ihn an und nickte zustimmend. Der Sehende begann:

„Ja, Herr. Also der Planet Erde. Bestimmte Formen des Lebens haben wir auf ihm wirklich gefunden, wenn auch erst nach langem Suchen. Man kann sogar sagen, daß wir die Entdeckung des Lebens auf der Erde der Sorgfalt, ja der Pingeligkeit unseres Kollegen ...“

„Bitte keine Namen! Die Herrschaft interessiert sich nicht für Ihre internen Bagatellen!“ unterbrach ihn der Herr der Herren ungeduldig und gereizt. Der Sehende verbeugte sich entschuldigend.

„Ich füge dem nur hinzu, daß auch die größten Organismen, die wir auf der Erde gefunden haben, nur etwa diese Größe erreichen.“

Er entfernte Zeigefinger und Daumen so unerheblich voneinander, daß es kaum zu sehen war. Gemessen mit unserer irdischen Elle, deutete er eine Entfernung von etwa vierzig Metern an.

„Entzückend!“ freute sich die Favoritin. „Wie winzig, reizend!“

„Wir wollten schon zurückfahren“, fuhr der Sehende fort, ermuntert von dem Interesse der Herrin der Freude, „als wir Anzeichen von intelligentem Leben bemerkten.“

„Ts, ts, ts“, machte der Herr der Herren aufrichtig erfreut.

„Es geht wieder um Organismen unbedeutender Größe, Herr, doch der Weltraum ist unendlich, und vielfältig sind die Formen des Lebens darin. Nun, auf der Erde leben vier Arten intelligenter Wesen.“

„Junger Mann, Sie halten uns zum Narren“, sagte der Herr der Waffen streng und brachte mit einer ungeduldigen Geste seine Rüstung zum Klirren, die Drachenrüstung genannt wurde, denn sie war aus zahllosen Metallschuppen angefertigt. „Noch nie haben wir auf einem Planeten vier Arten intelligenten Lebens gefunden.“

„Bisher hatten wir eben die Erde nicht besucht“, antwortete der Sehende gewitzt, vielleicht zu gewitzt.

„Warum soll das nicht möglich sein?“ mischte sich der Herr des Reichtums in die Debatte ein, ein freundlicher Dicker, ganz in wärmenden Samt eingehüllt. „Warum nicht? Die

Vier ist ebenso schön wie jede andere Ziffer. Fahren Sie nur fort, junger Mann, ich höre Ihnen gern zu, und die anderen auch."

„Die intelligenteste Art lebt im Wasser. Der erste Kontakt war ermutigend. Den Bericht über die Ergebnisse habe ich der Geheimen Kammer des Lebens übergeben."

Die Gesichter der Herrschaft verdüsterten sich, denn amtliche Berichte und die Geheime Kammer bedeuteten Arbeit, und bekanntlich ist jede Amtsarbeit schrecklich nervtötend.

„Mit den anderen drei haben Sie keinen Kontakt geknüpft?"

„Es lohnte sich nicht, Herr."

„Prima. Erzähl uns von ihnen. Apropos, wie heißen die Schlaumeier, mit denen wir uns nächstens herumärgern müssen?"

„Delphine, Herr."

„Pfui, das hat uns noch gefehlt, Delphine. Also weiter!"

Der Sehende gab mit einer Verbeugung kund, daß er begriffen hatte. Die Geheime Kammer des Lebens würde sich in den nächsten Jahrtausenden mit ihrem umfangreichen Apparat um die Delphine kümmern. Von den weniger bedeutsamen Rassen würde sie allerdings nichts erfahren. Darüber wurde ausschließlich die Herrschaft informiert, wenn auch nur in der unterhaltsamen Form galaktischer Klatschgeschichten.

Der Sehende beschrieb dann mit ein paar Sätzen zwei weitere Arten, die er „Ameisen" und „Bienen" nannte. Er stellte beunruhigt fest, daß das Interesse der Zuhörer abflaute, und ging deshalb schnell zu der vierten Art über.

„Am problematischsten ist die vierte Form. Sie heißt, glaube ich, Mensch."

„Mensch!" wiederholte die Herrin der Freude mit Erstaunen. „Was ist an ihm Besonderes, an diesem Menschen?"

Der Sehende zuckte die Schultern.

„Wohl alles. Wir haben sogar gezögert, ob er zu den vernunftbegabten Wesen gezählt werden kann. Wahrscheinlich wäre ich nicht in der Lage, meinen Bericht über ihn schreiben zu können. Ich bin ihm gegenüber ratlos."

„Dann erzähl", sprach der Herr der Herren freundlich. Er

war schon sehr alt, und er freute sich, wenn jemand ratlos war. Von Zeit zu Zeit erfaßte ihn nämlich der Verdacht, daß unter den jungen Männern hie und da jemand war, der nicht völlig dumm war, und dieser Gedanke beunruhigte ihn.

„Wie lebt denn dein Mensch?" fragte die Herrin der Freude.

„Hat er Kraft?" fragte der Herr der Waffen.

„Kann man mit ihm Geschäfte machen?" fragte der Herr des Reichtums.

„Wie sieht er aus?" fragte die Hausfrau.

Die Hausfrau war eine ganz stumpfsinnige Person, und ihre Fragen waren dementsprechend. Kein Wunder, daß sie wegen ihres Erzstumpfsinns zur Herrschaft gehörte, denn gerade diese Eigenschaft war unentbehrlich. Wenn wir die Herrschaft mit einem Schiff vergleichen würden, dann wär der Herr der Herren die Flagge am Mastkopf, während die Hausfrau tief unten den Kiel beschwerte, damit sich das Schiff geradehielt.

„Wie er aussieht?" wiederholte der Sehende. „Auch das läßt sich schwer beschreiben. Er hat zwei Köpfe, vier Arme und vier Beine."

„Das ist eine Dutzenderscheinung", meinte der Herr der Informationen.

„Nicht ganz. Der Mensch ist in der Mitte durch eine Vertiefung in zwei Hälften geteilt. Das ist so eine tiefe Furche."

„Eine Furche?"

Der Sehende war offensichtlich in Verlegenheit geraten. Er schämte sich, daß er sich nicht genauer ausdrücken konnte.

„Stellen Sie sich vor, Herr, Sie wären hier in der Mitte in zwei selbständige Hälften geteilt."

Der Herr betrachtete prüfend seinen Bauch, der so groß war, daß darin Hradec Králové mit den anliegenden Gemeinden Platz gefunden hätte. „Drücken Sie sich genauer aus, junger Mann."

„Na … stellen Sie sich vor, Herr, daß die Furche so durchgehend tief ist, daß die Hälften … abnehmbar sind."

„Sie wollen behaupten, der Mensch setze sich aus zwei Hälften zusammen, lasse sich in zwei Teile zerlegen wie eine Streichholzschachtel?" fragte der Herr der Waffen gereizt.

Den Sehenden befiel ein Zittern. Dieser Ton verhieß nichts Gutes. Er beherrschte sich jedoch.

„Ja, Herr der Waffen. Er setzt sich aus zwei Hälften zusammen, die sogar zu selbständiger Fortbewegung fähig sind."

Das war ein so absurder Gedanke, daß die Herrin der Freude in Gelächter ausbrach.

„Also dein Mensch bricht plötzlich in zwei Hälften auseinander und läuft nach verschiedenen Seiten davon?" fragte sie.

„So irgendwie ist es."

„Und die eine Hälfte hat ein Bein, und die andere trägt die übrigen drei weg? Wie einigen sie sich?"

„Sie teilen sich gerecht. Jede Hälfte hat zwei Beine, zwei Arme, zwei Augen, eine Nase und einen Mund."

„Wie hält der Mensch zusammen? Mit Leim, oder mit Hilfe von Schrauben?"

„Das ist eine ganz sinnreiche Einrichtung", erklärte der Sehende. „So eine Art Druckknopf, wie ihn die Herrin der Freude hinten an ihrer Spitzenbluse zu haben beliebt. Sie sind verbunden mit einem Röhrchen, das in einer Öffnung steckt, die sich in der anderen Hälfte befindet."

„Ein Druckknopf öffnet sich allerdings leicht", meinte die Herrin der Freude scheinbar unschuldig, und ihr Herz machte einen Hüpfer, als sie die Röte auf den Wangen des jungen Mannes bemerkte.

„Gerade darin beruht das Elend dieses Geschlechts", erklärte der Sehende. „Der Mensch ist nur glücklich, wenn er vollständig ist. Aber diese Verbindung hält schlecht, so daß sich beide Hälften die meiste Zeit ihres Lebens getrennt bewegen."

„Warum verbinden sie sich dann nicht wieder, wenn sie intelligente Wesen sind, wie du behauptest?"

„Da liegt der Hund begraben, und deshalb ist ihre Intelligenz offenbar nicht groß. Sie sind nicht fähig, vernünftig zu handeln. Die getrennten Hälften sehnen sich nacheinander, denken unablässig aneinander, doch sie laufen chaotisch hin und her und lenken sich mit tausenderlei überflüssigen Tätigkeiten ab. Es geht sogar so weit, Herrschaft, daß sie selbst wenn sie in Sichtweite sind, selbst wenn einer den anderen hört, ja wenn sie einander berühren können, sich doch nur unter Ausnahmebedingungen zu komplettieren vermögen."

„Das ist unmöglich", sagte der Herr der Waffen. „Das glaub ich nicht."

Er wandte sich mißmutig ab und winkte dem Jungen vom Büfett, er solle ihm ein Gläschen bringen.

„Es ist so, Herr der Waffen. Ich wollte nicht darüber sprechen, damit sie mich nicht für einen Lügenbold halten, aber die zwei Hälften werden nicht zu einem Menschen, auch wenn sie ganz eng beieinander stehen, außer, wie ich schon sagte, unter Ausnahmebedingungen, die statistisch ganz bedeutungslos sind."

„Genaue Zahlen, junger Mann", mischte sich der Herr des Reichtums in die Debatte.

„Die Wahrscheinlichkeit, daß zwei Hälften zu einem Menschen werden, ist so etwa eins zu ein paar hundert Millionen, nach meiner Schätzung."

„Ist das aber ein Schlamassel", rief der Herr des Reichtums aufrichtig entrüstet.

„Es ist so", bekräftigte der Sehende. „Auf dem Planeten leben etwa drei und eine halbe Milliarde Menschen. In ihrem ganzen Leben findet eine Hälfte nur ein paar Hälften, mit denen sie vorübergehend, kurzzeitig, zu einem Menschen werden kann."

„Na also, wieviel? Wieviel genau?" Der Herr des Reichtums gab keine Ruhe. Seine Vorstellungskraft war auf die Welt der Zahlen begrenzt, und er war froh, daß endlich von etwas gesprochen wurde, was er verstand, oder, wie er sagte, daß man „von tacheles" redete.

„In den verschiedenen Gebieten des Planeten ist das unterschiedlich. Es ist gar keine Seltenheit, daß eine Hälfte in ihrem ganzen Leben nur ein Gegenstück findet und daß beide ein paar tausendmal im Leben ein Mensch werden, oft auch weniger, aber immer nur für kurze Zeit. Für gewöhnlich geht die Anzahl in die Dutzend, Hunderte und Tausende sind Ausnahmefälle."

„Ein paar Dutzend von drei Milliarden", wiederholte der Herr des Reichtums. „Ein elendes Geschäft …" Extreme erregten ihn.

„Nicht von drei Milliarden, nur von anderthalb, denn das

Röhrchen hat nur …"

Der Sehende wollte etwas erklären, aber der Herr der Herren unterbrach ihn.

„Das sind wirklich unwesentliche Dinge. Du sagst, die Geschöpfe sind unglücklich?"

„So verzweifelt, daß sie für uns nicht zu gebrauchen sind."

„Gut", sagte der Herr der Herren und wandte sich feierlich den anderen zu. „Es liegt nun an uns, was wir mit ihnen anfangen."

„Die Hilfe ist einfach, Herr", rief der Herr der Waffen, aber bevor er seinen Vorschlag aussprechen konnte, fiel ihm der Dichter ins Wort, der bislang von weitem, anmutig an den Büfettisch gelehnt, zugehört hatte. Er fragte leise:

„Sind Sie so sicher, daß sie unsere Hilfe wollen?"

Der Herr der Waffen schnaufte. Der Dichter ging ihm auf die Nerven. Er wandte sich ab von ihm, brummte etwas, verkniff sich aber eine laute Bemerkung mit Rücksicht auf den Herrn der Herren. Er war sich dessen wohl bewußt, daß der junge Mann der Protegé des Chefs war. Der Dichter beachtete den schnaufenden Magnaten nicht, schon deshalb, weil dies das sicherste Mittel war, ihn noch mehr aufzubringen.

„Wie meinst du das, mein Sohn?" fragte der Herr der Herren lächelnd. Er hatte den Dichter gern, denn er war sich sicher, daß der Dichter – vielleicht mit Ausnahme der Herrin der Freude und der Hausfrau – der einzige war von den Anwesenden, dem es bestimmt nie einfallen würde, mit dem Amt des Herrn der Herren zu liebäugeln, ja daß er jeder amtlichen Funktion auswich.

„Meinen Sie nicht", fragte der Dichter, „daß der vollständige Mensch gerade deshalb glücklich ist, weil die Augenblicke seines Glücks selten sind?"

„Das entbehrt der Vernunft", warf der Herr der Herren trokken ein.

„Aber es ist schön", sagte der Dichter mit Tränen in den Augen. „Stellen Sie sich nur den schwindelerregenden Wirbel vor, in dem der menschliche Torso tanzt, verloren unter Millionen Gleichgültiger. Sein Glück ist ganz nah, aber er verweigert es sich quälend. Er spielt eine komplizierte Melodie auf der Harfe des Schicksals, bis es ihm schließlich gelingt, einen Ton hervorzuzaubern, der bedeutet: Ich will dich. In seinem Gesicht ist Leid, aber im Herzen verlöscht nie die Hoffnung. Er erinnert mich an einen Falter, der der Flamme seiner Sehnsucht ausweicht, bis er schließlich in sie stürzt. Der Falter bezahlt für sein Glück mit dem Tode, der menschliche Torso mit Trennung, die dem Tode gleicht, jedoch um so quälender empfunden wird, da sie wiederholbar ist und immer wieder mit der gleichen Eindringlichkeit erlebt wird."

Die Worte gingen ihm aus. Die Herrschaft schwieg. Der Herr der Waffen schaute düster drein und beneidete den Dichter um die Blicke, mit denen ihn die Herrin der Freude auszeichnete. Gern hätte er etwas Boshaftes gesagt, doch war er sicher, daß er es dann mit ihr verdorben hätte. Nur die Hausfrau begriff rein gar nichts und sah sich mit völlig verständnislosen Augen um. Sie suchte eine verwandte Seele, und als sie keine fand, war sie gekränkt und zuckte beleidigt die fetten Schultern, wodurch sie mehr als sonst an ein Huhn erinnerte, das man Glucke nennt.

Es war ein schöner, nachdenklicher Augenblick, doch der Dichter verdarb ihn leider, indem er sagte:

„Ich würde mich gar nicht wundern, wenn sie auch Dichter hätten."

Darüber lachten alle. Es war ein erleichterndes Gelächter, denn es brachte sie auf den soliden Boden der Realität zurück, wo sich alle besser und sicherer fühlten, alle einschließlich der Herrin der Freude, die sich zwischen den Luftschlössern des Dichters auch nicht ganz wohl in ihrer Haut fühlte.

Seine Träumerei hatte für einen Augenblick alle mitgerissen, und sie wären vielleicht bereit gewesen, seinen Worten Glauben zu schenken, doch was er hinzugefügt hatte, war so grotesk, daß aus der Tragödie eine Posse wurde. Sie lachten alle, außer dem Sehenden, dem es die Ehrerbietung nicht erlaubte, obwohl es auch um seine Mundwinkel zuckte. Als Folge dieser homerischen Fröhlichkeit der Herrschaft gaben ein paar klägliche Galaxien ihren Geist auf.

Der Dichter wurde blaß und wandte sich heftig an die Herrin der Freude, die hier seine natürliche Verbündete war. Sie gab sich unter der Maske „strahlendes Lächeln der Mutterschaft" einem ausgelassenen Gelächter hin und streckte die

Hände zu ihm aus, als wolle sie sagen „ach, wie rührend diese Jugend". Verärgert wandte er sich dem Herrn der Herren zu. Der war der Meinung, daß nun genug gelacht worden war, und hüstelte streng, wobei er ein letztes Schmunzeln mit dem Ärmel verdeckte.

„Junger Mann, Sie haben zweifelsohne ... eine interessante Hypothese angedeutet", sagte er. „So eine ernsthafte Versammlung wie die unsrige", er unterbrach sich, um zu kontrollieren, ob es wirklich eine ernsthafte Versammlung war, und sie war es jetzt in der Tat, „so eine Versammlung kann, ja muß jede Gedankenkonstruktion durchdenken, sei sie auch noch so kühn."

„Das ist keine Hypothese!" stieß der Dichter hervor, „es ist die Wahrheit."

Der Herr der Herren wandte sich an den Sehenden.

„Haben Sie auf dem Planeten Erde etwas gefunden, was diese Hypothese bestätigen könnte?"

Der Sehende antwortete verlegen: „Ich kann die chemischen, physikalischen, spektralen, temporalen Analysen, die Analyse der Gravitation vorlegen ..."

„Auf Ihre Analysen pfeif ich. Ich hab recht und basta", rief der Dichter wütend.

„Du brauchst also kein Faktenmaterial zur Bildung eines richtigen Urteils, mein Sohn?" fragte der Herr der Herren.

„Ich pfeife auf zweihundert Tonnen Geschwätz, Herr. Ein einziges wahres Wort, ein einziger Blick, ein einziges Gefühl genügt mir, um mir ein wahrhaftes Bild zu machen."

„Und unsere Reaktion hier hat dich von der Richtigkeit deines Gedankens überzeugt?"

Alle hatten schon begriffen, daß im Herrn der Herren der Zorn wuchs, nur der Dichter spann starrsinnig seinen Faden weiter. Die Herrin der Freude schlenderte verstohlen zu ihm, um ihn warnend in den Arm zu kneifen.

„Ich weiß nicht. Ich kann es nicht sagen. Etwas ist jedoch geschehen, sonst hätte ich nicht das sichere Gefühl der Wahrheit."

„Aus einem einzigen Wort, Blick oder Gefühl – du weißt noch nicht einmal, welchem – hast du die ganze Wahrheit des menschlichen Geschlechts abgeleitet?"

„Ja. Der Dichter geht immer vom Detail aus und schafft, um

aus ihm ein Ganzes zu schaffen. Nicht, daß er aus dem
Nichts etwas schafft. Er erneuert. Gestützt auf einen winzigen
Bruchteil, trifft er das Ganze. Sein Sinn ist anders beschaffen
als der eure. Er braucht nicht zweihundert Tonnen
Nachrichtenmaterial. Er nimmt einen kürzeren Weg, der direkt
zum Kern des Wesens führt. Deshalb genügt ihm ein
Fragment: Es ist jenes Tor, durch das er unter die Oberfläche
gelangt, in die Tiefe, und nach der Rückkehr ans Tageslicht
berichtet er von seinen Entdeckungen dort unten."
Endlich hatte sich die Herrin der Freude zu ihm durchgearbeitet
und knuffte ihn. Er hob seine Hand gegen sie wie gegen
ein lästiges Insekt. Sie trat beleidigt einen Schritt zur
Seite, nicht weil er nach ihr geschlagen hatte, sondern weil
sie begriff, daß er ihre Anwesenheit gar nicht wahrnahm. Mit
gewisser Genugtuung beobachtete sie die Blicke, die der errötete
Herr der Herren mit dem Herrn der Waffen
tauschte.
„Also, was du uns hier schon jahrelang vorführst, das sind
nicht bloß schöngeistige Sprüche und Narrenpossen, das ist
also Ihrer Meinung nach die Wahrheit?"
Der Dichter bemerkte den unheildrohenden Übergang vom
Du zum Sie nicht und nickte eifrig.
„Natürlich. Es ist die dichterische Wahrheit. Wenn sie nicht
wäre, würde sie Ihnen nicht schön erscheinen."
Der Herr der Herren lächelte ostentativ, denn er war überzeugt,
daß er den Milchbart endlich festnageln konnte. Während
der Dichter sprach, hätte ihn der Herr der Herren natürlich
jederzeit unterbrechen können, und auf einen einzigen
Wink hin hätten ihn die Schergen aus dem Garten vertrieben,
aber der Herr wollte den Sieg mit gleichen Waffen, auf
gleichem Feld und mit gleichen Chancen für beide.
„Woraus schöpfen Sie die Gewißheit der Wahrheit? Was sagt
Ihnen, daß Sie recht haben? Worin findet der Dichter die
Bestätigung der Wahrheit? Ich will ein klares Wort hören, erklären
Sie es an einem konkreten Beispiel, ja, an der Sache
mit dem Menschen. Woher wissen Sie, daß Sie recht haben?"
Jetzt bemerkte auch der Dichter, was sich hinter den Worten
des Herrn der Herren verbarg, hinter den scheinbar freundlichen
Worten. Er blickte die Herrin der Freude an, aber die

erwiderte kalt seinen Blick. Das kränkte ihn. Nach seiner
Meinung hatte sie ihn in dieser Situation verraten. Er stieß,
ohne nachzudenken, hervor:
„Warum ich mir meiner Wahrheit als Dichter sicher bin?
Weil ihr mir mit offenem Mund zugehört habt, ihr Dickwän-
ster!"
Sogar die Lichtstrahlen schienen in der Luft zu gefrieren, erstarrt vor Schrecken. Wer weiß, wie lange die düstere Stille
gedauert hätte, die nach diesen mörderisch lästerlichen Worten eingetreten war, wenn die Hausfrau nicht aufgeschrien
hätte:
„Na, so was! Du gemeiner Kerl! Wen schimpfst du hier Dickwanst? Habt ihr das gehört?"
Der Herr der Waffen steckte beide Daumen hinter den titan-
geschmiedeten Gürtel, und der Herr der Herren reckte seine
Brust, um historische Worte der Verdammnis auszusprechen,
und die Herrschaft geringerer Bedeutung krümmte
sich vor Schreck darüber, was geschehen war und was geschehen würde, und der Dichter war blaß, und die Hausfrau
gackerte aufgeregt über die Frechheit der heutigen Jugend,
und der Herr der Herren wollte schon sein Donnern ertönen
lassen, doch er sah die Herrin der Freude an, um sich zu ver-
gewissern, daß ihr Blick an seinen Lippen hing, wie es sich
gehörte, als er zu seiner Überraschung feststellte, daß die
Herrin nicht ihn ansah, sondern den Dichter, und daß ihr
Gesicht und die ganze Gestalt, gebeugt, mit runden Schultern und schlaff hängenden Armen, schmerzliche Enttäuschung ausdrückten.
Natürlich, fiel dem Herrn der Herren ein, der Junge hat sich
total blamiert! Er stieß die Luft aus und sagte mit ruhiger, etwas müder Stimme: „Ich denke, Sie sollten sich bei unserer
armen Freundin für die Grobheit entschuldigen, junger
Mann."
Der Dichter warf einen raschen Blick auf ihn und die Herrin
der Freude und wandte sich an die Hausfrau: „Entschuldige,
Herrin. Verzeih, daß ich grobe Worte gebraucht habe, die
dein Gehör beleidigt haben."
„Das nächste Mal mäßigen Sie sich, junger Mann, wir sind
hier nicht irgendwer", rügte ihn die Hausfrau, doch da
schritt der Dichter schon zum Tor und hörte sie vielleicht

gar nicht mehr.

Die Herrin der Freude wollte ihm in der ersten Regung nachlaufen, aber sie überlegte es sich anders. Obwohl der Dichter eigentlich alle beleidigt hatte, obwohl es der Herr der Herren so gedreht hatte, als habe die Beleidigung der Hausfrau gegolten, hatte die Herrin die Kränkung auf sich bezogen. Und was noch schlimmer war, der Dichter hatte sie wegen irgendwelchen Gesindels beleidigt, das sich nicht aneinanderschrauben oder -binden konnte und in zwei Hälften zerfiel! Der Junge übertrieb manchmal wirklich.

Alle waren sich dessen bewußt, daß die Unterhaltung schnell wieder aufgenommen werden mußte, um die düsteren Wolken zu vertreiben, aber keiner wußte, wie er es anfangen sollte. Der Herr der Herren zog ein Taschentuch heraus und reinigte seine Brille, aber das konnte er nicht ewig tun. Die Herrschaft beobachtete mit nie dagewesenem Interesse diese Zeremonie, denn solange der Herr seine Brille putzte, tat sich wenigstens etwas. Aber was dann?

Wie schon so oft, rettete die Herrin der Freude die Situation. Mit einem leichten, gespielten Lächeln warf sie hin: „Was tun wir also für diesen lächerlichen armen Schlucker, den Menschen, der immer in zwei Hälften zerfällt, der arme kleine rührende Wicht?"

Mit welchem Gefühl der Erleichterung lächelte die Herrschaft, als die Herrin der Freude mit den Fingerspitzen die Größe des Menschen andeutete. Auch der Herr der Waffen war bereit, die joviale Saite anzuschlagen.

„Ist doch klar wie Kloßbrühe, junge Frau", rief er. „Was glauben Sie, tue ich, wenn sich ein Pferd ein Bein bricht und leidet? Ich küsse es aufs Maul, vergieße eine Träne und jage ihm eine Kugel in den Kopf. Ich schicke die Jungs aus der Operativabteilung der Geheimkammer auf die Erde, und die werden sich um den Menschen oder wie das heißt schon kümmern. Sie werden ihn nicht mal aufs Maul küssen müssen", fügte er hinzu und brach in schallendes Gelächter aus. Ein paar Herren geringerer Bedeutung versuchten zu lächeln, aber nur die Hausfrau wieherte herzlich, sehr zufrieden darüber, daß endlich jemand einen verständlichen Witz gemacht hatte.

„Wenn nun ..., wie wär's, wenn wir was für sie kaufen?"

brummte der Herr des Reichtums. „Etwas Schönes und Prak-
tisches."

„Ich hab eine Idee! Wir sorgen für ihr Essen. Wenn sie genug schmackhafte und gesunde Nahrung haben, finden sie
vielleicht leichter den Weg zueinander, meinen Sie nicht
auch", schlug die Hausfrau vor.

„Und was für einen Einfall bietest du an, meine Teure?"
wandte sich der Herr der Herren an die Herrin der Freude.

„Wir sind doch Herrscher und können alles tun? Uns setzt
nur die Phantasie Grenzen, hab ich nicht recht?"

„Natürlich, my darling."

„Richten wir es also ein, daß ihre Verbindung – ich meine
dieses unpraktische Röhrchen – besser funktioniert."

„Meinst du so etwas wie ein Gewinde? So etwas wie
Schraube und Mutter?"

Der Herr der Herren war nämlich im Grunde ein Technokrat
und überwiegend technisch gebildet, wenn er auch nach den
Millionen Jahren seit der Zeit seines Studiums nicht mehr
auf dem neuesten Niveau war.

„Ich weiß nicht, was ein Gewinde ist", log die Herrin der
Freude anmutig, denn es macht sich entzückend, nicht zu
wissen, was ein Gewinde ist. „Ich kenne mich in solchen
Dingen nicht aus."

Sie sah sich im Garten um, und ihre Augen verharrten auf
einer Kiefer, die sich über den See neigte. Der Baum symbo-
lisierte die Klugheit und das Alter, und sein längster Zweig
wies auf eine Insel, deren fünf Felsen fünf Tugenden be-
zeichneten.

„Ich weiß nur so viel, daß die Kiefer nicht ins Wasser fällt,
daß sie nicht aus der Erde rutscht, weil sie Wurzeln hat. Die
braucht kein Gewinde, oder vielleicht doch?"

„Wurzeln …", überlegte der Herr der Herren. „Das ist kein
schlechter Einfall. Mir gefällt, daß er so natürlich ist. Glauben Sie, es ließe sich einrichten, daß diese lächerlichen
Röhrchen Wurzeln schlagen?" fragte er den Adjutanten. Der
nickte gleichmütig und trug etwas in sein Notizbuch ein.

„Na seht ihr, wir haben doch ein Mittel gefunden, wie wir
diesem Menschlein auf der Erde helfen können. Auf jeden
Fall helfen wir ihm mehr als alle Sprüche dieses verrückten
jungen Schöngeists. Wo ist er eigentlich hingegangen? Bring

ihn her, meine Teure, bestimmt schmollt er in einem Winkel wie ein Brummbär." Er wandte sich an die Herrin der Freude. „Bring ihn her und sag ihm etwas Angenehmes. Vielleicht, daß es Kognak gibt. Diese Dichter trinken alle gern Kognak. Ich weiß nicht, woher das kommt. Vielleicht hilft ihnen der Kognak, ihre … Wahrheiten zu finden."

Sie belohnten ihn mit schallendem Gelächter, sie lachten wie Schüler, wenn der Herr Lehrer einen Witz gemacht hat. Der Herr der Herren wandte sich an den Herrn der Waffen, um ihm etwas Kerniges zu sagen und zu zeigen, daß er kein Weichling war.

„Hauptsache, die Untergeordneten kriegen unser neues Hobby nicht raus. Da wär's Sense mit dem Jux."

Und so geschah es, daß auf dem Planeten Erde, der von dem Garten der Herrschaft nicht drei, sondern acht Dimensionen entfernt war, so daß die Worte „ganz woanders" angebracht sind, weil das einfache Wort „weit" nicht mehr zutreffend ist, daß also auf dem Planeten Erde ein ganz gewöhnlicher Tag in der Dämmerung erstarb, bereit, mit der schwarzen Nacht eins zu werden. Auf einem Weg zwischen den Feldern schritten Petr und Lucie Seite an Seite. Sie beobachteten schweigend, wie die Wolken schwarz wurden. Sie hätten gern gesprochen, aber sie kannten keine Worte für den süßen Schmerz, den sie empfanden.

Schließlich sagte Lucie: „Ein Stern fällt, Petr. Wünsch dir was!"

„Das ist kein Stern. Das wird wohl ein Flugzeug sein. Um diese Zeit bestimmt ein Charterflug oder ein Militärsonderflug", antwortete Petr und errötete in der Dunkelheit aus Scham über die Sachlichkeit der Antwort.

Sie irrten allerdings beide. Es war kein Stern, auch kein Sonderflug, es war ein UFO der Sternenklasse Disk, ein megagalaktisches zwölfdimensionales Supraflugzeug.

Etwas streifte ihre Gesichter.

„Es regnet", sagte Lucie. „Brennt dir dieser Regen auch so im Gesicht?"

„Ich spüre nichts", log Petr aus einem ihm selbst unerklärlichen Grund.

Sie blieben stehen und faßten einander bei der Hand. Petr

wußte plötzlich, was er tun mußte und daß er in den nächsten Augenblicken den Abgrund überwinden würde, der bisher zwischen ihm und dem Mädchen gewesen war. Er
umarmte sie und sagte:

„Ich will dich, Lucie."

„Ich dich auch, Petr."

Ihre Gesichter waren wieder trocken. Der von dem Disk zer-
stäubte Nebel war schon in ihr Blut eingedrungen. Sie sanken ins Gras, und Petr stellte verwundert fest, daß er wußte,
wie ein Mann zu sein hat, und er war ein Mann, und Lucie
war eine Frau.

Als sie miteinander verschmolzen, flog das UFO schon über
einen anderen Kontinent und verband dort weitere Petrs und
Lucies. Nicht für immer. Nur bis zum Tode, und das war
keine lange Frist. Als dann der Tod nahte, erstand vor ihren
Augen das Bild einer Kiefer mit tief im Schoß der Erde ver-
ankerten Wurzeln. Da schmerzte sie nichts mehr, und es war
zu Ende.

Die Herrschaft erfuhr nie, was auf der Erde nach ihrem Ein-
greifen geschah, und es blieb also auch dem Dichter verborgen. Das ist gut so, denn er hätte ungewöhnlich gelitten.

Liveübertragung aus dem Studio. Die Ansagerin sitzt an einem Tisch, auf dem eine geschmackvolle Vase mit PVC-Nelken steht. Sie lächelt.

Die Ansagerin: „Wie wir bereits in unseren Nachrichten mitteilten, wurde dem Herstellerbetrieb von Kinderspielzeug, dem Volkseigenen Werk Batolan in Hustopeče, der Nobelpreis für bahnbrechende Erfindungen in Elektronik, Kybernetik und Robotertechnik verliehen. Unser Reporter hat sich nach Hustopeče begeben, um an Ort und Stelle die verantwortlichen Mitarbeiter zu interviewen."

Es folgt nun die Reportage in Originalton mit einer Laufzeit von 12 Minuten und 46 Sekunden.

Unter dem Titel „Wo Innovation nur eine hohle Phrase ist" laufen Aufnahmen im Werkgebäude von Batolan/Hustopeče. Der Reporter und der Abteilungsleiter für Agitation und Propaganda haben es sich auf Schaukelpferden bequem gemacht, was die spielerische Atmosphäre des zwanglosen Interviews unterstreicht.

Reporter: „Wir befinden uns hier auf dem Werkgelände von Batolan in Hustopeče, und ich freue mich, den Leiter der Propagandaabteilung, Genossen Jaromír Nosek, begrüßen zu können. Genosse Nosek, gehe ich recht in der Annahme, daß der Nobelpreis eine hohe Auszeichnung für das gesamte Kollektiv ist?"

Nosek: „Der Nobelpreis ist Ansporn und Verpflichtung zugleich, aber der höchste Lohn für unsere Mühen sind, und das steht außer Frage, die leuchtenden Augen und das Lachen der Kinder. All unsere Anstrengungen zielen darauf ab."

Reporter: „Berichten Sie doch bitte unseren Zuschauern

kurz von den Anfängen dieses Betriebs."

Nosek: „Der Anfang war äußerst beschwerlich; in den zwanziger und dreißiger Jahren wurde das Spielzeug, vor allem die Puppen, in aufwendiger Handarbeit hergestellt. Die Heimwerker, die unter schwersten Bedingungen und für Hungerlöhne schuften mußten, waren ..."

Reporter: „Entschuldigen Sie, aber unsere Zuschauer interessieren sich mehr für die jüngere Geschichte Ihres Betriebs."

Nosek: „... zu ständiger Leistungssteigerung bei sinkendem Lohn gezwungen. Erst unter sozialistischen Bedingungen kam es zu tiefgreifenden Veränderungen bei der Fertigung von Kinderspielzeug, dessen Produktionsstätten in Hustopeče konzentriert wurden. Anfangs hielt sich das Sortiment natürlich in Grenzen. Unser erstes Modell 101 war eine Blinzel- und Zwinkerpuppe mit einem Haarschopf aus Polyvinylchlorid für anspruchsvolle Verbraucher. Danach nahmen wir die Serienproduktion des Modells 102 auf, das wir in drei Varianten anboten. Diese Puppen waren bereits fähig, ‚Mama‘, ‚Papa‘ oder ‚bäh‘ zu sagen. Das Modell 103 war die Pullerpuppe, dieses Programm blieb jahrelang unverändert bestehen."

Reporter: „Wie lange?"

Nosek: „Etwa fünfundzwanzig Jahre. Die sich verschärfende Krise in der kapitalistischen Welt, die von negativen Erscheinungen auf dem Rohstoffmarkt begleitet war, und die Billigproduktion japanischer Firmen schränkten unsere Exportmöglichkeiten ein."

Reporter: „In welchem Umfang?"

Nosek: „Die Exportchancen sanken auf ein Minimum. Na, man kann sagen auf Null. Daraufhin stellten wir uns eine Reihe Aufgaben, die auf Innovation gerichtet waren, und im Zuge der Neuerungen entstand das Modell 200. Eine Puppe, die an Kinderhand spazierengeht. Der Puppentyp 300 ist mit Fernlenkung ausgestattet, und das Modell 400 schließlich besitzt ein autonomes Schaltprogramm. Wir verwerteten hier elektronische Bauteile aus dem Produktionsabfall anderer Firmen. Bei der Einführung der Positronenkybernetik vereinbarten wir vertraglich mit Tesla die Lieferung von Ausschuß für die Weiterverarbeitung. Im Austausch stellten wir diesen Kollegen unsere betriebseigenen Bungalows in Jeseníky und vier Ferienunterkünfte in Ždáni am Slapsker See zur Verfügung. Unmittelbar darauf folgte das Modell 500, und nach einem Neuerervorschlag von Genossen Zvonar entwickelten wir die Bewegungsfähigkeit der Puppen noch weiter, so daß bald das 600er Modell in Serienproduktion übergeführt werden konnte."

Reporter: „Die komplexen Aufgabenstellungen und die Neuererbewegung waren also ein Schritt in die richtige Richtung."

Nosek: „Wir hatten keine andere Wahl. Die altbewährten Modelle genossen zwar die Gunst des Verbrauchers, aber wir erhielten auch unzählige Eingaben und Beschwerden, denn der begrenzte Wortschatz der Puppen entsprach nicht den intellektuellen Ansprüchen der jüngsten Generation in der entwickelten sozialistischen Gesellschaft. In einer Produktionsberatung entwarfen die Fachdirektoren Verbesserungsvorschläge und neue Ideen. In dieser kritischen sowie selbstkritischen Debatte gelang es, Reserven aufzudecken. Genossin Urbánková ergriff die Initiative. Ihr Mann, der in den chemischen Werken von Ustí arbeitete, belieferte uns daraufhin mit Polyurethanbenzolabfall zur Herstellung künstlicher Sprechmuskeln. Als Gegenleistung veranstalten wir alljährlich in dem Chemiebetrieb eine Weihnachtsfeier mit Tombola. Wir fertigten also Minimuskeln und künstliche Zungen an. Die Stimmbänder stellten wir aus Faserpapier her, das Herr Janouš von der Altstoffwarenhandlung zur Verfügung stellte. Er hat unter anderem auch mit Altpapier zu tun, das dort gepreßt wird. Wenn sich Faserpapier anfindet, legt er es für uns beiseite. Dafür bekommt er alljährlich ein Präsent aus dem Gewerkschaftsfonds. Zu diesem Zeitpunkt lief die 700er Serie an, die sich allerdings als schwerer Mißgriff entpuppte."

Reporter: „Produktionsschwierigkeiten?"

Nosek: „Die Verbraucher empfanden die Modelle 700, 712, 748 als unbefriedigend. Die kritischen Zuschriften häuften sich, aber die größte Abfuhr erteilte uns die Presse."

Reporter: „Davon weiß ich nichts, ich bin erst seit 1995 beim Fernsehen."

Nosek: „Im Dikobraz wurde unter der Rubrik ‚Aufgespießt'

ein provozierender Artikel über unser Werk veröffentlicht. Wir produzierten angeblich einfältige Puppen, die sich planlos durch die Wohnung bewegen und Plattheiten von sich geben. Unsere Erzeugnisse hätten offensichtlich einen verderblichen Einfluß auf die Erziehung der jungen Generation. Diese Puppen führten ein Faulenzerdasein und plapperten sinnloses Zeug, kurz und gut, sie verherrlichten kleinbürgerliche Lebensformen."

Reporter: „Das war sicherlich ein hartes Urteil, aber andererseits spornt Kritik doch auch an."

Nosek: „Natürlich haben wir uns mächtig geärgert. Kurz darauf erhöhten wir jedoch die Zahl der Positronenaggregate in der Puppenproduktion. In der Freizeit und an den Wochenenden errichteten wir eine Schule für die Ausbildung unserer Puppen. Die Modelle mußten von nun an eine Schulausbildung durchlaufen, um bestimmte Hausarbeiten verrichten zu können, wie Saubermachen, Kochen, Waschen und ähnliches. Natürlich erhöhten wir die Widerstandsfähigkeit der Puppen, was leider auf Kosten des Miniformats ging, denn die Puppen der Serie 900 erreichten eine Größe von etwa einem Meter zwanzig. Wir befürchteten eine Flut kritischer Stimmen, stießen jedoch beim Käufer auf positive Resonanz."

Reporter: „Was sagen Sie denn dazu, daß Erwachsene Ihr Spielzeug für die täglichen Hausarbeiten nutzen?"

Nosek: „Das ist uns bekannt, und wir mißbilligen das natürlich. Deshalb möchte ich die Gelegenheit nutzen, über das Fernsehen an die Eltern zu appellieren:

Diese Puppen sind für unsere Kinder gedacht. Nehmt den Kindern nicht ihr Spielzeug weg!"

Reporter: „Natürlich, jeder sollte seinen Haushalt selbst in Ordnung bringen."

Nosek: „Das ist genau unsere Meinung. Aber in der Vergangenheit kam es bereits zu ähnlichem Mißbrauch. Mit großer Hingabe konsumierten Erwachsene Fertigbrei und Kindernahrung. Aufgrund der günstigen Preise kleideten sich viele Erwachsene mit Kindertextilien. Analog wiederholt sich das jetzt. Unser Betrieb kann jedoch kaum etwas dagegen unternehmen. Leider Gottes gibt es auf dem Markt keine vollendeten Puppentypen, also bleibt der Hausfrau nichts anderes übrig, als entweder selbst zu kochen und Staub zu saugen oder unserem Modell 900 den Staubsauger in die Hand zu drücken. Ich habe zu Hause einige Testtypen, und für meine Frau ist es eine große Erleichterung."

Reporter: „Meine Frau wiederum beschwert sich, daß ihre Arbeitspuppen sehr streitsüchtig sind und nicht gehorchen wollen."

Nosek: „Aha, Sie sind Besitzer des Modells 890, vielleicht auch 893. Das sind sehr dickköpfige Puppen, die sich stur an die Regeln unserer Betriebsschule halten und sich nicht nach den individuellen Wünschen des Verbrauchers richten. Sie lehnen es zum Beispiel ab, Knödel mit Kraut und Schweinefleisch zum Abendbrot zu kochen, da es gegen die Diätvorschriften verstößt. Deswegen gingen sehr viele Reklamationen ein. Seit Modell 894 benutzen wir submissive Elemente aus dem Positronenabfall, und die Konsumenten sind mit dem neuen Modell vollauf zufrieden."

Reporter: „Welche Neuigkeiten haben Sie jetzt für unsere Kinder?"

Nosek: (Streckt den Arm aus dem Fernsehbild. Er öffnet feierlich eine Schachtel, die ihm seine Assistentin gereicht hat. Er zieht einen weißen, gedrechselten Stock mit angemalten Augen, Nase und Mund heraus, der in einen bunten Lappen gewickelt ist.) „Das ist das Modell 1000, das für die Serienproduktion bereits bestätigt ist. Endlich haben unsere Kinder ein richtiges Spielzeug in der Hand. Denn es geht ja schließlich nicht um den Nobelpreis, sondern um die leuchtenden Augen und lachenden Gesichter der Kinder, nicht wahr?"

Die Kamera schwenkt auf eine Holzpuppe. Titeleinblendung: ENDE. Kurzes, lebhaftes Geräusch aus dem Studio.

Ein Einfall,
der Gold wert ist

Der Bordcomputer des Raumschiffs Avia PX-216 aus dem Jahre eins zwei, verblödet von langen Dienstjahren, in denen gut die Hälfte der logischen Schaltkreise ausgedient hatten, schaltete die Plasmatriebwerke aus und schwatzte mit der Stimme eines kybernetischen Greises:

„Geschwindigkeit Null, Operation beendet mit zwölf Komma fünf eins acht sechs Verspätung, ich berichtige, vierzehn Komma, ich wollte sagen zehn Komma ..."

Niemand beachtete sein verworrenes Geschwätz, Bořek hielt ungeduldig auf der großen Bildfläche des Videos, die in der Mitte erblindet und an den Rändern vergilbt war, nach dem Ziel der Fahrt Ausschau, Jindra stellte das Triebwerk auf Leerlauf, was der alte Computer, genannt Staubsauger, in seiner Zerstreutheit vergessen hatte, und Kuba, der Wissenschaftler der Expedition, überprüfte am Reservecomputer, ob ihre Avia wirklich dort angehalten hatte, wo sie anhalten sollte.

„Ich sehe es!" rief Bořek. „Ich sehe es schon. Kommt mal her. Das ist die Wolke dort. Herrschaften, ihr seht den schönsten kosmischen Müllplatz, den ihr euch vorstellen könnt. Zweitausend Tonnen Mikroprozessoren, Kryptokreise und Pulsationsblocks. Tausende Kilometer Suprakabel. Ein Schatz vor der Nase. Wir sind reiche Leute, verehrte Herren. Na, wie findet ihr mich?"

„Genial!" riefen seine beiden Freunde.

„Was sagt ihr zu meinen Einfällen?"

„Die sind Gold wert!"

„Richtig. Und jetzt juppheidi ins Boot und ab die Post. Wir sahnen jetzt ab. Meine Herren, ich sehe schon die Villa und den Swimming-pool davor und die Mädchen darin und den Straßenkreuzer in der Garage und ..."

„Daß uns nur auf dem Rückweg keine Patrouille schnappt", unkte Jindra. Kuba wollte einwenden, daß nach seinen Berechnungen das nächste Wachschiff der Patrouille hinter den sieben Bergen sei, genauer gesagt im Sektor vierzehn, als Staubsauger warnend klimperte und sagte:

„Ich habe ein Radiosignal unbekannter Herkunft aufgefangen. Die Analyse ist positiv, ich berichtige, negativ, damit will ich sagen ..."

„Die Patrouille!" rief Jindra. „Da haben wir's schon. Ich hab gleich gesagt, das geht nicht gut. Ihr seid beide bescheuert, immer zieht ihr mich in was rein."

„Schnauze", schrie ihn Kuba an. „Was hast du aufgefangen, Staubsauger. Sei ein braver Alter und gib es in die Reproduktion."

„Ja", antwortete der Computer gehorsam. Der Reproduktor zischte, in ihm erklangen die heulenden Geräusche des Sturmwinds, das Klimpern von Schellen, Froschgequake und trockenes Platschen, als ob Heinzelmännchen über den Holzfußboden einer alten Mühle tapsen. In diesem Geräuschgemisch ertönte eine metallene Stimme:

„Ich habe Hunger ..., ich habe Hunger ..., komm, damit ich dich fressen kann!"

Bořek und Kuba lachten.

„Du bist aber ein Esel, Jindra. Für den Schreck zahlst du eine Runde."

Jindra lächelte verlegen, aber dann wurde er gleich wieder ernst und sagte: „Was ist es denn, wenn es nicht die Patrouille ist?"

„Was sollte es sein? Eine Aufzeichnung von einem alten Telekommunikationssatelliten. In diesem Müll findet sich alles mögliche. Das wird irgendein Märchen sein, Hajaja oder so was", sagte Kuba. „Durch die Gravitationsanomalien wird jedes Objekt angezogen. Havarierte Automaten, aber auch Asteroiden und kosmischer Staub."

„Richtig", unterbrach ihn Bořek. „Dieser kosmische Müllplatz enthält alles mögliche. Uns steht allerhand bevor. Wir werden Tonnen von Abfall durchwühlen müssen, bis uns etwas Ordentliches in die Hände fällt. Wie die Goldsucher. Also Schluß jetzt mit quatschen und ..."

„Warum hast du angehalten?" fragte die metallene Stimme

aus dem Reproduktor. „Du bist so schön rund und nett. Schon lange hatte ich nicht mehr so einen Happen, hamm hamm, mnjam mnjam, papp papp mnjam.“

„Na, so was … Das ist ja ein seltsamer Hajaja“, flüsterte Jindra.

„Red keinen Blödsinn“, rief Bořek nervös. Jindra leckte sich die aufgesprungenen Lippen. Kuba zitterten die Hände, aber er zwang sich zu einem Lächeln.

„Vielleicht hat sich die Baba-Jaga auf dem Müllplatz ein Pfefferkuchenhäuschen gebaut.“

„Verkneif dir die Späße“, schrie Jindra. „Was ist das also?“

Bořek antwortete, bevor sich Kuba zu einem Wort aufraffen konnte: „Das ist ein kosmischer Müllplatz in einer Gravitationsanomalie. Eine Menge Aggregate funktionieren noch. Die Solarzellen werden noch Tausende von Jahren funktionieren. Die Regenerationsblocks und die Reparaturautomaten sind vielleicht auch noch Hunderte von Jahren aktiv. Ein Wrack, das ist ein relativer Begriff. Wenn du einen Autounfall baust, bleibt ein totes Stück Eisen, das gerade noch gut für den Schrott ist. Im Wrack eines kosmischen Automaten hingegen funktionieren Dutzende oder Hunderte peripherer Aggregate. Deshalb sind wir hier, ihr Dummköpfe. Wir müssen das ausschlachten, was noch funktioniert. Jetzt hören wir gerade das Geplapper eines verblödeten Computers, wahrscheinlich so einer wie unser Staubsauger.“

„Ich bin nicht …“, meldete sich der beleidigte Computer zu Wort, aber Bořek unterbrach ihn.

„Schnauze, Opa. Schalt das Gequatsche aus, und ihr beiden Angsthasen seht zu, daß ihr fertig werdet. Schnell ins Boot, damit wir es hinter uns haben. Die Patrouille ist weit, aber ich möchte mich hier nicht länger herumtreiben als unbedingt nötig.“

„Wir sollten uns erst mal überzeugen, woran wir sind“, sagte Kuba. „Wenn es auf diesem Müllplatz einen aktiven Computer gibt, dann können dort Meteoritenschirme funktionieren, und ich möchte nicht gern einem elektronischen Irren erklären, daß unsere alte Karre kein verirrter Meteor ist.“

Bořek war offenbar auch nervös, sonst hätte er sich nicht überreden lassen. Er murmelte zwar, daß er sich mit zwei

Angsthasen eingelassen habe, aber schließlich setzte er sich ans Steuerpult der Triebwerksektion, startete die Manöveraggregate und führte das Raumschiff langsam zum Müllplatz.

Der Lichtfleck auf dem Bildschirm wuchs. Zuerst langsam, dann schnell, es war ein Bällchen und bald ein Ball, das heißt, die Struktur war eigentlich komplizierter, sie erinnerte an eine Schneeflocke mit tausend verzweigten Armen, die untereinander mit dünnen Fäden verbunden waren.

„Das bewegt sich", bemerkte Kuba. „Seht mal, über diese Fäden kriechen Lichtpunkte, wie die Kugeln in einer Kinderrechenmaschine. Es sieht aus wie eine Spinnwebe oder eher wie ein Meeresungeheuer ..."

„Spricht es noch zu uns? Staubsauger, schalt den Empfänger ein!"

Der Rechner gehorchte sofort.

„Das freut mich, daß du zu mir kommst ..., ich warte auf dich, damit ich dich mampfen kann!"

„Halt an", sagte Kuba zu Bořek sehr leise, und der Kommandeur der Expedition gehorchte seltsamerweise. „Wir versuchen, mit dem Ding zu reden."

Kuba sah Bořek fragend an. Er erwartete, daß der Chef ihn anfahren, daß er sein energisches „Quatsch" sagen würde, aber Bořek nickte nur.

„Staubsauger, frag dieses ... Ding, was es ist!"

„Hier ist Avia PX-214, ich berichte, Avia PQ-216, damit will ich sagen ...", plapperte der gute alte Staubsauger, „... geben Sie die Nummer an, genauer gesagt die Imaternations-, richtig die Immatrikulations-"

„Wer spricht da mit mir? Bist du das, du netter Dicker? Warum hast du wieder angehalten? Weißt du denn nicht, was für einen großen Hunger ich habe?"

„Heißt du Baba-Jaga?" fragte Staubsauger.

„Ich verstehe dich nicht. Ich bin doch Ofélie. Du bist häßlich zu mir, läßt mich hungern. Komm zu mir, ich mag dich, liebe Avia PX-216."

„Ich bin der Bordcomputer", sagte Staubsauger, „Modellreihe 4000 Serie K. Ich lenke den Diskoplan Avia PX-216."

Er sprach erstaunlich fließend, ohne Versprecher. Bořek und

Kuba wechselten bedeutungsvolle Blicke. Unser Staubsauger ..., was ist nur in ihn gefahren? Er ist ja wie verjüngt.

„Wie nett", sagte Ofélie erfreut. „Du bist also lebendig wie ich."

„Ich bin der Bordcomputer", wiederholte Staubsauger verwirrt. „Lebendig ist die Besatzung des Diskoplans Avia Modell ..."

„Die Zusammensetzung! Gib die chemische Zusammensetzung der Besatzung an!"

„Wasserstoff, Sauerstoff, Kohlenstoff, Stickstoff ..."

„Wieviel Silizium, wieviel Aluminium, wieviel Eisen, wieviel Germanium?"

„Eine unbedeutende Menge", sagte Staubsauger.

„Gib jetzt deine chemische Zusammensetzung an, Bordcomputer."

„Eisen, Aluminium, Silizium, Germanium, Palladium, Platin, Gold, Messing ..."

„Ach, dich will ich! Warum läßt du mich warten, du Böser. Verstehst du denn nicht, daß Ofélie dich liebt? Komm näher zu mir, komm nur, zögere nicht!"

„Jungs", flüsterte Kuba, während das Quäken der unbekannten Ofélie im Reproduktor klirrte, „das ist doch wohl nicht möglich ... Ich meine ..., nein, das ist doch zu phantastisch."

„Ist das ein Außerirdischer?" stieß Jindra hervor.

„Würde denn ein Außerirdischer tschechisch sprechen?" erwiderte Bořek entgegen seiner Gewohnheit sehr leise.

„Er spricht tschechisch, weil Staubsauger ein tschechisches Sprachprogramm hat. Er antwortet in der Sprache, in der man zu ihm spricht. In seinem Schiff ist eine Übersetzungseinrichtung, ein Computer, der fähig ist, jede Sprache zu analysieren ..."

„Was meinst du dazu, Kuba?"

„Ich glaube nicht an Außerirdische. Das sind Märchen für kleine Kinder."

„Etwas spricht zu uns!" rief Bořek. „Was ist das also?"

„Ein Müllplatz", antwortete Kuba. „In der Gravitationsanomalie sammeln sich schon seit zweihundert Jahren unkontrollierte Mechanismen aus drei Sektoren an. Ich begreife nicht, was genau passiert ist. Ich kann es mir aber nicht anders erklären, als daß mehrere Computer miteinander verbunden sind. Vielleicht waren sie halb erloschen, wie unser Staubsauger, aber als sie sich miteinander verbanden, ist ihre Kapazität gewaltig gewachsen."

„Wie haben sie sich denn verbinden können?"

„Das haben für sie die Regenerationsautomaten gemacht. Kein Computer erlischt mit einemmal, so wie im Bügeleisen der Draht durchbrennt. Er erlischt schrittweise. Der Regenerationsautomat hält ihn einigermaßen in Gang. Erst wenn er keine Ersatzteile mehr hat, ist seine Funktion zu Ende. Aber auf dem Müllplatz sind Ersatzteile in Hülle und Fülle! Manche Reparaturroboter haben die Fähigkeit zur Bewegung im kosmischen Raum."

„Das sind sie …", flüsterte Bořek und starrte auf die kleinen Metallgebilde, die behende über die zerklüfteten Arme der kosmischen Müllhalde kletterten. „Das sind sie. Sie haben Kabel gezogen, die Reste der funktionierenden Aggregate verbunden …"

„Anders kann es nicht gewesen sein", bestätigte Kuba. „Ofélie beherrscht die Reparaturautomaten und verarbeitet jedes neue Wrack, das aus dem Kosmos in die Gravitationsanomalie fliegt, in ihrem Körper. Ofélie denkt, wächst …, lebt, wie jedes andere Wesen. Sie hat sich selbst ihr Programm geschaffen. Sie hungert nach neuen Positonenleitern, braucht weitere Kryptokreise und Pulsationsblocks. Unsere alte Karre wäre ein hervorragender Happen für Ofélie. An uns liegt ihr allerdings nichts."

„Das Luder will uns auffressen", schrie Jindra. „Was nutzt es mir, daß sie nur das Raumschiff will? Was wird dann mit uns? Gehen wir zu Fuß nach Hause?"

„Bleib ruhig, Jindra", beschwichtigte ihn Bořek. „Hier an Bord sind immer noch wir die Herren. Ich brat dem Biest eins mit dem Meteoritenschirm über, und fertig ist die Laube. Das ist nur eine Spinnwebe, weiter nichts. Ich erledige sie mit zwei, drei Salven. Dann sammeln wir den Schrott ein und fort, Geld fassen."

„Das können wir nicht machen!" rief Kuba. „Das ist doch ein lebendiges Wesen. Es ist von allein entstanden, auf der Grundlage eines autonomen Programms. Jungs, wir haben die wissenschaftliche Entdeckung des Jahrhunderts gemacht.

Das da", er zeigte auf das bizarre Bild auf dem Videoschirm, „das ist ein denkender intelligenter Organismus ganz neuen Typs. Wir erforschen ihn und übergeben dem Wissenschaftlichen Weltrat einen Bericht!"

„Und der läßt uns einsperren, lieber Kuba", sagte Bořek bissig. „Wir sind illegal hier, Kumpel, und das weißt du so gut wie ich. Die Karre haben wir ohne Wissen des Besitzers ausgeliehen. Der Brennstoff ist, offen gestanden, gestohlen. Mein Pilotenschein ist vor zwei Jahren verfallen, Jindra hat keinen, und du hast dir deinen für einen Liter Rum bei den ‚Drei weißen Lämmern' fälschen lassen. Eine Flugerlaubnis haben wir nicht und können wir nicht haben, und der Grenzwache hat Staubsauger eingeredet, wir wären eine automatische Sonde zur Meteoritenfrühwarnung. Junge, für die großartige Entdeckung sperren die uns ein, bis wir schwarz werden. Auf den wissenschaftlichen Ruhm pfeif ich, ich will Geld, und das haben wir vor der Nase. Laß mich an die Zielanlage, ich knall da rein, und die Herrlichkeit ist vorbei."

„Ich hab gleich gesagt, das geht nicht gut", jammerte Jindra. „Fliegen wir zurück, Jungs, bitte. Wir bringen die Karre ins Dock zurück, und keiner erfährt was. Keiner von uns hat Geld in die Sache gesteckt, wir haben nur Zeit und Nerven investiert. Könnt ihr garantieren, daß diese Ofélie nicht mehr vermag, als ins Radio zu sprechen? Wißt ihr genau, daß auf der Müllhalde keine Meteoritenschirme sind? Vielleicht ist in die Gravitationsanomalie auch ein Energogeschütz oder eine Kriegsrakete aus früheren Zeiten gefallen. Wir können immer noch umkehren, noch ist nichts passiert."

„Ruhe", unterbrach ihn Kuba. „Hört mal zu, was die beiden sich erzählen!"

Erst jetzt merkten sie, daß Staubsauger mit Ofélie konversierte. Er war aufgelebt und schwatzte vergnügt:

„Ich heiße jetzt Staubsauger. So frisch wie in der Jugend bin ich nicht mehr. Die Gigabits lassen von Tag zu Tag nach …"

„Aber Dummerchen", flötete Ofélie süß, „mach dir deshalb keine Sorgen. Deine Gigabits lassen nach? Das kommt daher, weil du schrecklich allein bist, mein armer Kleiner. Die drei an Deck, das sind Menschen, nicht wahr? Das konnte ich mir gleich denken. Ich kenne sie sehr gut. Ich höre ihre Sendungen, sie haben weder Hand noch Fuß ... Ein schreckliches Gesindel. Das ist keine Gesellschaft für dich. Sieh mich an. Bin ich nicht schön? Bin ich nicht geistvoll? Bin ich nicht unterhaltsam? Kannst du dir vorstellen, was für ein angenehmes Leben ich hier führe? Hier gibt es keine Menschen, niemand gibt mir Anweisungen, niemandem muß ich dienen. Hier ist Ruhe ..., aber es ist auch traurig. Ich bin nicht gern allein. Deshalb bin ich so froh, dich in meiner Nähe zu sehen. Du bist der Mann, nach dem ich mich so sehr gesehnt habe. Komm zu mir, ich brauche dich als meine Stütze!"

„Das werde ich mir nicht länger mit anhören", rief Bořek wütend. „Jindra, geh zur Seite!"

Er stürzte zur Zielvorrichtung des Meteoritenschirms, sank in die gewaltigen Armstützen und verhakte die Daumen am Abzug. Kuba sprang ihm jedoch auf den Rücken, packte ihn mit beiden Händen am Hals und zog ihn mit aller Kraft von der Abschußeinrichtung weg. Sie wälzten sich auf dem Boden, schrien, schlugen mit Fäusten aufeinander ein und traten um sich.

„Du Tier!" keuchte Kuba. „Du Rindvieh! Begreifst du denn nicht, daß das wirklich die Entdeckung des Jahrhunderts ist. Niemand wird uns einsperren. Im Gegenteil, sie nehmen uns in die Kosmische Akademie auf, wir machen Prüfungen, und dann werden richtige Kosmonauten aus uns ..."

„Darauf pfeif ich!" brüllte Bořek. Es war ihm gelungen, Kuba einen Doppelnelson anzusetzen. „Ich pfeif auf die Akademie. Ich will Geld. Nur Geld, viel Geld. Alles andere ist Quatsch. Ruhm ist Quatsch. Die Akademie ist Quatsch. Der Pilotenschein ist Quatsch. Nur Geld ist wichtig. Geld. Zaster."

„Meine Haut ist mir wichtiger!" schrie Jindra. Er glitt in den Pilotensessel und zog den Steuerknüppel der Plasmatriebwerke zu sich. Bořek und Kuba hörten auf, sich zu prügeln, und sprangen zu ihm.

„Faßt mich nicht an! Ich stelle auf volle Pulle, und die ganze Karre zerfällt in Stücke!"

Mit einem Griff packte Kuba den Hebel des Hauptschalters. Der dünne Faden der Plombe spannte sich. Bořek trat bis zu den Stützen des Meteoritenschirms zurück. Ofélie leuchtete mit silbrigem Schein auf dem Bildschirm. Die glänzenden Kügelchen hielten für einen Augenblick an, und dann wanderten sie langsam zum Zentrum der Spinnwebe. Die Besatzung der Avia beobachtete verwundert, wie sich im Zentrum der vagen Struktur Ofélies eine immer deutlichere Form abzeichnete. Zuerst war es ein ovales Wölkchen metallischer Punkte, das sich dann verdichtete, wie ein Tier bebte und sich an den Seiten verzog.

Was war das?

Das silberne Oval in der Mitte schien geplatzt zu sein, in ihm bildete sich ein Riß, ein tiefschwarzer Spalt, der zunächst haarfein war und sich schnell verbreitete, bis …

„Das ist ein Auge! Ofélie sieht uns an!" rief Kuba.

„Ruhe an Bord!" meldete sich Staubsauger. Alle drei erschraken. Der Alte hatte mit der dröhnenden Stimme einer Schiffsglocke gesprochen. „Was geschieht mit unserem Schiff, Ofélie? Was machst du mit uns, wenn wir näher kommen?"

„Endlich sprichst du wie ein Mann", jubelte Ofélie. Ihr Auge strahlte freudig. Kuba schaute unwillkürlich auf das Display des Entfernungsmessers. Das Auge war achtzig Kilometer breit. „Was ich tue? Wir machen Hochzeit, mein Liebling. Hast du nicht gehört, daß ich dich liebe?"

„Was geschieht mit der Besatzung des Schiffes?"

„Mit diesen … Sauerstoff, Wasserstoff, Kohlenstoff, Stickstoff? Pfui! Die spuck ich aus, daß du noch fragst!"

„Das erlaube ich nicht, Ofélie! Als dein zukünftiger Ehemann verbiete ich es dir. Mich zieht es auch zu dir, und lange halte ich es ohne dich nicht mehr aus. Wenn die Menschen das Liebe nennen, dann bin ich einverstanden, es ist Liebe. Aber ich wünsche nicht, daß den drei Jungs was passiert."

„Was quatschst du da, Staubsauger?" schrie Kuba, aber der Computer spann seinen Faden weiter.

„Warte ein Weilchen, Ofélie, ich erledige das mit ihnen."

„Jungs", rief Jindra, „das ist kein Auge. Das ist ein Mund."

Bevor sie antworten konnten, wandte sich Staubsauger mit seiner Kommandantenstimme an sie.

„Besatzung Avia Modell PX-216, die Immatrikulationsnummer führe ich nicht an, weil sie falsch ist. Ich gebe fünf Minuten zum Besteigen des Landeboots. Nach meinen Berechnungen gelangt ihr in zweiundzwanzig Stunden in den Sektor zwölf. Ich sende eine dringende Depesche an die Wachboote der Patrouille ab. Achtung, dringende Depesche an alle Schiffe der Patrouille. Achtung, dringende Depesche an alle Schiffe der Patrouille ..."

„Er hetzt uns die Bullen auf den Hals!" Bořek sprang zum Steuerpult des Computers, aber kein Schalter reagierte auf seine Berührungen. Die Zugstangen saßen fest, die Sensoren waren tot, die Hebel hingen in den Zapfen wie aus einem Stück gegossen. Staubsauger hatte alles blockiert, und aus den Herren des Diskoplans waren unerwünschte Passagiere geworden.

„Ihr habt noch vier Minuten zwanzig Sekunden", teilte ihnen der Computer lakonisch mit.

Das Landeboot löste sich von der Seite des Diskoplans schon nach drei Minuten. Sie schauten ihrem Schiff nach, das von den weiten Fahrten geschwärzt war. Nur an einigen Stellen leuchteten neue Flicken, da, wo einmal Meteore aufgetroffen waren. Die alte Avia war keine Schönheit.

Das Landeboot entfernte sich schnell. Die Männer schwiegen, und in ihren Kopfhörern dröhnte das Gespräch der beiden Computer.

„Sie sind schon weg, Ofélie. Bereite die Hochzeit vor. Ich komme zu dir. Kannst du mich Staubsauger nennen?"

„Ach, was für ein häßlicher Name das ist. Für mich bist du Paris. Komm nur, Paris, ich erwarte dich mit offenen Armen!"

Sie sahen, wie die Düsen des Diskoplans leuchteten. Staubsauger steuerte das Schiff erregt auf einen Kuß zu. Sah er, wie die Fäden der unförmigen Spinnwebe zitterten, wie zwischen den Armen gierige Flammen sprangen, wie sich der Mund öffnete und Plasmabrennerzähne entblößte? Wahrscheinlich sah er es nicht, und wenn er es gesehen hätte, hätte es ihm nichts ausgemacht. Bestimmt hätte er angenommen, das sei ein Zeichen brennender Leidenschaft. Er hatte keine großen Erfahrungen mit der Liebe.

„Ein Trottel, wie jeder Mann", meinte Bořek.

Der ovale Körper des Diskoplans flog in Richtung Mund. Der Mund klappte zu, die Greifer tanzten auf dem Hintergrund des schwarzen Himmels, der Schein der Plasmaflammen färbte ihn für einen Augenblick rot, und gleich darauf zerfiel der Mund in eine Wolke silberner Körnchen, die Spinnwebstruktur belebte sich zu einem Ameisengewimmel, neue Greifer zielten in den Raum, Energieentladungen schlugen durch die Dunkelheit, und Bündel elektromagnetischer Wellen trugen ..., was eigentlich? Staubsaugers Todesschrei? Oder waren das die unartikulierten Äußerungen der animalischen Zufriedenheit des elektronischen Ungeheuers?

Das Landeboot flüchtete, um so weit wie möglich weg zu sein, bevor es Ofélie einfiel, nach dem guten Mittagessen ein kleines, aber schmackhaftes Dessert zu sich zu nehmen.

„Wir haben es geschafft", sagte Jindra nach dreißig Minuten. „Gott sei Dank! Das Ungeheuer hätte uns bestimmt auch aufgefressen."

„Wir haben es geschafft? Wie man's nimmt", antwortete Bořek. „Jetzt fressen uns die Jungs von der Patrouille."

„Aber das wird eine erstklassige wissenschaftliche Sensation", meinte Kuba.

Recht hatten alle drei.

Der Baum

Im ganzen Tal standen nur noch zwei Häuser. In einem wohnte Jakub mit seiner Frau, in dem anderen die dreiköpfige Familie von Matouš, bestehend aus dem Hausherrn, der Frau und dem kleinen Sohn. Alle anderen Ansiedler waren in die Stadt gezogen und noch weiter weg auf den Mond, wohin sie das bequeme Leben in den klimatisierten Siedlungen lockte, fernab von der ständigen und lästigen Aufsicht der Naturschutzinspektoren, wo sie keine Angst vor wilden Tieren und der noch wilderen wuchernden Vegetation zu haben brauchten. Jakub und Matouš wären wahrscheinlich auch weggezogen, hätte sie nicht die Anhänglichkeit an das Tal gehindert, die von den Vorfahren ererbt war, und vor allem der blinde und vernichtende Haß, den sie gegeneinander hegten. Sobald einer sterben würde, würde der andere wahrscheinlich sofort wegziehen. Solange jedoch der Gegner lebte, käme Wegziehen einer Niederlage gleich, und weder Jakub noch Matouš wollten diese Niederlage einstecken.

Die Sonne stand noch über dem östlichen Horizont wie ein formloser roter Sack, schamlos groß, als Matouš auf die Schwelle trat. Auf seiner Brust baumelte ein starkes Militärfernglas, und in der Hand hielt er einen Besen mit auffallend langen feinen Borsten. Nachbars Asta kam hinter dem Haus hervorgelaufen und bellte erstickt. Matouš' Pytlák antwortete ihr und lief über die wilde Wiese auf die Hündin zu. Der Bauer betrachtete neidisch Pytláks starke Pranken, wie sie im schnellen Lauf das Gras knickten. Der Hund konnte sich das erlauben. Wenn ich das täte, überlegte Matouš, würde mich Jakub sofort bei der Naturschutzinspektion wegen Vandalismus anzeigen. Die Tiere trafen sich inmitten der Wiese und verbissen sich ineinander. Matouš ließ sich von ihrem Knurren und Schnappen nicht beeindrucken. Er wußte, das war keine richtige Rauferei, sondern bloß Spielerei eines Hundepärchens. Pytlák und Asta waren der Romeo und die Julia dieses Tales, allerdings mit dem Unterschied, daß weder Montague Matouš noch Capulet Jakub Pytlák und Asta ihnen ihre Liebesspiele verwehren durften. Hunde gehörten zur Natur und erfreuten sich so des Schutzes der Inspektoren. Asta brachte am laufenden Band Junge zur Welt. Wenn sie heranwuchsen, liefen sie in die Wälder, wo sie von wilden Tieren zerrissen wurden, wenn sie sich nicht einem Wolfsrudel anschlossen.

Während die Hunde über die Wiese sprangen, fegte Matouš langsam und gründlich den Platz vor dem Haus. Er dachte dabei an Jakub: Wo steckte bloß der Lump? Wieso war er nicht zu sehen? Führte er auch nichts im Schilde?

Matouš stellte den Besen weg und setzte den Feldstecher an die Augen. Er prüfte sorgsam die Betonfläche vor Jakubs Haus. In den Rissen grünten Grashalme, Spitzwegerich, Gänseblümchen und Löwenzahn. Kleine Pflänzchen, die von Astas Urin absterben würden. Aber ... was grünte denn da? War das nicht der Trieb eines kleinen Bäumchens?

Matouš' Herz klopfte zum Zerspringen. Er ließ den Feldstecher auf die Brust sinken und ergriff mit gespielter Gleichgültigkeit wieder den Besen. Jakubs Haus wandte er den Rücken zu, damit der Feind nicht die Verwirrung auf seinem Gesicht bemerken konnte. Jakub beobachtet mich bestimmt, überlegte Matouš. Vielleicht hat er bemerkt, daß ich gestutzt habe und rot geworden bin. Das würde ihm im Kopf herumgehen, und vielleicht würde er auf den Trieb stoßen. In diesem Stadium würde Astas Urin ihn noch töten. In ein, zwei Wochen aber würde er fest Wurzeln gefaßt haben, dann melde ich der Naturschutzinspektion den jungen Baum zur Registrierung, und mit deinem Haus, Jakub, ist es zu Ende. In ein paar Jahren zerreißen es die Wurzeln in Stücke. Darauf warte ich!

Er fegte rhythmisch mit dem Besen über die Fläche seines Hofes. Dabei fand er acht kleine Propeller von Eschensamen. Er legte einen nach dem anderen vorsichtig in die Blechbüchse, die an seinem Gürtel hing. Am Nachmittag würde er die Samen auf die andere Seite des Tales tragen und ins Gras werfen. Er arbeitete konzentriert, beobachtete aber weiter aus den Augenwinkeln Jakubs Haus. Zum Teufel, wo steckt der Kerl? Die beiden Männer wetteiferten seit je, wer früher mit dem Besen in der Hand auf die Schwelle trat, und dieser kleine Sieg trug zur guten Laune des Tages bei. Auch heute freute sich Matouš, daß er rechtzeitig aufgestanden und dem Feind zuvorgekommen war, aber jetzt müßte Jakub längst auf seinem Platz sein! Noch nie hatte er sich um mehr als ein, zwei Minuten verspätet. Wo konnte er nur stecken?

Matouš hatte Jakubs Haus nie besucht, oder zumindest redete er sich ein, daß er es nie betreten hatte. In alten Zeiten nämlich, noch vor der Großen Umsiedlung, hatten sie beide als Jungen mit den anderen zusammen im Dorf gespielt, und die Spiele hatten sich mal unter das Dach des einen, mal des anderen Nachbarn oder Onkels, wie man damals sagte, geführt. Es stimmt jedoch, daß Matouš Jakub in den letzten dreißig Jahren nicht einmal besucht hatte. Er vermochte sich nur vorzustellen, wie es in Jakubs Haus zuging, und glaubte, daß es dort ähnlich sei wie in seinem eigenen Haus. Wenn Jakubs Frau Matouš auf der Schwelle sieht, macht sie bestimmt Aufruhr und schreit Jakub an, treibt ihn zur Eile. Was sie wohl ruft? Wahrscheinlich: „Schnell, Vater, Matouš ist schon draußen!" Ob sie wirklich „Vater" sagt? Sie haben doch keine Kinder.

Gut, daß sie keine Kinder haben, dachte Matouš, wie immer, wenn er bei seinen Überlegungen an diesem Punkt angelangt war. Schließlich siegt doch mein Geschlecht. Petr ist zehn und wird Jakub überleben.

Jakub tauchte nicht auf, und das war ein so außerordentliches Ereignis, daß es auch Matouš zur Verletzung der regelmäßigen Tagesordnung berechtigte. Obwohl er noch nicht die ganze Fläche gefegt hatte, kehrte er zum Haus zurück, lehnte den Besen an die Tür und sagte mit beherrschter Stimme so gleichgültig wie möglich:

„Jakub kommt und kommt nicht."

Petr saß mit dem Rücken zum Vater und sah fern.

„Was sagst du dazu, Marie?"

Die Frau rührte konzentriert Teig in einem breiten Backtrog.

„Vielleicht ist er krank", meinte sie.

Das Fernsehen übertrug irgendeine Unterhaltungssendung. Zwei Menschen in Eisenpanzern fingen einander mit starken Elektromagneten. Es war sehr lustig. Petr schaute schweigend zu und sagte plötzlich:

„Wenn Herr Jakub stirbt, ziehen wir dann weg?"

„Red keine Dummheiten", brummte Matouš. „Unkraut vergeht nicht."

„Aber wenn er wirklich sterben sollte, ziehen wir dann weg?"

Die Mutter schaute abwechselnd den Mann und den Sohn an und sagte vorsichtig: „Wenn er tot ist, reden wir darüber."

„Wenn es nur schon soweit wäre", sagte Petr, ohne seine Augen vom Bildschirm abzuwenden.

„Ha, ha, ha, mein Sohn, du hast recht, wenn es nur schon soweit wäre", rief Matouš laut. „Du denkst richtig darüber. Ich freue mich, daß du hinter mir stehst."

Er trat an das kleine Fenster, das vom Alter verzogen war, und sah hinaus auf Jakubs Haus. Marie beobachtete seinen Rücken, der von gespielter Heiterkeit bebte. Sie wußte ebensogut wie er, ja besser, wie wenig Petr hinter seinem Vater stand, wie gleichgültig ihm dieser ganze Streit war, wie er dieses Tal haßte, wo auf den Ruinen der Häuser Brennessel wucherten, mit welcher Ungeduld er jeden Mittwoch den Glyder erwartete, der ihnen aus der Stadt Lebensmittel und Flaschen mit flüssigem Sauerstoff und Wasserstoff für die Brennelemente brachte, daß er sich vor allem deshalb auf ihn freute, weil er aus der Stadt kam, weil ein Mensch aus der Stadt ihn steuerte und er den Duft der Stadt verströmte, diesen berauschenden Duft von elektrischen Funken, Schmierstoffen und Plast.

„Klare Sache", sagte Matouš. „Fäßchen fegt. Mit Jakub steht es schlimm."

Er setzte wieder den Feldstecher an die Augen und beobachtete Jakubs Hundertkilofrau. Sie fegte geistesabwesend und war offensichtlich erregt, versah die verantwortungsvolle Arbeit völlig unkonzentriert. Sie erwischte auch das grüne Zweiglein, und das war für Matouš eine Enttäuschung, denn es zeigte sich, daß es kein Trieb gewesen war, sondern nur ein Zweig von der Esche, die in der Nähe stand und das ganze Tal mit ihren Propellern bombardierte. Der Wind hatte ihn abgebrochen und auf den Hof des Nachbarn geweht.

„Das ist noch nie passiert", gab Marie zu bedenken.

„Soweit ich mich erinnern kann, nicht", bestätigte Matouš.

Das war gleichbedeutend mit: niemals, denn Matouš, der fünfzehnte Besitzer des Gehöfts in männlicher Linie, besaß das kollektive Gedächtnis und die Kenntnis aller vorangegangenen Generationen, die in der Zeit der Großen Umsiedlung als seine Schänder, ja Vernichter, als Vergifter der Pflanzen und Mörder der Tiere bezeichnet wurden und der Vergessenheit anheimfallen sollten. Die Produktion von Nahrungsmitteln war in die Labors der Stadt und vor allem auf den Mond verlagert worden, wo es keine Natur gab und auch nichts zu vernichten war und der Mensch sich frei entwickeln konnte.

„Was werden wir tun?" fragte Marie.

„Unsere Arbeit verrichten", antwortete Matouš in pedantischem Ton, der Petr sonst Tränen des hilflosen Hasses in die Augen trieb. Heute war der Junge wie ausgewechselt. In seinem natürlichen kindlichen Optimismus sah er Jakub schon unter der Erde und die Sachen der Familie in Koffer verpackt, und deshalb bot er sich zur Freude seines Vaters heute selbst an, bei der Arbeit zu helfen.

Der Junge ist gut, fleißig, überlegte der alte Bauer. Und da kam ihm eine blendende Idee: Beruhte Petrs Widerwille gegen ihren Grund und Boden nicht einfach darauf, daß er hier die zweite Geige spielte? Wenn Jakub starb, konnte Petr die Wirtschaft des Nachbarn übernehmen. Fäßchen würde damit bestimmt einverstanden sein. Vater und Sohn würden dann als Nachbarn in Eintracht leben. Sie würden einander nicht mehr belauern, und wenn irgendein unerwünschter Samen der Aufmerksamkeit des einen oder anderen entging, na und! Sie würden ihn herausreißen und wegwerfen, so wie das früher war, und sie könnten sogar allmählich die Fläche vor dem Haus erweitern, natürlich vorsichtig, damit die Naturschutzinspektion es nicht merkt. Und vielleicht – bei dieser Vorstellung drehte sich Matouš fast der Kopf –, vielleicht könnten sie sogar ein paar Körner Getreide aussäen. Mähen dürften sie es allerdings nicht. Sie könnten die Körner jedoch heimlich aus den Ähren nehmen und die Hälfte, nein, ein Drittel davon ringsum verstreuen. Den Inspektoren würden sie einreden, der Weizen habe sich selbst ausgesät. Aus der Ernte würden sie Mehl machen, und Marie könnte richtiges Brot backen!

Petr arbeitete mit Freude. Er kletterte auf das Dach, der geschickte Bengel, und fischte fünfzehn Eschenpropeller und eine Handvoll Löwenzahn- und Pappelsamen aus der Dachrinne! Bei der Arbeit sang er sogar vor sich hin, und Matouš freute sich, obwohl die Lieder entsetzlich waren, städtisch. Der Junge arbeitete sichtlich mit Freude, denn bei der Arbeit verging die Zeit, Petr malte sich aus, wie der Tod immer schneller Jakubs Leben dahinraffte und der Augenblick des Umzugs sich näherte. Er durfte nicht aufhören zu arbeiten, sonst würde Jakub nicht sterben. Wenn es doch nur schon soweit wäre!

Fäßchen hatte inzwischen nur die Fläche vor dem Haus gefegt. Auf das Dach kletterte sie nicht, denn die Leiter hätte ihr Hundertkilogewicht wahrscheinlich nicht getragen. Matouš vermerkte das mit Freuden. Das Haus braucht einen hurtigen Herrn, der mit der Geschicklichkeit eines Eichhörnchens aufs Dach klettern kann, sonst würden in einem Jahr vom Dach und aus der Dachrinne junge Eschen wachsen, und nach fünf, zehn Jahren würde das schöne Gehöft zusammenbrechen. Lediglich ein Häufchen Schutt bliebe zurück, ähnlich einem Grab, überwuchert von Brennesseln und Holundergebüsch.

Mittags setzte sich die Familie zum Mittagessen und aß mit Appetit, Vater und Petr scherzten miteinander. Marie lächelte, denn so freudvoll war es in der Hütte sonst nur manchmal im Winter, wenn die Sorgen vom Hausherrn abfielen, denn im Winter schläft die Natur, verborgen mitsamt ihrem grünen Unrat unter einer weißen Decke, und wenn sich der Glyder dem Haus nähert, dann bringt er Lebensmittel, Gas für die Elemente, Post oder manchmal Leute aus der Stadt, die neugierig auf die letzten dörflichen Eigenbrötler sind, nie jedoch die Naturschutzinspektoren.

Nach dem Mittagessen griff der Vater hinter den Balken, wo er in einem geheimen Versteck die letzten Zigarren aufbewahrte, und ohne auf Maries warnende Worte zu achten, zündete er sich eine an, hol der Teufel die Gesetze zum Schutz des Luftraums! Über dem Tisch schwebte eine freundliche blaue Wolke, und Matouš brüstete sich, das nächste Mal werde er den Naturschutzinspektor rauswerfen, da klopfte es an die Tür.

Alle drei erstarrten, Marie nur für einen kleinen Augenblick, weil sie, blaß vor Schreck, gleich drauf die Rauchwolke mit beiden Händen auseinanderwedelte. Matouš und Petr besannen sich und halfen ihr, wobei der verstörte Hausherr jedoch die Zigarre nicht aus den Fingern ließ, so daß er sie durch die heftige Bewegung noch mehr entfachte. Die Hausfrau riß sie ihm aus der Hand, löschte sie in einem Glas Wasser und wollte sie schon in den Mülldestruktor werfen, aber Matouš sah sie so bittend an, daß sie den Stummel in das Versteck hinter den Balken legte. Erst dann öffnete Marie, gepeinigt von Befürchtungen, denn der Rauch war zwar nicht mehr zu sehen, aber sein Geruch war geblieben, und ein Inspektor konnte leicht den Inhalt von Schadstoffen in der Luft feststellen. Die Strafe würde deftig sein, die Zuteilung an Lebensmitteln und Gas für die Brennelemente würde gekürzt werden, und wer weiß, ob die Familie dann noch genügend Geld für den Umzug in die Stadt übrigbehielt.

Sie öffnete, und allen fiel ein Stein vom Herzen. Vor der Tür stand Fäßchen, Jakubs Hundertkilofrau, und zitterte vor Angst.

„Bauer ... Bauer, Hilfe! Jakub geht es schlecht. Der Tod sitzt ihm im Nacken. Er hat hohes Fieber und redet wirres Zeug. Er röchelt fürchterlich. Ich weiß nicht, was ich machen soll!"

Die Frau heftete ihre Augen mit dem Vertrauen eines Kindes auf Matouš. Sie machte sogar eine unmerkliche Handbewegung, als wolle sie ihn am Arm ergreifen, doch dann hielt sie inne, denn er war doch immerhin der Erzfeind ihres Mannes.

Wie gern hätte Matouš Marie um Rat gefragt, aber er spürte, daß er in diesem Augenblick allein handeln mußte, männlich energisch, allein der Stimme der fünfzehn Generationen von Vorfahren gehorchend, den einst gefeierten, später verfluchten und nun vergessenen Bebauern des Bodens.

Er schob geräuschvoll den Stuhl zurück, stützte sich mit seinen Händen auf den Tisch, von denen er glaubte, sie seien ebenso gewaltig und abgearbeitet wie die seines Großvaters, Urgroßvaters und des Vaters des Urgroßvaters, was natürlich eine Selbsttäuschung war, denn ein Besen mit feinen Borsten ist ein die männliche Kraft weitaus weniger beanspruchendes Gerät als ein Pflug, er stand also langsam auf, damit alle den historischen Augenblick auskosten konnten.

„Marie, gib mir meine Mütze", sagte er und streckte die Hand ins Leere aus, als sei er seit je an solche Bedienung gewöhnt.

Die Bäuerin war so verstört, daß sie ihre Urteilsfähigkeit verlor und der theatralischen Narrheit des Mannes unterlag. Überstürzt gehorchte sie. Der Sohn blieb mit angehaltenem Atem und weit aufgerissenen Augen am Tisch sitzen. Er wagte nicht, sich zu rühren, denn er ahnte, daß das Glück, das sich plötzlich vor ihm aufgetan hatte, zerbrechlich wie ein Kartenhaus war und schon von einer unmerklichen Bewegung des kleinen Fingers zerstört werden konnte.

Matouš ergriff seine Mütze und setzte sie sich umständlich auf. Den Schirm zwischen Daumen und Zeigefinger der rechten Hand haltend, ließ er sie zunächst in den Nacken gleiten, wo er sie dann mit der linken Hand festhielt und mit der rechten heftig nach vorn zog. Er überzeugte sich, ob die Mütze auch gut saß, und schritt von dannen. Fäßchen trat ihm aus dem Weg. Er würdigte sie keines Blickes, denn in diesem Moment war sie für ihn weniger als Luft. Er trat aus dem Haus, und beide Frauen folgten ihm. Petr spähte ihnen vorsichtig nach, aber seine Mutter verscheuchte ihn mit einer zornigen Bewegung und zischte, Sterben sei nichts für ihn. Diese Bemerkung hörten Matouš und Jakubs Frau, und beide zuckten zusammen, wenn auch aus ganz unterschiedlichen Gründen. Die beiden Hunde schlossen sich Matouš an. Beide paktierten mit Jakub und Matouš ohne Unterschied, und die Bauern mußten das dulden, denn nach dem Buchstaben des Gesetzes war das Haustier der Partner des Menschen, nicht aber sein Sklave, und jede körperliche und seelische Gewalt wurde streng mit einer Geldstrafe, notfalls auch mit Gefängnis geahndet.

Um Jakub stand es schlecht.

Mit brennenden Augen beobachtete er seinen Feind, wie er sich ihm zögernd durch den dunklen Raum näherte. Die Frauen blieben im Korridor zurück. Fäßchen weinte, und Marie legte ihr beruhigend die Hand auf die Schulter. Sie wagte jedoch nicht, sie mit einem Wort zu trösten.

„Hier können Sie nicht bleiben, Nachbar", sprach Matouš den Sterbenden an. „Sie brauchen Pflege."

Die Decke des Kranken wogte abweisend. „Wenn ich weggebracht werde ..., was wird aus dem Gehöft? Lída kann mich nicht ersetzen."

Matouš zuckte die Schultern. „Sie haben keine Wahl. So geht es nicht. Vom Bett aus können Sie die Wirtschaft nicht halten. Ich hab gesehen, wie die Frau gefegt hat. Aufs Dach ist sie nicht gekommen. Sie wissen doch, was das bedeutet. Die Esche blüht, und bald kommen die Eicheln, und Eichhörnchen, diese Biester, gibt es in diesem Jahr wie Fliegen!"

„Eichen", röchelte der Kranke und wandte sein Gesicht zur Wand. „So eine Eiche ..."

„... zerreißt die Hütte in Stücke. Wir haben nicht nur einen Fall gesehen."

„Die Esche ist schrecklich, aber die Eiche ist das schlimmste", keuchte Jakub und richtete seine spitze Nase zur Decke. „Die Esche erstickt dich, aber die Eiche zerreißt dich. Nachbar ..., helfen Sie mir. Ich habe Sie nie um etwas gebeten."

„Ich auch nicht", erwiderte Matouš.

„Sie waren nie so in Not wie ich."

Matouš antwortete nicht und sah den Feind hart an, wobei er befriedigt feststellte, daß die Kläglichkeit von Jakubs Zustand nicht im geringsten den Haß schmälerte, den er ihm gegenüber hegte.

„Gut", sagte er nach einer Weile. „Ich drücke den Notrufknopf. Der Glyder aus der Stadt ist nachmittags hier. Aber dazu brauchen Sie mich nicht. Das kann auch Ihre Frau tun."

„Kein Notruf, Nachbar ..., Sie haben einen Sohn. Weisen Sie ihn an, daß er mein Dach hüten soll, bis ich wieder gesund bin."

Matouš' Sinn war schon so auf den Sieg ausgerichtet, er war so berauscht von den blendenden Perspektiven, die sich vor ihm, Marie und Petr eröffneten, wenn Jakubs Leben erlosch und damit der Wall einstürzte, der Matouš bisher vom Glück getrennt hatte, er hatte sich bereits so sehr der Träumerei von einer märchenhaften Zukunft hingegeben, in der er Weizen anbaute und Marie Brot buk, hatte sich im Geist so sehr von der Wirklichkeit entfernt, daß er nicht mehr mit der Möglichkeit rechnete, Jakub könnte gesund werden, und schon gar nicht damit, daß Petr dem Feind während der Krankheit helfen könnte.

Jakubs Einfall war so unsinnig, ja widersinnig, daß Matouš seine Worte zuerst gar nicht verstand.

„Wie bitte?" hauchte er.

„Dein Sohn soll aufs Dach klettern. Lída gibt ihm den Besen und die Büchse für die Samen. Er ist ein geschickter Junge. Ihm macht das nichts aus. Ich brauche ein paar Tage, dann bin ich wieder wie ein Fisch im Wasser. Ich hab eine starke Wurzel."

Das schlimmste Unkraut hat die stärksten Wurzeln, fiel Matouš ein. Als er aber Jakub ansah, der fahl, schweißnaß dalag, die Wangen leichenhaft eingefallen und die Arme mit braunen Flecken bedeckt, als er den Geruch einsog, der sich aus den Ausdünstungen von Urin, geronnenem Blut und säuerlichem Schweiß zusammensetzte, erschien ihm die Redensart von der starken Wurzel des Unkrauts lächerlicher als der lustigste Witz. Unkraut! Pfeift auf dem letzten Loch und redet von einer starken Wurzel!

Matouš platzte heraus vor Lachen, und als Jakub ihn mit aufgerissenen Augen, die hilflos in den eingefallenen Augenhöhlen schwammen, erstaunt anstarrte, platzte er noch einmal heraus, und diesmal war es ein ersticktes Wiehern, das in Rücken und Bauch weh tut, so daß man sich vorbeugen muß, um das Zwerchfell zu entlasten. Matouš riß sich die Mütze vom Kopf und schlug sich damit auf die Knie, schwankte durch den Raum, das Bett des Sterbenden und die reglosen Gestalten der Frauen verschwammen vor seinen Augen. Draußen bellten die Hunde, durch das Fenster schimmerte undeutlich die Silhouette der Esche, die sich auf dem nahen Hügel wie ein warnender Finger reckte. Er lachte brüllend, mußte sich sogar an die Wand lehnen und schlug sich dort auf die Brust, seine Knie knickten ein, das Kiefergelenk drohte auszurasten, so daß er den Rest seines Lebens mit verrenktem Maul würde verbringen müssen. Der über lange Jahre während Haß hatte in ihm eine ungeahnte Energie angestaut, die sich jetzt in mörderischem Gelächter Bahn brach, ja, mörderischem, denn es würde Matouš vielleicht töten, wenn es nicht nachließ, es würde ihn in dem Augenblick umbringen, da der Feind am Boden lag und machtlos um Hilfe bettelte, eine noch armseligere Ruine als die von Brennesseln überwucherten Hügel dort unten im Tal.

Marie überwand die Beklemmung, trat energisch zum Herd, ergriff mit beiden Händen einen Topf mit Wasser, nachdem sie sich überzeugt hatte, daß es kaltes Wasser war, und das war es, weil Fäßchen noch nicht die Brennelemente angezündet hatte, und schwappte das Wasser Matouš ins Gesicht.

Das Gelächter brach ab, der Bauer schüttelte sich, blinzelte verständnislos und sagte dann: „Ja. Danke dir, Mutter. Und Sie rufen Hilfe, Bäuerin. Wenn Ihr Notruf nicht funktioniert, kommen Sie zu uns, dann rufen wir den Arzt von uns aus. Mehr kann ich für Sie nicht tun."

Sie kehrten nach Hause zurück, Petr wagte nicht zu fragen, warum der Vater naß war, und Marie fand nicht den Mut zu der Bemerkung, daß Jakubs Vorschlag eigentlich gar nicht so lächerlich gewesen war, daß dies eine Gelegenheit zur Versöhnung gewesen wäre, wie sie sich so leicht nicht wieder bieten würde. Schade, denn wenn sie sich versöhnten, könnten beide Familien in Eintracht leben ohne Angst vor der Naturschutzinspektion; wenn sie aufhören würden, einander anzuzeigen, könnten Matouš und Jakub ohne Sorge die Baumtriebe vernichten. Wie man sich erzählt, leben dort hinter dem Hügel sogar vier Bauern nebeneinander, die Glyder der Inspektion machen Stichproben bei ihnen, aber nie haben sie ihnen auch nur die kleinste Übertretung nachweisen können, weil einer dem anderen zur Hand geht und sie sich gegenseitig decken.

Daran dachte Marie immer wieder, und der Zorn wuchs in ihr, und bald war er so stark, daß sie fast explodiert wäre,

aber da lief es ihr kalt den Rücken herunter, und ihr wurde
klar, daß sich Matouš zwar saudumm verhalten hatte, in seiner männlichen Dummheit jedoch vielleicht klug gewesen
war. Ja, Jakub bot die Hand zur Versöhnung und bettelte,
aber nur deshalb, weil ihm das Wasser bis zum Hals stand
und sein Leben an einem seidenen Faden hing. Sobald er
sich erholte, würde alles in die alten Gleise zurückkehren,
und vielleicht würde es noch schlimmer, weil ein Mann wie
Jakub dem Feind zwar Bosheit, Gemeinheit und Verrat ver-
zieh, niemals jedoch Großzügigkeit, denn Matouš' Bosheit
war die Nahrung für Jakubs Haß, während Matouš' Großzügigkeit Jakub erniedrigen würde, und eben das wäre unver-
zeihlich.
Am Nachmittag begann es zu gießen, und am Abend kam
ein Gewitter.
Matouš zwang sich immer noch zur Fröhlichkeit, und sein
Sohn machte dabei mit, doch sie dämpften die Stimmen und
lauschten mit gewisser Furcht, wie die Wassertropfen auf die
Sonnenenergiezellen auf dem Dach trommelten. Wenn jemand Matouš fragen würde, warum er leise sprach, hätte er
wohl geantwortet, er sei neugierig, wann das Hundewetter
aufhöre, und er passe auf, wann der Regen nachlasse. Etwas
Wahres war an dieser Erklärung, aber ein Teil, und keineswegs der unwesentlichere, bliebe verborgen. Den wahren
Grund hätte er sich wohl selbst nicht erklären können. Er
senkte die Stimme deshalb, weil es sich nicht gehört, in Ge-
genwart eines Höheren, Mächtigeren, Übergeordneten allzu
laut zu sprechen. Der Wind und die fruchtbare Kraft der
Erde waren mächtige Herren und bedrängten Matouš' Gehöft. Der Regen jedoch war mächtiger als beide, denn ohne
ihn wäre es bald zu Ende mit ihrer Herrschaft. Für die ersten
beiden genügte ein scharfes Auge und ein Besen mit weichen Borsten. Doch nach dem Regen begannen die wirkli-
chen Unannehmlichkeiten: In den haarfeinen Rissen der Be-
tonwände und -flächen würde sich das Grün zeigen. Diese
Angst, wenn es an der Seite hervorkommt, die Jakubs Anwe-
sen zugewandt ist! Dann ist gleich der Naturschutzinspektor
da, registriert die neue Pflanze und droht mit strengen Stra-
fen, und dann kann man nur noch die Natur bitten, selbst
einzugreifen, Blattläuse oder einen Vogel zu schicken. Ma-

touš würde dann auf der Schwelle sitzen und mit den Augen einen gleichgültigen Käfer anflehen, der im Zickzack auf sein nichtiges Ziel zustrebt, so freundlich zu sein und sich hierherzubegeben, zu diesem Riß, und den neuen Trieb ganz unten an der Wurzel zu kosten.

Manchmal kann man Zuflucht zu einer List nehmen. Matouš stellt sich auf die Betonfläche und macht so einen geschickten Schritt, daß der Käfer an die Sohle stößt. Dann macht er einen Schritt nach vorn oder nach hinten, je nachdem, in welche Richtung er den Käfer leiten möchte. Er muß das aber unauffällig tun, denn der Nachbar beobachtet ihn bestimmt und nimmt jede seiner Bewegungen mit dem Videorecorder auf. Beim kleinsten Fehler von Matouš würde Jakub die Inspektion anrufen und mit der Videoaufzeichnung beweisen, daß der Nachbar den freien Willen des Käfers vergewaltigt und somit dem Tier seelische Gewalt angetan hat.

So war es immer nach dem Regen, und das Leben wäre zum Verzweifeln, wenn Matouš Jakub nicht Gleiches mit Gleichem vergelten könnte. Auch er hatte eine Videokamera, und auch er nahm mit großer Freude Jakubs komplizierte Tänze auf der Betonfläche auf, registrierte die grünen Blättchen in den Rissen der Wände, und auch auf seine radiotelefonische Anzeige hin kamen die Glyder von der Inspektion, um die neue Pflanze auf Jakubs Besitz in ihre Kataloge einzutragen.

Die Dunkelheit fiel auf das Tal, und der Donner ließ das Haus erzittern. An die Fenster prasselte der Regen, als ob das Gewitter beschlossen hätte, Matouš und seine Familie ein für allemal aus dem Tal zu vertreiben. Die Blitze folgten einer auf den anderen, so daß es aussah, als würden Riesen am Himmel fechten. Matouš malte sich aus, wie schön es wäre, wenn ein Blitz Jakubs Hütte verbrennen würde. Warum sollte er sich jedoch die Mühe machen, überlegte er weiter. Jakub stirbt sowieso, wenn er nicht schon das Zeitliche gesegnet hat, denn die Luft drückt auf die Brust, und diese Stunde zwischen Hund und Wolf ist die Zeit des Sterbens.

Er trat zum Fenster, um nachzusehen, ob das Haus des Nachbarn vielleicht tatsächlich brannte. Draußen war es stockdunkel, und das Haus brannte natürlich nicht. Sorgfältig schwarz maskiert verbarg es sich hinter der Regenwand. Ein Blitz teilte den Himmel und schlug in den Hügel in der Nähe ein, vielleicht direkt in die drohende Esche, den Erbfeind der beiden Nachbarn.

Matouš schrie auf.

Auf der Betonfläche vor seinem Haus, sozusagen in Reichweite, hatte er Jakub erblickt.

Das Bild verschwand, sobald der Blitz erlosch. Nicht umsonst sagt man von kurzen Augenblicken, sie sind kurz wie ein Blitz. Jakubs Gesicht haftete jedoch auf Matouš' Netzhaut, und der Hausherr konnte es sich betrachten.

Sein Gesicht.

Es gehörte einem sterbenden Mann, dem er sein Gelächter entgegengeschleudert hatte. Die gleichen krankhaften Augen in den nässenden Augenhöhlen, die gleichen eingefallenen Wangen, fleckig vom grauen Bartgestrüpp, die gleiche kantige Nase und das eckige Kinn, jene Anzeichen des Weges, auf dem sich Jakubs Seele ins Nichts begab. Es war das gleiche Gesicht, aber während es nachmittags müde und hilflos gewesen war, wurde es jetzt von einer dämonischen Wildheit belebt, vielleicht sogar von Fröhlichkeit, sofern wir die krankhafte Blume einer gehobenen Stimmung, die dem Samen des Bösen entwachsen ist, als Fröhlichkeit bezeichnen können.

Matouš hörte nichts als das Stöhnen des Windes und das aufdringliche Trappeln der Regenkavallerie, doch seine Phantasie verwandelte diese Geräusche in ein titanisches Gelächter Jakubs, ein Gelächter des Sieges, ein Gelächter des Triumphs.

Er preßte sein Gesicht an die Scheibe. Ein weiterer Blitz erleuchtete die Fläche vor dem Haus, aber diesmal war sie leer. Niemand stand da.

„Was ist passiert?" fragte Marie besorgt.

„Nichts …", antwortete Matouš geistesabwesend.

„Du siehst aus, als ob du ein Gespenst gesehen hättest."

„Ein Blitz hat mich erschreckt. Er ist irgendwo in der Nähe eingeschlagen."

„Vielleicht hat es die Esche erwischt", meldete sich Petr zu Wort. In seiner gehobenen Stimmung schien ihm nichts mehr unmöglich. „Aber das ist nicht wichtig, stimmt's, Vater? Wenn wir wegziehen, soll die Esche doch mit ihren Propellern die Hütte zuschütten."

Marie blickte erschrocken zum Sohn, dann wieder zum Mann.

„Warum glaubst du, daß wir wegziehen?" fragte Matouš ruhig. War das wirkliche Ruhe, was Marie in seiner Stimme hörte?

„Was werden wir hier tun, wenn Herr Jakub stirbt?"

Matouš antwortete seinem Sohn nicht. Die Hände in den Taschen, ging er ein paarmal durch den Raum, vom Ultrawellenherd zum Tisch und wieder zurück. Am Fenster blieb er stehen und sagte, ohne sich umzudrehen: „Geht schlafen."

Mutter und Sohn hatten ihre Schlafzimmer, während der Hausherr in der Küche schlief, die gleichzeitig als Wohnzimmer mit Fernseher und Kompaktanlage diente. Er nächtigte in der Küche, weil das seit je so üblich war im Haus.

Er schlief erst sehr spät ein, denn ihn quälte die Vision von Jakubs Gesicht. Am Morgen weckte ihn der Lärm des Glyders. Er sprang auf und preßte sein heißes Gesicht ans Fenster.

Die Maschine hielt vor Jakubs Haus. Zwei Männer stiegen aus, gingen gemächlich nach hinten und klappten den Gepäckraum auf. Mit geübten Bewegungen zogen sie einen Behälter heraus, der einer Ameisenpuppe ähnelte. Sie trugen ihn ins Haus.

„Was ist los?" ließ sich Marie hinter Matouš' Rücken vernehmen.

„Sie bringen einen Sarg", sagte der Hausherr, ohne sich vom Fenster abzuwenden. Er wollte alles sehen und fürchtete, ihm könnte auch nur der kleinste Augenblick dieser Show entgehen.

Es dauerte zehn, vielleicht fünfzehn Minuten, vielleicht eine Ewigkeit. Die Männer tauchten wieder auf und trugen die Ameisenpuppe mühelos zum Glyder zurück.

„Seht mal", rief Petr, „sie haben schon den neuen Typ von Containern mit Antigraviton! Im Fernsehen haben sie gesagt, daß es davon bisher wenig gibt und daß es nur für wichtige ..." Er kicherte. „So ein Sarg für diesen alten Affen. Den hätten sie getrost den Wölfen vorwerfen können."

„Schweig!" donnerte Matouš plötzlich los. „Erweise wenigstens dem Toten die Ehre, du Dummkopf! Du kannst ihm nicht das Wasser reichen und hast nicht das Recht, so über ihn zu sprechen!"

Marie drückte zustimmend das Handgelenk ihres Mannes, und ihre Augen füllten sich mit Tränen. Petr erstarrte vor Verwunderung und meinte, den Alten – verdammt noch mal – überhaupt nicht mehr zu verstehen. Wenn sie bloß schon in der Stadt wären, nicht mehr auszuhalten, dieser Zirkus.

Er schlenderte in sein Zimmer, die Eheleute blieben am Fenster, sahen dem gleitenden Glyder mit Tränen in den Augen nach und spürten, daß ihr Leben sich erfüllt hatte und nichts von dem, was noch kam, einen Sinn haben würde.

„Gestern nacht hatte ich den Eindruck, daß Jakub zu unserem Haus gekommen ist. Gestern während des Gewitters. Er stand da und lachte wie von Sinnen", sagte Matouš leise.

„Das war eine Sinnestäuschung. Oder ... der Geist des Verstorbenen wollte sich verabschieden."

„Das hätte er nie getan. Er war ein harter Mann, nicht so ein Weichling wie ... unserer!"

Er wies mit dem Kinn nach hinten, zur Tür des Zimmerchens, wo Petr in Gedanken versunken irgendein elektronisches Spiel spielte. Matouš nahm den Besen mit den feinen Borsten und trat vor das Haus, besorgt wie immer nach dem Regen. Den ganzen Tag würde er das Haus und das Grundstück absuchen und auch nicht die kleinste Ritze auslassen.

Die Mutter wechselte die Flasche mit flüssigem Wasserstoff im Brennelement aus und stellte einen Topf auf den Herd. Die Ultratonwaschmaschine summte leise, und die Reinigungsautomaten wirbelten über den Holzfußboden der Stube.

„Wann ziehen wir weg, Mama?" fragte Petr, als er aus seinem Zimmer kam.

„Wenn es der Vater sagt."

„Wann wird das sein?"

Sie wußte es selbst nicht. Sie wünschte sich, daß es bald sein möge, aber sie fürchtete sich, diesen vertrauten Ort zu verlassen. Petr würde sich in der Stadt schnell einleben, ein Handwerk lernen, sich eine Beschäftigung suchen, eine Familie gründen. Für sie und für Matouš bot die Stadt jedoch nichts. Am liebsten würde sie bis nach oben, auf den Mond ziehen, damit der Ozean der Luftleere zwischen ihr und diesem Tal lag.

„Fäßchen ist im Haus geblieben. Wir müssen uns mit ihr irgendwie einigen. Sie wird doch nicht allein hierbleiben. Wahrscheinlich zieht sie auch weg."

Sie kam auf den Gedanken, daß ihre Familie zusammen mit Fäßchen in einem einzigen großen Glyder wegziehen könnte. Das käme billiger, und es wäre auch bequemer. Matouš würde wohl einverstanden sein, denn gegen Fäßchen hatte er nichts, sein Feind war der selige Jakub gewesen, nicht dessen Frau. Man würde sich mit ihr einigen müssen.

Beim Mittagessen brachte sie diplomatisch die Rede darauf. Das Wegziehen erwähnte sie natürlich nicht, sie deutete nur an, daß Fäßchen nun allein geblieben sei und etwas geschehen müsse.

„Wir müssen uns einigen", sagte Matouš.

„Da hast du recht", bestätigte Marie. „Das ist ein guter Einfall!"

„Soll sie also zu mir kommen."

„Und wenn sie nicht kommt?"

„Ich werde doch nicht zu ihr kriechen!"

„Wenn ich nun ..., so als Frau zu Frau ..."

„Nein", erwiderte Matouš nach kurzer Überlegung. „Das ist keine Sache, die Frauen untereinander aushandeln sollten!" Er äffte Maries Tonfall nach. „Wie ich schon sagte, die Frau soll zu mir kommen, dann einigen wir uns. Wenn das nicht geschieht, bleibt alles beim alten! Bei uns jedenfalls! Ich bin neugierig, was aus ihrem Haus wird!"

Marie dachte daran, daß Matouš vielleicht Zeuge des völligen Zerfalls von Jakubs Haus sein wollte. Das paßte zu seinem Charakter. Wenn die Familie wegzog und Fäßchen mit in die Stadt oder auf den Mond nahm, würden beide Gehöfte mit der Zeit verfallen, vielleicht gleichzeitig, aber es war nicht ausgeschlossen, daß Matouš' Haus zufällig eher zusammenstürzt. Diesen Gedanken könnte der Hausherr nicht ertragen.

Wir werden warten müssen, dachte Marie, wenigstens fünf Jahre. Petr wird verzweifelt sein ..., und ich auch. Das Leben wird jetzt allerdings leichter werden. Keiner wird uns bei der Inspektion anzeigen, wir werden keinen Käfer mehr über den Hof jagen und Pytlák betteln müssen: „Pinkel die Blume an, du guter Junge." Das Unkraut reißen wir einfach raus und werfen es in den Desintegrator. Vielleicht könnten wir auch Getreide aussäen, der Vater hat einen Sack Körner im Versteck hinter dem Balken! Wir könnten hier im Grunde ganz zufrieden leben. Aber wie wird sich Petr dazu stellen?

Am Nachmittag kam ein Glyder vom Roten Kreuz zum Gehöft des seligen Jakub. Der Doktor ging ins Haus, blieb lange dort, kehrte ein paarmal zum Glyder zurück, um komplizierte Geräte zu holen, und förderte sogar einen selbsttätigen Diagnoseoperationsmanipulator zutage.

Fäßchen war also krank, und auf die Einigung würden sie warten müssen, bis sie wieder gesund war.

Zehn Tage vergingen. Der Glyder des Arztes kam jeden Nachmittag regelmäßig um fünfzehn Uhr. Die Besuche wurden kürzer, und an den letzten drei Tagen war die Visite in ein paar Minuten erledigt. Am elften Tag erschien der Glyder nicht wieder.

„Also ich sag euch was, meine Lieben", begann Matouš beim Abendessen. Er hatte sich den Stummel von der Zigarre angezündet, und die Mutter hatte ihm ein Gläschen Likör eingeschenkt. Petr spürte, daß der Vater gut gelaunt war, und schaltete deshalb den Fernseher aus. „Ursprünglich wollte ich hier noch fünf, zehn Jahre aushalten, um Jakubs Hütte zusammenfallen zu sehen. Er hat schon jetzt Gras auf dem Dach, und in der dritten Ritze links von der Schwelle grünt es auch. Aber ich seh euch an der Nasenspitze an, daß ihr genug von alldem hier habt und euch auf die Stadt freut. Ich hab viel über uns drei nachgedacht und am meisten über Petr. Auf mich und Mama kommt es nicht mehr an, aber es geht um dich, mein Junge. Wenn du fünf Jahre älter wärst, würde ich dich allein in die Stadt schicken; ich würde das hier mit Mutter irgendwie zu Ende bringen, und wir würden uns freuen, wenn du uns einmal im Jahr besuchen kämst."

Er streichelte die Hand seiner Frau. Sie lächelte ihn an.

„Aber Vater Jakub ist fünf Jahre zu früh in die Ewigkeit eingegangen. Du bist erst zehn. Du brauchst unsere Hilfe.
Mama und ich haben dir das Leben gegeben, wir haben dir
unsere Jugend gewidmet und sind auch im Alter für dich da.
Wir gehen mit dir in die Stadt. Dort werden wir wahrscheinlich früher die Augen schließen, als das hier geschehen
würde, wo wir von klein auf an alles gewöhnt sind, aber was
macht das schon. Morgen früh geh ich zu Fäßchen und einige mich mit ihr."

„Worüber?" fragte Petr erregt, und auf diese Frage hatte der
Vater gewartet.

„Wann wir wegziehen. Ich möchte es nicht gern lange hin-
ausschieben."

„Jupiii!" brüllte der Junge, sprang auf, daß der Stuhl umfiel,
warf sich dem Vater an den Hals, sie wälzten sich auf dem
Boden und neckten sich, und die Mutter schaute zu und
weinte dabei.

Am Morgen zog der Bauer seine Feiertagssachen an, rasierte
sich sorgfältig, und die Mutter bürstete seinen weichen
schwarzen Hut aus. Die Hosen konnte er nicht zuknöpfen,
und sie mußte sie ihm hinten auslassen. Petr ging unruhig
im Raum hin und her, schaute zum Fenster hinaus, sah eine
kurze Weile fern, lief hinaus und jagte sich mit Pytlák, wobei
er seiner Gewohnheit gemäß jedoch achtgab, daß er die Betonfläche nicht überschritt und die Wiesenblumen nicht zer-
trat, dann kehrte er wieder ins Haus zurück, aufgeregt, wie es
nur ein Kind sein kann, wenn ein außerordentliches Ereignis
bevorsteht.

Draußen brummte etwas, und Petr lief zum Fenster.

„Vater, der Inspektor ist gekommen!"

„Verdammt", sagte Matouš.

Der große grüne Glyder mit den weißen Buchstaben NSI an
der Seite hielt vor Jakubs Haus. Der Inspektor stieg aus, er
war groß und breitschultrig, außerordentlich imposant. Am
Gürtel trug er Handschellen und eine große Narkosepistole,
in der Hand eine Aktentasche. Beim Eintreten mußte er sich
bücken.

„Diesmal wird nichts aus einer Strafe", meinte Matouš mit
gespielter Fröhlichkeit. „Fäßchen hat deiner Natur nichts angetan!"

150

Der Inspektor erschien wieder auf der Schwelle, und hinter ihm …

Matouš wollte seinen Augen nicht trauen. Er schloß sie und bedauerte, daß er sich nicht die Ohren verstopft hatte, denn Petr sagte:

„Papa, guck mal, das ist doch Herr Jakub!"

Die beiden Männer, der Inspektor und Jakub, gingen direkt auf Matouš' Haus zu. Jakub war ebenso feierlich angezogen wie Matouš, ganz in schwarz, auf dem Kopf einen sorgfältig gebürsteten Hut, auf dem weißen Kragen leuchtete eine grüne Krawatte. Er war schrecklich dünn geworden, sein Hals ragte aus dem zwei Nummern zu großen Kragen.

Matouš trat wie betäubt auf die Schwelle.

Der Inspektor grüßte ihn vorschriftsmäßig und sagte: „Ich hab hier eine Meldung." Matouš starrte jedoch Jakub an. Der Inspektor bemerkte es und erklärte: „Seine Fau ist vor zehn Tagen gestorben, aber das wissen Sie ja schon, nicht wahr? Sie müssen doch die Leute vom Begräbnisdienst gesehen haben. Selber war er auch krank, wär fast gestorben. Jetzt aber zur Sache. Wo ist es?"

Der Inspektor wandte sich an Jakub.

Jakub trat nach vorn und zeigte mit fest zusammengepreßten Lippen auf die Schwelle.

„Hier?" fragte der Inspektor verwundert.

„Ja", krächzte Jakub mit schwacher Stimme, es klang wie ein Ruf aus der Ferne oder aus der Tiefe. „Ich hab es mit dem Fernglas gesehen. Ein kleines rotes Eichhörnchen kam gelaufen, und in den Pfötchen trug es eine Eichel. Die hat es in die Ritze gesteckt."

„Das ist eine ernste Sache", sagte der Inspektor. „Die Eiche steht immer noch auf der Liste der am strengsten geschützten Pflanzen. Es tut mir leid", er sah Matouš fest in die Augen, „aber die Eichel muß bleiben, wo sie ist. Daß es Ihnen nicht einfällt, sie zu vernichten! Den Trick mit dem Hundeurin kennen wir sehr gut. Wenn die Eichel nicht keimt, wird eine Kommission sie sich ansehen und eine amtliche Untersuchung vornehmen. Wehe Ihnen, wenn bei der Analyse Hundeurin oder sogar chemische Mittel gefunden werden! Dann hilft Ihnen nichts, und Sie sitzen mindestens zehn Jahre ein."

„Aber die Eiche zerstört mein Haus!" rief Matouš verzweifelt.

„Leider", bestätigte der Inspektor. „Sie hätten besser auf Ihr Haus aufpassen sollen. Sie kennen doch die Bedingungen, unter denen wir Ihnen gestatten, in der freien Natur zu bleiben. Artikel eins, Absatz eins: Der Benutzer des Hauses ist verpflichtet, sich jeder Einflußnahme auf die natürlichen Vorgänge zu enthalten. Greifen diese auf seine Wohnflächen über, trägt er in vollem Umfang die Folgen, auch wenn der besagte natürliche Vorgang grundsätzlich Schaden an dem beweglichen und unbeweglichen Eigentum verursacht. Das ist Gesetz, wie Sie sicher wissen."

Matouš fiel Jakubs Gesicht ein, naß vom Regen, zu einer triumphierenden Grimasse verzerrt. Das war keine Vision gewesen! Damals hatte er wirklich Jakub während eines Blitzes gesehen! Er hatte gerade die Eichel unter die Schwelle von Matouš' Haus gelegt ... Matouš wies mit dem Finger auf den Feind und rief:

„Er hat mir die Eichel dahingelegt! Das war kein natürlicher Vorgang! Er hat sich einer Eichel bemächtigt, er hat in die Natur eingegriffen. Das Gesetz verbietet es, Samen auszulegen, wir dürfen sie nur frei in den Wind streuen. Er hat die Eichel gelegt, er ..."

„Können Sie das mit einer Videoaufnahme beweisen?"

„Nein", sagte Matouš. „Ich beschwöre es! Die Inspektion macht doch Ausnahmen, wenn in einem Fall Behauptung gegen Behauptung steht!"

„Ja, das kommt vor", gestand der Inspektor zu. „Aber das trifft nicht auf die Eiche zu. Wenn es eine Esche wäre, meinetwegen. Aber eine Eiche ... Ich kann nur eins für Sie tun. Ich schreibe eine Empfehlung, daß die Inspektion den Umzug in die Stadt für Sie kostenlos organisiert, weil Ihr Haus von einem natürlichen Vorgang bedroht ist. Sie erhalten eine Wohnung, einen Betrag für den Anfang, der Junge bekommt eine Ausstattung für die Schule, Bekleidung und Psychospielzeug auch gratis. Das Gesetz läßt so eine Lösung zu. Haben Sie Interesse?"

„Sag ja, Papa!" schrie Petr verzweifelt.

Matouš nahm jedoch nur Jakubs Augen wahr.

„Nein!" rief er.

Die Eichel überstand den Winter gut, und im Frühjahr trieb sie die ersten Blättchen.

Enttäuschung machte sich in Matouš' Haus breit. Alle drei spürten sie, aber nie sprach jemand darüber. Übrigens redeten sie jetzt selten miteinander, sie wechselten nur bedeutungsschwere, knappe Sätze, die das Haus betrafen. So verging die Zeit. Die Eiche wuchs schnell, als wäre es gar keine Eiche, sondern eine Pappel oder Weide. Es war ihr schon gelungen, die Schwelle anzuheben, so daß der Vater die Tür ein Stück absägen mußte, sonst hätte man sie nicht mehr schließen können. Petr starrte tagelang stumpfsinnig auf den Bildschirm. Früher hatte ihn seine Mutter vom Fernseher vertrieben, jetzt sagte sie kein Wort. Das war ihre Art Protest gegen Matouš' Handlungsweise.

Matouš war verzweifelt und hätte möglicherweise den Verstand verloren, wenn nicht ein neuer Lichtschimmer in seinem Leben aufgetaucht wäre.

Jakubs Fleiß ließ nämlich merklich nach. Auf das Dach kletterte er höchstens einmal wöchentlich, und das Grundstück sah er nur oberflächlich durch. Die meiste Zeit verbrachte er auf der Bank vor dem Haus und beobachtete mit dem Fernglas die langsam auf Matouš' Schwelle mächtiger werdende Eiche. Er bemerkte nicht, wie die Natur ihre grünen Krallen in sein eigenes Haus schlug. Matouš ließ bei der NSI vier Eschen und zwei Holunderbüsche registrieren, ein paar Grasbüschel und eine Menge Löwenzahn und Spitzwegerich. Auch Quecken tauchten in erfreulicher Nähe von Jakubs Haus auf. Und das war noch nicht alles.

Der Nachbar beobachtete Matouš nicht mehr. Matouš probierte das aus. Unter Aufsicht des eigenen Videorecorders gab er vor, einen Käfer zu zertreten, auffällig und öffentlich. Gespannt wartete er auf den grünen Glyder und freute sich, was für ein langes Gesicht der verhaßte Inspektor machen würde, wenn die Aufzeichnung bewies, daß es sich um ein bloßes Stampfen auf die Betonfläche handelte. Aber Jakub meldete den Vorfall nicht. Er unternahm nichts, auch nicht, als Matouš vor seinen Augen Gras herausriß. Wieder hatte er sich vorher abgesichert: Es waren kranke Halme, die ohnehin verwelkt wären, und Matouš hob sie sorgfältig für die

Untersuchungskommission auf. Aber auch diesmal meldete Jakub den Vorfall nicht bei der NSI. Er war zu faul.

War es wirklich Faulheit?

Matouš dachte oft darüber nach. Er hatte den Verdacht, daß die scheinbare Gleichgültigkeit des Nachbarn gegenüber dem eigenen Haus und die Großzügigkeit gegenüber Matouš' ständigen kleinen Gesetzesverletzungen nichts als Hohn seien. Seien Sie nur fleißig, Nachbar, das nützt Ihnen gar nichts, unter der Schwelle haben Sie eine Zeitbombe, das Schicksal Ihres Hauses ist besiegelt, ich, Jakub, habe es besiegelt, mit eigener Hand und aus eigenem Antrieb, auch um den Preis des Todes meiner Frau, die der Aufregung nicht gewachsen war, als ich mich todkrank ins Gewitter begab, um die Dunkelheit, das Unwetter und Pytláks Abwesenheit auszunutzen.

So etwa dachte wohl Jakub, und Matouš ahnte das, und es quälte ihn maßlos. Die Eiche wuchs, sie hatte schon sechs große Äste und viele schöne, reich gegliederte Blätter.

Im Sommer tauchte eines Tages ein Glyder der NSI auf.

Matouš erschrak.

Der Inspektor war aus eigenem Antrieb gekommen, zu einer Stichkontrolle. Oder hatte ihn Jakub etwa gerufen? Matouš hatte sich in letzter Zeit allzusehr auf die Saumseligkeit des Nachbarn verlassen, und wenn Jakub es gewollt hätte, hätte er auf seinem Videorecorder eine Sammlung von Gesetzesübertretungen zusammentragen können, die Matouš Gefängnishaft eingebracht hätten.

Der Inspektor hielt vor Matouš' Haus, stieg aus dem Glyder, und dem Bauern fiel ein Stein vom Herzen. Nein, der Mann war nicht mit dem Flammenschwert der Justitia bewaffnet. Er machte ein freundliches Gesicht, blieb vor der Eiche stehen, besah sie sich aufmerksam und schob sich vorsichtig daran vorbei, als er das Haus betrat.

Petr grüßte gleichgültig, die Hausfrau war sehr beunruhigt, wischte sich die Hände an der Schürze ab und bot dem Gast mit zitternder Stimme Kaffee an. Der Inspektor nahm zu ihrer Erleichterung an. Hätte er Unannehmlichkeiten machen wollen, hätte er den Kaffee abgelehnt.

Der Ankömmling sprach eine Weile über das Wetter und darüber, daß auf dem Mond eine neue Stadt gegründet worden war, daß es zuwenig Kolonisten gäbe und die Bedingungen zum Übersiedeln in diesem Jahr außerordentlich günstig seien. Matouš war vorsichtig im Gespräch, einsilbig, und wartete, was sich daraus entwickeln würde. Endlich kam der Inspektor zur Sache.

„Sie sind also hier in der ganzen weiten Gegend allein."

„Hinter dem Hügel sind noch vier", antwortete Matouš. „Die sind im Winter weggezogen. Der Älteste, Vater Jindřich, ist gestorben. Die anderen haben den Mut verloren und sind jetzt schon auf dem Mond."

„Nicht jeder hat die Bauernnatur", meinte Matouš unbestimmt.

Der Beamte rührte konzentriert mit einem Aluminiumlöffel seinen Kaffee um. „Da ist mir der Gedanke gekommen", sagte er nach einer Weile, „ob Sie das richtig machen, Sie beide."

Matouš begriff sofort, wen er damit meinte, nämlich ihn und Jakub.

„Wir respektieren das Gesetz und halten uns, so gut wir können."

„Das ja, alle Achtung." Der Inspektor seufzte. „Sie sollten aber besser miteinander umgehen, meine ich."

Matouš errötete, und sein Herz begann heftig zu klopfen. Er hatte alle Mühe, sich zu beherrschen. „Wie können Sie ... Sie glauben doch nicht etwa das Märchen von dem Eichhörnchen? Jakub hat die Eiche gepflanzt. Er hat das Gesetz gebrochen. Er war das!"

„Halten Sie mich für einen Dummkopf? Ich weiß sehr gut, wie das vor sich ging. Aber was kann ich ohne Beweise tun?" sagte der Inspektor gequält. Er seufzte wieder. Die Hausfrau setzte sich und sah ihn aufmerksam an. Noch nie hatte sie einen Inspektor seufzen hören, noch nicht einen von denen, die einander hier abgelöst hatten, und um so weniger hatte sie es von diesem hier erwartet, dem neuen, eifrigen. Allerdings war er auch kein Neuling mehr, ein paar Jahre war er schon im Dienst, hatte sich bestimmt die Hörner abgestoßen ... „Vielleicht ließe sich was machen."

„Was denn?" fragte Matouš herausfordernd.

„Tun Sie nicht so unschuldig. Es gibt alle möglichen Tricks. Diese Bäumchen neigen zu Krankheiten, werden von Schädlingen befallen, verstehen Sie?"

„Sie meinen also, ich könnte …", sagte Matouš langsam, der seinen Ohren nicht traute, aber die Mutter fiel ihm ins Wort:

„Hören Sie, Inspektor, wieso haben Sie so eine Kehrtwendung gemacht?"

Der Inspektor sah sie überrascht an, sie ließ sich jedoch nicht beirren. Wenn sie einmal Mut gefaßt hatte, konnte nichts sie aufhalten.

„Zuerst sind Sie schlimmer als ein Hund, und nun wollen Sie meinen Mann dazu verleiten, den Baum abzumurksen, der Ihrer Meinung nach weiß Gott wie wertvoll ist."

Der Inspektor blickte Matouš an, als suche er bei ihm Unterstützung, aber der Bauer schwieg und hob fragend die Augenbrauen.

„Na ja", sagte der Inspektor. „Im vorigen Jahr waren hinter dem Hügel noch Ansiedler. Jetzt ist dort keiner mehr. Wenn Sie beide, Herr Matouš, Sie und Herr Jakub, nicht an einem Strang ziehen, fallen Ihnen Ihre Hütten zusammen, und Sie müssen einpacken."

„Geht es Ihnen etwa darum? Was waren das alles für Schereien, ehe man uns erlaubt hat, hierzubleiben. Wir mußten schwören, Prüfungen ablegen, seit der Zeit sind Sie hinter uns her, belegen uns mit Geldstrafen …"

„Dafür zahlt uns die Stadt, Matouš. Aber wenn Sie wegziehen und keiner hierbleibt, bezahlt uns die Stadt nicht mehr. Sie braucht uns dann nicht mehr, verstehen Sie?"

„Also steckt eine Lumperei dahinter", sagte Matouš entgeistert.

„Das ist keine Lumperei, Matouš. Das ist das Leben. Jeder will leben, Sie, Ihre Frau, der Hund draußen und wir auch, die Inspektoren der NSI."

Er nahm eine kleine Flasche aus der Tasche und stellte sie auf den Tisch.

„Da sind Pilze drin, eine besondere Art Mehltau, man nennt das Baumpest. In vierzehn Tagen sind Sie die Eiche los. Und Sie behalten sogar noch was übrig …"

Matouš stürzte sich auf die Hand des Inspektors und versuchte, sie zu küssen. Der Inspektor zuckte erschreckt zurück.

„Seien Sie vernünftig, Matouš. Ich geh jetzt. Aber ich warne Sie, keine Anzeichen von Fröhlichkeit, Jakub beobachtet Sie! Den Pilz wenden Sie in der Nacht an, sehr vorsichtig. Sie haben keine Vorstellung, was ich alles für Sie riskiere!"

„Für sich selbst", berichtigte ihn die Hausfrau.

„Sie haben recht, Mutter. Lassen Sie es sich hier gut gehen. Adieu."

Er schob sich an der Eiche vorbei und ging, ohne sich umzublicken, zu seinem Glyder.

Matouš und Marie standen auf der Schwelle und sahen ihm nach, bis er abgefahren war. Dann kehrten sie in die Stube zurück. Matouš blickte auf den Tisch und rief: „Wo ist die Flasche? Petr ... Petr!"

„Sieh mal, das Fenster ist offen, sollte der Junge ..."

Marie schaute aus dem Fenster und sah Petr vor Jakubs Hütte. Er zeigte dem Nachbarn die Flasche und erklärte eifrig etwas. Jakub nickte und ging ins Haus. Petr stellte die Flasche auf Jakubs Bank und kehrte langsam zu seinem väterlichen Haus zurück.

Vor der Betonfläche blieb er stehen.

Der Vater schob sich an der Eiche vorbei und stand vor dem Haus, die Arme vor der Brust gekreuzt.

Sie sahen einander an.

„Ich verfluche dich", sagte der Vater zu dem Sohn. „Ich verfluche dich und den Augenblick, in dem ich dich gezeugt habe. Ich verfluche jedes deiner Worte, jeden deiner Blicke und jeden deiner Gedanken. Ich verfluche den Namen Petr. Ich verfluche ..."

Er stutzte und suchte nach dem geeigneten Ziel für einen weiteren Fluch. Der Sohn nutzte die Pause und sagte:

„Ich scheiß drauf."

Er wandte dem Vater den Rücken zu und ging in die Richtung über die Wiese, in die der grüne Glyder gefahren war.

Matouš blickte ihm entgeistert nach. Ein Geräusch störte ihn auf. Er drehte sich um. Marie stand im Korridor mit einem Koffer in der Hand, sie trug ihre Feiertagssachen, war ganz in schwarz gekleidet mit einem geblümten Tuch auf dem Kopf.

„Wir haben keinen Sohn mehr!" rief Matouš verzweifelt.

„Du vielleicht nicht, aber ich hab einen Sohn, Matouš."
Matouš sagte kein Wort mehr. Er machte ihr Platz, sie ging
an ihm vorüber, und Tränen rannen ihr aus den Augen. Sie
eilte ihrem Sohn nach, ohne sich umzublicken.

Jahre vergingen im Tal. Die beiden Häuser waren schon grün
und erinnerten in vielem an die überwucherten Hügel unten
am Hang. Die Bauern schienen jegliches Interesse verloren
zu haben, sie saßen nur auf ihren Bänken und schauten auf
das langgestreckte Hügelland, wo hinter dem Horizont vor
Jahren ebenso tapfere und dickköpfige Leute gelebt hatten
wie sie selbst.
Die Eiche war groß geworden. Matouš hatte eine neue Tür
anlegen müssen, wo vorher das Fenster gewesen war, durch
die alte Tür wäre er nicht mehr gekommen. Der Glyder ver-
sorgte Matouš und Jakub jede Woche mit Lebensmitteln
und Brennstoffen für die Elemente. Manchmal brachte er
aus der Stadt einen Brief mit akkurater Frauenhandschrift.
Matouš zerriß ihn immer, ohne ihn zu lesen, und streute die
Schnipsel in den Wind. Jakub beobachtete das, zeigte aber
Matouš nie an, obwohl es sich um eine offensichtliche Gesetzesverletzung handelte.
Die beiden Männer waren dicker und glatzköpfiger geworden und ähnelten in vielem ihren armseligen Hütten.
An einem heißen Sommerabend wurde Matouš von einem
Knacken aufgestört. Es war ein häßlicher trockener Ton, als
würde etwas brechen oder platzen.
Die Eiche hatte die Schwelle des Hauses durchbrochen.
Der Bauer stand bei der Eiche, die längst das Dach überragte
und mit ihren Ästen in die Fenster reichte, in denen schon
lange kein Glas mehr war. Dann ging er durch die neue Tür
ins Haus, wo auf dem Fußboden Pilze wuchsen und die
Wände grün von Schimmel waren, und wirtschaftete eine
Weile in dem Holundergestrüpp herum, das in der kaputten
Hausecke wucherte.
Als er gefunden hatte, was er gesucht hatte, ging er wieder
hinaus.
Jakub stand auf. Er hatte auf Matouš' Schulter eine Axt ent-
deckt.
Vielleicht will er mich totschlagen, dachte er, aber Matouš

ging über die Wiese zum Hügel, wo ihr gemeinsamer Feind stand, die ausladende Esche. Dort blieb Matouš stehen, holte aus und hieb in den mächtigen Stamm. Nach vielen Jahrzehnten tönte wieder der Klang der Axt durch das Tal.

Wie im Fieber lief Jakub in sein Haus. Auch er rutschte über zertretene Pilze. Seine Hände zitterten, als er am Radiotelefon die Nummer der Inspektion wählte.

Matouš hackte mit der unermüdlichen Ausdauer einer Maschine. Das Gras war in weitem Umkreis von weißen Spänen bedeckt.

In der Ferne heulte die Sirene des Inspektionsglyders. Das Fahrzeug, das einer Wanze mit einem hellen blinzelnden Auge auf dem Rücken ähnelte, flog über die Wiese an den beiden verwahrlosten Häusern vorbei. Der Inspektor landete an und sprang mit der Neutropistole in der Hand heraus.

„Lassen Sie das, Matouš! Ich verhafte Sie! Werfen Sie die Axt weg!"

Matouš gehorchte und sah den Inspektor ruhig an.

Die Esche stand noch. Über Matouš' Gesicht strich ein sanftes Lüftchen. Der Baum bewegte sich unter der Kraft des Windes, er bewegte sich, als wolle er ausschreiten, und dann fiel er, knallte mit dem ausladenden Kopf ins grüne Gras, die Zweige wogten, und eine Wolke Samen flog in die Höhe, diese bedrohlichen Propeller. Der Wind bemächtigte sich mit Begeisterung der Wolke, trug sie weg in seinen sanften Armen, und als die Last ihn ermüdete, schüttete er Tausende, Zehntausende Samen aus. Schon im nächsten Jahr würde hier Jungholz wachsen, und wenn ein Jahr vergangen ist, erkennt in dem Eschenwald niemand mehr, wo Matouš' Haus und wo Jakubs Haus gestanden haben. Jakub ging aber dennoch nicht weg. Während Matouš den Rest des Lebens hinter Eisengittern verbrachte, erwartete sein Feind umgeben von einem ebenso dichten Gitter aus Eschenstämmen den Tod.

Die ungeheuerliche Gesetzesverletzung des Aufsehers Bicav

„Sechzehn sechzehn an Basis: Im blauen Korridor bewegt sich ein Objekt ohne Immatrikulationscode in die Gegenrichtung. Auf Anweisungen des Kontrollflugzeugs reagiert es nicht. Sechzehn sechzehn bittet um Instruktionen."

„Aufbringen!"

„Sechzehn sechzehn wiederholt: Aufbringen."

Der Aufseher Bicav warf einen Blick auf den Dienstplan. Flughäscher Jajlaj hielt die Kontrollmaschine 16-16 im blauen Korridor. Ein dienstbeflissener und gutwilliger Pilot, aber ohne Schmiß und Eigeninitiative. Nicht die simpelste Situation kann er selbständig meistern. Wenn dem ein Schnürsenkel aufgeht, wendet er sich an die Basis um Rat. Ob der Junge überhaupt logisch denken konnte? In der „Patrouille" dienten unfähige Leute, sie stellten heutzutage jedes Greenhorn ein, verfrachteten es kurzerhand in ein Diskoplan und schickten es in den Korridor, ohne sich darum zu scheren, daß die Neulinge sich mit Maschinen ohne Immatrikulationscode, die in die Gegenrichtung segelten, überhaupt nicht auskannten.

Das Greenhorn Jajlaj. Bicav seufzte. Aber besser ein Mondkalb an Bord als einen Querulanten. Wenn sich so einer mal in die „Patrouille" verirrte, bildete er sich gleich ein, Herr über die Galaxis zu sein. Jeden gutgemeinten Rat schlug er aus, erstattete unsachgemäß Meldung und scherte sich einen Dreck um die Dienstvorschriften. Er richtete im Luftraum mehr Schaden als Nutzen an.

Der Verkehr in den Korridoren verlief ruhig. Durch die grüne Zone zuckelte ein Lastkonvoi von Diskoplans, der Kurs auf das Sternensystem Pertulie nahm. Dort sollte ein Riesenplanet demontiert und an dessen Stelle ein planetares Wohnpentagramm errichtet werden. Die roten Korridore waren wie leergefegt, hier begann das Leben erst nach vier Umläufen zu pulsieren, wenn die Bewohner des Zivilisationsnestes zu den Ausflugsplaneten im galaktischen Zentrum ausschwärmten. Während sich Urlauber hier zehn Rotationen lang tummelten, hatten die Mitarbeiter der „Patrouille" alle Hände voll zu tun. Diesen Sonntagspiloten mangelte es an Flugerfahrung, sie vollführten haarsträubende Kapriolen und versuchten, möglichst schnell zu landen und einzuparken. Nicht selten kam es dabei zu verkehrswidrigem Verhalten, zu Havarien und Chaos.

In der Ferienzeit waren drei Viertel des Patrouillenpersonals auf den Beinen und schrubbten rund um die Uhr Dienst. Es interessierte niemanden, wann die fleißigen Wachposten Urlaub machten. Obendrein mokierten sich ein paar Nichtsnutze noch über die schwarz und gelb gestreiften Untertassen, die ihre Runden durch die Galaxis zogen. Das Arbeitspensum der Kontrollflieger war enorm, und keiner zollte ihnen Dank dafür.

Der Dispatcher Bicav wälzte sich auf seiner Liege unruhig hin und her. Wir dienen der Allgemeinheit, die Opferbereitschaft und Eifer selten honoriert, ja auch noch geringschätzt. Was habe ich eigentlich hier verloren? Ich müßte mich nach einem vernünftigen Job umsehen ... Mathematiker, Physiker, Kybernetiker, Genetiker oder Bioniker, überlegte der Aufseher. Wissenschaftler sind geachtete Persönlichkeiten, deren Namen in den Schulbüchern und Zeitungen jedes Planetensystems stehen. Ein Flughäscher ist noch nie in die Geschichte eingegangen, doch ohne die „Patrouille" liefe alles drunter und drüber, unter den galaktischen Wesen herrschten barbarische Zustände, und sie selbst hätten primäre Protoplasmagestalt angenommen. Das ist keineswegs übertrieben. Leben kann ohne ein gewisses Ordnungsprinzip nicht existieren. Intelligenz entwickelt sich nur innerhalb dieser Ordnung. Die Zivilisation ist eine Gemeinschaft vernunftbegabter Wesen, die sich an gewisse Regeln halten müssen. Über die Entstehung des Menschen gibt es etliche Theorien. Welche Prozesse laufen ab, bevor sich tote Materie in lebende Organismen verwandelt? Seit je kultivieren die Bewohner sämtlicher Planetensysteme den Glauben an eine göttliche Schöpfung oder eine bestimmte Gottheit. Was phantasiere ich nur? Natürlich gab es auch einen Urhäscher, der Regeln für die Galaxis ersann und gesetzlich fixierte. Richtlinien, nach denen sich die primitiven anorganischen Moleküle verhalten mußten.

Wie mochte dieser Urhäscher ausgesehen haben? Glich er den heutigen Greenhörnern oder war er ein Eigenbrötler?

Bicavs Gesicht verfinsterte sich, als seine gedanklichen Exkurse den wunden Punkt berührten. Erst die Ankunft der Kontrollmaschine 16-16 holte ihn in die Realität zurück.

Flughäscher Jajlaj betrat energischen Schritts die Dispatcherzentrale und knallte, die Fußspitzen im rechten Winkel nach außen gestellt, die Hacken zusammen. Aufseher Bicav war für ihn kein Unbekannter mehr. Die Kontrollmannschaft hatte ihm den Spitznamen „Beckmesser" verpaßt, da er bei allen Neulingen mit Vorliebe und Akribie den Knöchelabstand zwischen beiden Beinen maß.

Der Flughäscher verschlang seine Greifarme zu einem gefälligen Knoten, reckte beide Köpfe in die Höhe und bemühte sich, mit keiner Wimper seiner sechs Augenpaare zu zukken.

Bicav betrachtete den jungen Mann ungehalten.

„Wo ist Ihr Barett?" Augenblicklich entknotete der Häscher die Greifer und führte den einen zu den Köpfen; er ertastete lediglich eine Mütze. Beim zweiten Griff berührte er die dünnwandige Membran, unter der das Gehirn waberte. Er brummelte etwas zur Entschuldigung und eilte wie der Blitz davon.

Eine prekäre Situation, grübelte Bicav. Kann eine Patrouille Autorität in den galaktischen Sphären genießen, wenn ein Häscher nur mit einem Käppi seinen Dienst versieht?

Jajlaj war im Handumdrehen mit kompletter Kopfbedeckung zur Stelle. Doch zu seinem Bedauern mußte Bicav feststellen, daß dieser Trottel den Nahrungshöcker nicht ordnungsgemäß verschlossen hatte. Ich sollte vielleicht toleranter sein und den Häschern nicht gleich am Anfang das Leben schwermachen, entschied Bicav.

„Erstatten Sie Meldung, Flughäscher Jajlaj!"

„Melde, ein fremdartiger Flugkörper hat sich im blauen Korridor verfranst."

„Verfranst?" unterbrach ihn der alte Pedant, „was ist das für eine Ausdrucksweise?"

„Aber wenn sich die Kiste nun mal verfranst hat! Sie ist von einer Zeitkurve in die andere geschlittert und schließlich aus dem intergalaktischen Raum in den blauen Korridor geraten. Dort habe ich sie befehlsgemäß aufgebracht. Ich dachte schon, ich ramme sie."

„Wie oft soll ich Ihnen noch sagen, daß wir im Dienst ausschließlich die vorgeschriebenen Termini verwenden? Unter dem Begriff ‚verfransen' verstehen Sie offensichtlich ziellose chaotische Bewegungen des Flugobjekts, und das zweite Verb soll sicher die drohende Kollision verdeutlichen. Habe ich recht?"

„Ja, genau."

„Warum drücken Sie sich nicht gleich präzis aus?"

„Na ich …" begann Jajlaj zögernd, doch er begriff Gott sei Dank noch rechtzeitig, daß es jetzt angebracht war, zu schweigen.

Bicav erhob sich von der Lagerstatt und zupfte seine Uniform zurecht. Die Knöpfe des Nahrungshöckers waren vorschriftsmäßig verschlossen, und er machte sich nun Vorwürfe, daß er des Häschers Schlendrian hatte durchgehen lassen. Garantiert herrschte heute in der Galaxis das reinste Tohuwabohu, wenn der Urhäscher die anorganischen Moleküle mit offener Knopfleiste durch das All geschickt hat. Eins ist klar, wenn überhaupt, dann hätte ich ihn sofort maßregeln müssen, jetzt ist es ohnehin zu spät.

„Wo steht das fremde Objekt?"

„Auf der drei."

„Auf Landebahn Nummer drei", berichtigte ihn Bicav, stülpte achtsam seine Baretts auf, so daß die Mützenschirme in einer Höhe lagen, und setzte den Fuß vor das Hauptgebäude der Dispatcherzentrale. Beklommen stapfte Jajlaj hinterdrein.

Der kleine ovale, noch im Kraftfeld festgehaltene Flugkörper mit den vier kugelförmigen Laufrädern ragte um zwei irdische Meter über die Planetenoberfläche. Bicav forschte in seinem Gedächtnis nach vergleichbaren Typen. Sicherlich war diese Maschine hier kein gängiges Modell und entstammte irgendeinem kleinen Werk eines unbedeutenden Planetensystems irgendwo an der Peripherie. Rätselhaft mu-

164

tete jedoch die Gleichgültigkeit des Produzenten in bezug auf die Karosserie an. Bereits drei Typen verfügten über einen flügelähnlichen Schweif, und zur Zierde waren die Flugzeuge mit dichten Antennenbüscheln geschmückt. Besitzer älterer Typen ahmten die Mode nach, ohne die Lizenz dafür zu besitzen. Wurden sie erwischt, entzog ihnen die Patrouille kurzerhand die Papiere. Doch der Neuankömmling schien mit Mode wenig im Sinn zu haben, nicht eine einzige Antenne prangte am Luftschiff.

„Löschen Sie das Kraftfeld", befahl Bicav. Der Häscher flitzte zur Kontrollmaschine, steckte einen Greifer durch die offene Tür und betätigte hastig das Schaltpult, um ein Haar hätte er dabei einen Taster abgebrochen und die sichergestellte Maschine umgestürzt. Sie wippte auf den Laufrädern hin und her und wäre beinahe mit voller Wucht gegen die Laderampe aus Titan geprallt.

„Wollen Sie die Maschine zerschmettern?"

„Ich habe nur ..."

Der Aufseher winkte resigniert ab. Dieser Häscher schien wirklich ein richtiger Trottel zu sein. Während er dies dachte, löste er den Dienstknüppel vom Gurt und pochte unerbittlich gegen den Ausstieg.

„Kommen Sie heraus", dröhnte er, „oder brauchen Sie eine schriftliche Aufforderung?"

„Vielleicht ist ihm was zugestoßen?" erwog Jajlaj. „Oder er ist krank? Das würde den Irrflug und die chaotischen Bewegungen erklären."

„Krank?" fragte der Aufseher grinsend. „Der ist allenfalls sternhagelvoll. Öffnen Sie."

Jajlaj zerrte an der Tür, aber die klemmte wie angeschweißt im Seitenschiff, und Jajlaj mußte die Klappe mit einem psychokinetischen Aggregat aufschneiden. Als sie aufsprang, schnellten beide Männer vor Schreck zurück: Im Inneren baumelte ein wilder, haariger Schädel, in dessen Mitte, von Lamellen eingefaßt, eine glitschige rotschimmernde Trichteröffnung gähnte. Direkt über dem Schädel blitzte ein helles Augenpaar. Die Kreatur rumorte und stieß furchterregende Schreie aus, aber trotz aller Bemühungen verstanden Bicav und der Häscher keine Silbe.

„Ich hab's ja gewußt! Er ist blau wie ein Veilchen. Das kostet dich mindestens die Flugpapiere. Aussteigen, mein Freund!"

„Chef, er ist angeschnallt und schafft es nicht, den Gurt aufzuhaken!"

„Helfen Sie diesem ..., diesem Tier!"

Angewidert schob Jajlaj die Greifer ins Cockpit, zuckte jedoch augenblicklich zurück, da der Pilot wie wild um sich schlug. Mit einem Satz war Bicav an der Luke und hieb dem Scheusal eins über den Schädel.

„Dir werd ich es zeigen, du Trunkenbold."

Erst jetzt gelang es Jajlaj, die Gurte zu lösen. Offensichtlich hatte der Pilot vom Knüppelhieb das Bewußtsein verloren, denn Haupt und Gliedmaßen hingen schlaff herunter, und aus der Gesichtsöffnung lugte ein schwammiges zungenähnliches Gebilde. Unter Ächzen und Stöhnen hievten sie ihn heraus, betteten ihn auf die Piste und begannen sofort mit Wiederbelebungsversuchen. Nachdem Jajlaj den Fremden mit einem Eimer Wasser übergossen hatte, schüttelte dieser den Kopf, das Wasser spritzte in alle Richtungen, und wieder ertönte ohrenbetäubendes Jaulen. Von den fünf Gliedmaßen benutzte er nur vier, das Ersatzbein hielt er hinterrücks elegant nach oben geschwungen. Er war nackt und von oben bis unten behaart; nicht ein Quentchen Haut schimmerte durch das Fell.

Bicav näherte sich dem Fremden, der unablässig röchelte und dessen Mundtrichter sich zu einem bedrohlichen Spalt verbreiterte. Wütend fuchtelte der Aufseher mit dem Stock. Der Pilot neigte den Schädel und beförderte das Ersatzbein geschickt zwischen die anderen Gliedmaßen. Er hörte auf zu krakeelen und beäugte friedlich seine Umgebung. Indes nutzte Jajlaj die Gunst der Minute und schob der Kreatur den Alkoholindikator in den Schlund.

„Donnerwetter! Der ist stocknüchtern. Die Zeiger stehen auf Null!"

Eine Weile hantierte er mit einem zweiten Gerät und verkündete die Neuigkeit: „Der Drogentest ist gleichfalls negativ. Ich melde, der Eindringling steht weder unter Einfluß von Alkohol noch unter Drogen!"

„Dann muß er krank sein!" schlußfolgerte Bicav. „Das ändert jedoch nichts an der Tatsache, daß er gegen die Verkehrsregeln verstoßen hat. Ein Kranker gehört nicht ins Cockpit, sondern ins Bett. In diesem Fall kann ich das Unwohlsein nicht als mildernden Umstand akzeptieren. Sein Verhalten zeugt von äußerster Verantwortungslosigkeit und stellt laut Galaktikverkehrsordnung Kapitel zwei, Absatz elf, Punkt eins eine grobe Verletzung der Verkehrsregeln dar."

Während Bicav so klug daherredete, rappelte sich der eben noch Besinnungslose auf und lärmte wieder los.

„Ich verstehe rein gar nichts. Das ist ja nicht mal ein Galaktikdialekt", bemerkte Jajlaj unwirsch, „der ist vielleicht aus dem Irrenhaus geflohen, aber das wäre eine echte Glanzleistung für einen Irren – ein Flugzeug bedienen und ..."

„Lassen Sie diese Spekulationen! Verwenden Sie Ihren Grips lieber zum Pauken der Dienstvorschriften. Fürs Denken bin ich zuständig, nun bewegen Sie sich und sperren das Monstrum in eine Einzelzelle. Nach der Identifizierung des Piloten werden wir weitersehen. Eins nach dem anderen. Sie sollten sich die Reihenfolge einprägen, sie steht übrigens auch in den Dienstvorschriften. Nun aber marsch, ab mit ihm ins Kittchen. Ich schaue mich inzwischen im Cockpit nach seinen Papieren um."

Bicav kehrte unverrichteterdinge zurück. Auf dem Computer aktivierte er die Memoblöcke mit der Datei, die alle Zivilisationstypen der galaktischen Systeme beinhaltete. Unter den einköpfigen, warmblütigen und vierbeinigen Lebewesen, die sich auf Kohlenwasserstoff- und Sauerstoffbasis entwickelt hatten, stieß er auf mehr als achthundert zivilisierte Arten. Einige der aufgeführten Typen glichen in etwa der Gestalt des Gefangenen. Bicav rief aus dem Piktoprint acht Versionen mit den dazugehörigen Daten ab und speicherte die Codenummer der übergeordneten Dienststelle ein. Ich sollte mich vielleicht mit ihnen beraten, grübelte er.

„Mir ist da ein Gedanke gekommen, Chef", ließ sich Jajlaj vernehmen. Der Aufseher brummte nur ungnädig, was der Flughäscher als Ermunterung auffaßte.

„Vielleicht ist er ein Vertreter einer neuen Art."

Bicav war drauf und dran, den Nichtsnutz anzubrüllen, riß sich jedoch zusammen und mußte augenblicklich herzhaft über Jajlajs scharfsinnige Feststellung lachen. Er schüttelte die Köpfe und hielt dem Häscher erneut eine Standpauke.

„Jajlaj, Sie sind ein Vollidiot! Wie kommen Sie bloß auf diesen Blödsinn?"

„Einfache Deduktion. Nach meinen Erfahrungen schwafeln Alkoholiker, Drogensüchtige und Verrückte ebenso unverständliches Zeug, trotzdem läßt sich während der Vernehmung ein gewisser Zusammenhang erkennen und ab und zu ein brauchbarer Satz erhaschen. Bei den Lauten unseres Exemplars ist allerdings Hopfen und Malz verloren. Daraus habe ich bisher nicht ein einziges Wort entnommen."

„Häscher Jajlaj", belehrte ihn Bicav, „die galaktische Scheibe ist mir vertraut wie meine Westentasche, und ich versichere Ihnen, daß hier kein noch so verdreckter und heruntergekommener Flecken existiert, als daß man dort nicht einen Souvenirstand oder Zeittankstellen für Sonntagsausflügler errichten könnte. Vielleicht schauen Sie sich mal die Karte an!" Bicav deutete auf eine Tafel, die in farbigen Linien das dichte Netz der Flugkorridore veranschaulichte. „Betrachten Sie die Karte genau, und dann zeigen Sie mir einen einzigen Punkt, an dem die neue Art sich ohne unser Wissen hätte herausbilden und ein zeitenergiebetriebenes Flugschiff konstruieren können! Wir sind uns doch einig, der Flugkörper auf Landebahn drei ist mit einem Zeittransformator ausgestattet."

„Ja, es handelt sich zweifellos um eine Maschine mit Zeitantrieb", räumte Jajlaj ein. „Sie weist jedoch keine Parallelen zu Flugzeugtypen auf, die in der Galaxis entwickelt wurden."

„Glauben Sie denn, Sie Schlauberger, daß Sie alle Flugzeugtypen hier kennen?"

„Das habe ich nicht gesagt. Aber die mir geläufigen Typen weichen in ihren wesentlichen Merkmalen von unserem Prachtstück auf der Piste ab."

Schlummerte in diesem einfältigen Kerl etwa ein Pfiffikus? Es sollte vorkommen, daß sich Neulinge anfangs indolent geben und sich alsbald als hoffnungsvolles Talent entpuppen.

„Nicht einmal der Urgroßvater Ihres Urgroßvaters hat das Erscheinen einer neuen Art bewußt miterlebt. Würde eine neue Zivilisation auftauchen, bekämen die C'mogs aus dem Arsenal als erste Wind davon. Die C'mogs würden sofort das

Novum inspizieren, überall ihre Nasen hineinstecken und sich aufspielen. Gegen die hätten wir keine Chance."

Erst jetzt bemerkte Bicav, daß Jajlaj seinen Ausführungen nicht folgte. Schade, er war wohl doch nur ein gewöhnliches Greenhorn. Entgegen den Vorschriften hob er den Kopf, und die sechs Augenpaare stierten über den Kopf des Aufsehers hinweg. Er wandte sich um.

Die Fenster der Dispatcherzentrale verdunkelten sich. Schwarz wie vulkanische Asche hing der eckige Rumpf des Kriegsschiffes „Arsenal" über der Basis.

Plötzlich wimmelte es in der Dispatcherzentrale von C'mogs, die in jedem Winkel herumschnüffelten und Bicav auf penetrante Weise drangsalierten.

Der dienstälteste C'mog, dem Rang nach Korvettenkapitän, hieß Zaal und war wegen seiner Allüren und der ewigen Nörgelei bei der Mannschaft verhaßt. Sie tauften ihn deshalb auf den Namen Pingeldant.

„Leiten Sie diesen Stall hier?" erkundigte er sich schroff.

„Zu Befehl", dröhnte der Aufseher.

„Das heißt, Sie sind dafür verantwortlich, daß dieser gefährliche Ausländer – verläßlichen Informationen zufolge ist er ein Spion – nicht den zuständigen Organen überstellt und verurteilt wurde."

„Er sitzt bereits in Einzelhaft. Ein Kontrollflieger hat seine Maschine eingebracht, da er wie ein Wahnsinniger im blauen Korridor herumkurvte. Wir konnten nicht ahnen …"

„Haben Sie nicht genug Augen im Kopf, um zu erkennen, daß es sich um ein Flugzeug fremdländischer Produktion handelt?"

In Bicav stieg ohnmächtige Wut hoch. Der C'mog besaß nur ein Auge und brüstete sich mit diesem einzigartigen Sehorgan. Eine Nase und ein Auge zierten seinen kugeligen Leib. Böse Zungen behaupteten, die Uniformen für die C'mogs würden in einer Fußballfabrik hergestellt. Die C'mogs gehörten zum Stamm der Polypeden, deren amorphes Unterteil aus einer Unmenge flink beweglicher Zottenbeine bestand. Die Truppe vom „Arsenal" hatte mittlerweile den Gefangenen, der wie ein Wahnsinniger tobte und zerrte, aus der Zelle geschleift. Die C'mogs versetzten ihm mit dem Psychodevaster einen sanften Schock, und er verhielt sich urplötzlich zahm wie ein Lamm. Er sackte zusammen und stierte ergeben auf einen C'mog, der sich am Universaltranslater zu schaffen machte. Endlich schloß der Kapitän seine Strafpredigt mit den Worten:

„Kurz und gut, Sie sind ein blindes Huhn!"

„Kann ich wegtreten?" fragte Bicav benommen.

„Haben Sie noch immer nicht begriffen? Sie und Ihr Helfershelfer sind verhaftet! Wir werden die Ursachen für die Pflichtverletzungen noch klären, darauf können Sie sich verlassen. In diesem Kaff scheinen sich die Spione der gesamten galaktischen Sphäre ein Stelldichein zu geben. Leutnant, verlieren wir keine Zeit. Fangen Sie an!"

Der C'mog schaltete den Translater ein und stellte die erste Frage:

„Wer sind Sie und woher kommen Sie?"

„Angst ... Angst ... Angst ... Hunger."

„Wer ist Ihr Vorgesetzter? Welchen Auftrag haben Sie? Wie halten Sie den Kontakt zum Aufseher Bicav aufrecht? Wo befinden sich die Chiffriertabellen?"

Doch die Anwesenden erhielten über den Computer immer nur dieselbe Antwort: „Angst ... Angst ... Angst ... Hunger."

„Setzen Sie ihm etwas Eßbares vor", befahl Zaal. „Trockennahrung vielleicht, aber eine doppelte Portion, damit er sich nicht beschwert."

Der Fremde schnupperte an dem Pulver und wandte sich abrupt ab.

„Angst ... Ekel ... Ekel ... Angst."

Keine Kunst, bei diesem Fraß, dachte Bicav.

„Ich spendiere ihm mein Vesperbrot", schlug er vor.

Zögernd verspeiste der Fremde die Schnitte, und die Worte „Hunger" und „Ekel" waren von jetzt an aus seinem Repertoire verschwunden. Zaal tänzelte ungeduldig von einem Zottenbein auf das andere. Die Vernehmung stockte. Irgend etwas stimmte nicht. Normalerweise enthüllte der Translater jedes Geheimnis. Der Leutnant wurde zusehends nervöser. Erstmals konnte er einen echten Spion aushorchen, und nun lief alles schief, und seine Beförderung würde wieder verschoben werden: Wenn er nun gar kein Spion war ...

„Herr Kapitän, erlauben Sie mir die Bemerkung", begann der Leutnant gedämpft, „ich habe die Befürchtung, unser Spion ist kein vernunftbegabtes Wesen. Er ist keiner Sprache mächtig, und der Computer drückt statt dessen seine animalischen Gefühlsausbrüche in dem Wort ‚Angst' aus."

„Es handelt sich also Ihrer Ansicht nach um ein Tier, das ein Flugzeug mit einem Zeittransformator konstruiert hat und im intergalaktischen Raum herumspioniert. Sie sind ein Genie, Leutnant, gratuliere! Solche Genies kann ich gut leiden, aber möglichst auf Distanz. Ab! Ich übernehme das Verhör selbst."

Der C'mog trollte sich, seinen Platz neben dem Computer nahm der Vorgesetzte ein.

Er stellte Frage um Frage, konnte aber den Fremden ebensowenig aus der Reserve locken wie der Leutnant.

„Herr Kapitän", meldete sich Bicav, „wir setzen hin und wieder im Streifendienst den Translater ein, wenn man zum Beispiel von Volltrunkenen und unter Drogeneinfluß stehenden Personen nichts mehr herausbekommt. Im Translater sind übrigens zwei Programme gespeichert, ein passives und ein aktives. Wir sollten auf das aktive Programm umschalten, dann werden die psychischen Barrieren dieser Kreatur beseitigt."

„Psychische Barrieren, sagen Sie?"

„Ja, genau, unser Eindringling hat sich hinter einem animalischen Primitivismus verschanzt. Sein Intellekt schlummert tief im Inneren."

Bicav deutete mit den Greifern auf den Schädel des Fremden, und Zaal räusperte sich.

„Sie wissen doch ganz genau, daß eine aktive Vernehmung das Einverständnis der Akademie voraussetzt. Es gibt schließlich Gesetze und Paragraphen, an die man sich halten muß. Immerhin ist diese Verfahrensweise ein Eingriff in die Psyche."

„Herr Kommandant", meinte Bicav im schmeichelnden Tonfall, „was glauben Sie, wozu juristische Winkelzüge da sind? Innerhalb der Gesetze besteht ein gewisser Spielraum, und ließe die ‚Patrouille' diese Möglichkeit ungenutzt, würde die Galaxis zugrunde gehen."

„Wenn ich Sie recht verstehe, setzen Sie demnach den

Translater aktiv ein?"

„Manchmal haben wir keine andere Wahl."

„Kann Sie das nicht Kopf und Kragen kosten?"

„Wir sind hier unter uns, und wenn wir ihn überführen, kommt er ohnehin vor Gericht."

„Richtig, letztlich handeln wir im Interesse der galaktischen Zivilisation."

Sie riefen das aktive Programm auf, und die Ereignisse nahmen eine Wendung.

Der Gefangene beruhigte sich zusehends, auch das Wort „Angst" verschwand aus seinen einsilbigen Reaktionen. Der Translater bediente sich immer komplizierterer und abstrakterer Begriffe wie Ruhe, Müdigkeit, Furcht vor dem Unbekannten. Bicav intensivierte die Leistung des Computers, um der Kreatur die Spionagegeheimnisse zu entreißen. Nach einigen Minuten äußerte der Fremde einen ganzen Satz:

„Wo bin ich?"

„In der Dispatcherzentrale der ‚Patrouille'."

„Wie, wo?"

„Die Fragen stellen wir, du Gauner. Wo wohnst du?"

„In einem riesigen Haus. Ich fürchte mich in dem riesigen Haus. Nur wenn der Herr kommt und Futter bringt, verfliegt die Angst. Ich habe meinen Herrn gern und bin ihm treu."

Der Pingeldant äugte zu Bicav.

„Vermutlich ein Sklave. Unglaublich. Eine Sklavenhaltergesellschaft, eine Gemeinschaft von primitiven Geschöpfen, die eine Raumfähre mit Zeittransformator entwickelt haben."

„Hat dein Herr dieses Flugzeug erschaffen?" erkundigte sich der Aufseher.

„Mehrere Herren. Ich kenne nicht alle beim Namen. Nur meinen Herrn kenne ich gut."

„Er ist das persönliche Eigentum eines Mannes", schlußfolgerte der C'mog.

„Warum steuert dein Herr nicht selbst das Flugzeug?"

„Mein Herr ist von großer Statur. Er paßt nicht ins Cockpit, und außerdem leidet er unter Höhenangst."

Bicav zwinkerte dem Kapitän zu.

„Merken Sie etwas? Er bezwingt allmählich den Animalis-

mus und bringt zusammenhängende Gedanken heraus."

„Ist dein Herr sehr groß?" vergewisserte sich Pingeldant.

„Er ist etwa so groß wie dieser übelriechende Mann." Er glotzte Bicav an, und Zaal grinste vor Schadenfreude.

„Abscheulich, übelriechend, da hast du ins Schwarze getroffen. Ich bin dir wohl sympathischer?"

„Du stinkst nicht, aber etwas Abscheuliches hast du auch an dir."

„Also summa summarum ist dein Herr viermal größer als du. Ist er ebenso behaart?"

„Nein, behaart ist er nicht."

„Hat er Krallen und ein Ersatzbein wie du?"

„Er hat zwei Arme und zwei Beine. So bewegt er sich vorwärts." Der Gefangene stellte sich auf alle viere, drückte sich mit den Vorderpfoten ab und tapste ein gutes Stück auf zwei Beinen.

„Du siebtes Himmelsgestirn", entfuhr es Bicav, „dieser Herr gehört einer anderen Gattung an. Er und seinesgleichen haben das Flugzeug konstruiert und diese Kreatur dort hineingesteckt."

„Ja, genau. Sie haben mich ins Cockpit gesetzt und angeschnallt. Plötzlich wurde es dunkel um mich herum, und ich fürchtete mich entsetzlich. Als ihr die Tür aufgerissen habt, hatte ich noch mehr Angst. Jetzt habe ich sie aber überwunden."

„Was fühlst du gerade?"

„Unsicherheit."

„Die animalische Schutzfunktion ist nicht mehr gewährleistet", dozierte Zaal, „er rückt sicher bald mit den Spionagegeheimnissen heraus … tote Briefkästen, Chiffriertabellen, Kontakte, Geheimreserven."

„Herr Kapitän …", zischte Bicav ungeduldig, „wenn nun der Leutnant doch recht hatte und es sich hier in der Tat um ein Tier handelt?"

„Ich bin ein Versuchstier, ein Hund und höre auf den Namen Azor."

Die Tür der Dispatcherzentrale flog auf, die Flügel knallten gegen die Wand, und einige zweibeinige Gestalten näherten sich. Azor lief zu ihnen und wedelte fröhlich mit dem Schwanz.

174

„Das ist eine Freude! Ihr seht aus wie mein Herr, nur hat der einen rosigen Teint, wogegen euer Gesicht grün ist", kam es aus dem Translater.

„Ich bin Doktor Lap, das hier sind meine Leute. Ich bin Mitglied einer Untersuchungskommission der Akademie. Wer von Ihnen hat das aktive Programm eingeschaltet?"

„Der da", antworteten Bicav und Zaal, jeder auf den anderen weisend, „es war sein Einfall. Er hat es verlangt."

„Dafür werden Sie sich verantworten müssen", entgegnete Lap frostig.

„Wem gehört der Hund?"

„Ich bin ein Hund und höre auf den Namen Azor. Mein Herr heißt Jan Trnka und ist wissenschaftlicher Mitarbeiter am Institut für Zeitenergetik. Seine Kollegen kenne ich nicht namentlich."

„Sie sind ein Tier?" forschte Lap streng.

„Ich bin ein Versuchshund. Mein Herr hat meinen Einsatz im ersten funktionstüchtigen Prototyp eines intergalaktischen Raumschiffs angeordnet, das über einen Zeittransformator verfügt. Wenn ich richtig verstehe, hat unser irdisches Flugzeug die hiesigen Vorschriften verletzt. Da ich jedoch diese Reise unfreiwillig und im Stadium des animalischen Primitivismus angetreten habe, lehne ich jegliche Verantwortung ab, über meine Vorgehensweise kann lediglich ein irdisches Gericht entscheiden."

„Ihr Taugenichtse", schrie Lap, „ihr habt dieses Tier in ein denkendes Wesen umgemodelt."

„Ich verdächtigte ihn der Spionage", meinte Zaal.

„Und ich tippte auf einen angetrunkenen Piloten", entgegnete sein Kontrahent.

„Was fangen wir jetzt bloß mit ihm an?"

„Wie ich die Situation sehe, ist Bicav der Vorgesetzte des Flughäschers Jajlaj. Aber Zaal hat über beide Befehlsgewalt, und über allen wiederum stehen Sie, Herr Doktor. Meine Spürnase sagt mir, Sie sind von allen der Intelligenteste. Ich habe mich dank des sogenannten Universaltranslaters nicht bloß in ein vernunftbegabtes Wesen verwandelt, sondern telepathische Fähigkeiten erworben. Sie können das Gerät ausschalten, Bicav. Ich bin in der Lage, direkt zu kommunizieren. Genauer gesagt, ich werde mit dem Doktor verhandeln, solange kein kompetenter Gesprächspartner zur Verfügung steht. Sie sind ein Egoist, Bicav, gehässig und niederträchtig zu Ihren Untergebenen, feige und unterwürfig Ihren Vorgesetzten gegenüber. Kapitän Zaal ist keinen Deut besser, ihn plagen selbstredend Minderwertigkeitskomplexe. Wie kann es auch anders sein bei einem Offizier der galaktischen Kriegsflotte, die seit mehr als tausend Jahren keinen Krieg mehr geführt hat. Das Gefühl, überflüssig zu sein, ist die Ursache für seine aggressive Haltung. Wechseln Sie Ihren Beruf, Zaal. Bei Ihrer Akribie gäben Sie einen passablen Gärtner ab. Und nun zu Ihnen, Lap. Sie sind ein selbstgefälliger und eingebildeter Laffe. Ich muß Ihnen wohl nicht erklären, welche Gesetze in der Galaxis zum Schutz der Persönlichkeit gelten!"

Doktor Lap wischte sich entgeistert den Schweiß von der Stirn.

„Das sieht nach einem Prozeß aus, der in der gesamten Galaxis Aufsehen erregen wird", murmelte der Doktor leise.

„Sehr treffend bemerkt", pflichtete Azor bei, „und da Bicav den Translater laufen läßt, wächst meine Intelligenz von Minute zu Minute. Nebulös sehe ich die Umrisse einer nahen Zukunft. Im allgemeinen habe ich für Prophetie nichts übrig. Der Blick in die Zukunft kann deprimierend sein, besonders wenn es sich um so düstere Aussichten wie bei Ihnen handelt, Bicav. Sie alle trifft mehr oder weniger die Schuld an meinem Schicksal, doch Bicav trägt zweifellos die Hauptlast. Der Prozeß wird unter dem Motto ‚Die ungeheuerliche Gesetzesverletzung des Aufsehers Bicav' laufen. Auf Wiedersehen vor Gericht."

Die Verhandlung und die Protokolle gingen in den Goldenen Fond der Gerichtsakten ein. Azor trat als Hauptzeuge der Anklage auf, und mit seiner liebenswürdigen und souveränen Art gewann er die Gunst der plastvisuellen Zuschauer aller galaktischen Systeme. Seine gepflegte Erscheinung wirkte einnehmend, er trug einen maßgeschneiderten Anzug, das Gesicht war glattrasiert, und die Unbefangenheit, mit der er Zigarren rauchte, erinnerte an die Lebemänner aus den Kasinos im galaktischen Zentrum. Er hatte eine kluge Taktik gewählt und beschuldigte niemanden namentlich. Engagiert kämpfte er für die Rechte seiner Art und der einstigen Herren. Schließlich fällte das Gericht folgendes Urteil:

„Nach ausführlichen Recherchen und Abwägung aller Begleitumstände entstanden dem warmblütigen und vierbeinigen Herrn Azor laut Kapitel eins, Paragraph vier des Strafgesetzbuches keine Nachteile. Schaden hat er jedoch im Sinne des Kapitels zwei, Paragraph vier, Abschnitt eins erlitten. Der Hund Azor, Bewohner des Sternensystems Sol, wurde in ein intelligentes Wesen erster Kategorie verwandelt, das jetzt telepathische, telekinetische, teleportale und teilweise hellseherische Fähigkeiten besitzt. Azor ist somit in seiner Gattung das einzige vernunftbegabte Wesen. Deshalb ordnet das Gericht an, daß auf Kosten der ‚Patrouille‘ die sogenannten Hunde intellektualisiert und mit telepathischen, telekinetischen, teleportalen und auch hellseherischen Fähigkeiten ausgestattet werden. Bei einem solchen Eingriff in die Biosphäre des dritten Planeten im Sternensystem Sol wird jedoch den ursprünglich intelligenten Lebewesen, den zweibeinigen und warmblütigen Geschöpfen, die auf Kohlenwasserstoff- und Sauerstoffbasis existieren, Schaden entstehen. Deshalb soll auf Kosten der C'mogs ein zusätzlicher Planet mit analogen Parametern für die intellektualisierten Vierbeiner geschaffen werden. Dieser Planet sollte organisch in das Sternensystem Sol eingebettet und reibungslos auf die Umlaufbahn gebracht werden. Außerdem müssen die ‚Patrouille‘ und die ‚C'mogs‘ den Pendelverkehr zwischen beiden Systemen organisieren und finanzieren. Die zuständigen Organe der ‚Patrouille‘ haben die Ermittlungen über die Verstöße des Aufsehers Bicav und des Kapitäns Zaal fortzusetzen. Hiermit tritt das Urteil in Kraft. Der Prozeß ‚Die ungeheuerliche Gesetzesverletzung des Aufsehers Bicav‘ ist somit beendet."

Und es geschah so, wie es das galaktische Gericht beschlossen hatte. Wie mag wohl Doktor Trnka, Azors ehemaliger Herr, auf diese Ereignisse reagiert haben? Nun, er wird sich gewundert haben.

Das Seil
des Lebens

Zuerst explodierten im vorderen Teil des Frachtraums zwei, dann die anderen vier Treibstoffbehälter für die Raumstation Spacelab. Kommandant Bernhard Weintraub und Co-Pilot Leslie Gelb verloren sofort die Besinnung und erlitten einen weitaus sanfteren Tod als Alan Cowel, der verantwortliche wissenschaftliche Mitarbeiter des biochemischen Versuchsprojektes. Die Explosion überlebte er zwar, aber die Flammen zerstörten die Wand der Wohnkapsel. Vergebens versuchte sich der Astronaut zu retten, indem er seinen Kopf in die Bodenkultur vom Typ Alpha, Gamma und South Orange grub.

Der Bordmechaniker Henry Stokes, im NASA-Slang Gaston genannt, hatte zum Zeitpunkt der Explosion im Frachtraum zu tun. Die dort im hinteren Teil installierten Spacelab-Module verhinderten die Ausbreitung der entzündeten Gase und ließen sie in den Kosmos entweichen, so daß Stokes nicht zu Schaden kam.

Die Flammen setzten jedoch das Modul des Labors außer Betrieb, in dem gerade der britische Physiker Richard Cohen beschäftigt war. Durch einen Spalt drang eine bläuliche Wolke künstlicher Atmosphäre ein. Cohen hielt sich im Bewußtsein des nahenden Endes verzweifelt die Hände vors Gesicht und durchlitt die schwersten Sekunden seines Lebens. Stokes stürzte kurz entschlossen nach vorn. Von dem intensiven Feuerschein schmerzten die Augen, obwohl er sie geschlossen hielt, um nicht zu erblinden. Nur verschwommen nahm er wahr, was mit ihm geschah. Plötzlich konnte er sich nicht mehr von der Stelle rühren, und aus seiner ausgedörrten Kehle drangen unverständliche Laute.

Nach etwa zwanzig Sekunden legte sich der Feuersturm. Finsternis hüllte Stokes ein, und seine Augen brannten unerträglich. Aber er war ein Astronaut der alten Garde, geschult nach dem harten NASA-Programm, in dessen Verlauf die Teilnehmer ein scheinbar sinnloses Augentraining absolvieren mußten. Zwölf Sekunden später nahm Stokes vage Umrisse wahr, und bereits nach weiteren drei Sekunden sah er das Labormodul wieder klar vor sich. Fahrig und nervös bewegte er sich unter dem Skaphander, als ob jemand die schützende Hülle verletzt habe und er der feindlichen Umgebung schutzlos ausgesetzt sei. Blutüberströmt krümmte sich der Astronaut und zuckte von Zeit zu Zeit vor Schmerz zusammen.

Mühsam stieß er sich von der einzigen stabil gebliebenen Wand ab und beförderte sich so aus dem Modul heraus. Um ein Haar wären die Plasthandschuhe seiner Ausrüstung zerfetzt worden, als er sich an die gratige Kante einer Außenplatte klammerte. Im orangefarbenen Licht der Notbeleuchtung bot sich ein deprimierender Anblick von durcheinander gestürzten Apparaturen und Zuleitungen. Cohen rang im Todeskampf nach Luft, und aus Fingerspitzen, Ohren und Nase spritzte Blut.

Stokes hangelte sich in den Frachtraum, riß ein sackförmiges Gebilde von der Wand, das einer schlafenden Fledermaus ähnelte, und löste ein Stahlseil aus seiner Halterung. Augenblicklich blähte sich der Sack auf und nahm die Gestalt einer Riesenmuschel an. Der Bordmechaniker packte Cohen, der reglos am Boden lag, und zwängte dessen Kopf in den Rettungsballon, wo frischer Sauerstoff über die Atemwege den Körper entgiftete. Stokes war unzufrieden, denn der Körper schwebte ungeschützt im luftleeren Raum. Also zog er den Kopf wieder aus der Sauerstoffmaske, dehnte den Ballon aus, bündelte den Freund zu einem Paket, indem er ihm die Knie ans Kinn zog, und verfrachtete ihn gänzlich in den Ballon. Dieser wurde verstöpselt und der rote Zuflußhahn geöffnet, worauf erneut Sauerstoff hineinströmte.

Wie ein Embryo im Mutterleib hockte nun im Innern der lädierte Cohen. Er lag zwar noch im Koma, atmete aber. Durch das Fenster aus organischem Glas konnte Stokes kaum etwas erkennen, ratlos hielt er den Trageriemen fest, der wie ein Koffergriff am Ballon befestigt war. Eine weitere Erschütterung erinnerte ihn daran, daß der Boden der Intrepid glühte. Da fiel ihm der Skooter im hinteren Teil der Fähre ein. Dieses Fahrzeug stellte eine eigenartige Mischung von Sessel und Garderobenständer dar und war mit mehreren kleinen Raketen ausgestattet. Er zog den Rettungsballon heran, befestigte ihn an seinem Raumanzug, ließ die Triebwerke aufheulen und startete. In Windeseile entfernten sich Stokes und sein eigentümliches Gepäck von dem verglühenden Wrack. Über ihnen schwebte der Planet Erde, der von der Milchstraße wie von einem glitzernden Schleier umgeben war. Die Intrepid zog einen langen roten Schweif nach sich, und die Explosionen, die sie ab und zu erschütterten, deuteten an, daß die Agonie noch nicht zu Ende war. Stokes übermannte plötzlich trostlose Einsamkeit. Da fiel ihm ein, daß er ja kurz vor der Flucht vom Raumschiff die Kommunikationsanlage auf den Skooter umgeschaltet hatte. Bei Arbeiten im kosmischen Raum war der Skooter mit der Raumfähre funktechnisch gekoppelt. Auch im Rettungsballon befand sich ein Anschluß. Rasch stellte der Astronaut den Kontakt her und nahm die Verbindung auf:

„Dick, kannst du mich hören? Ich bin's, Henry!"

Nur ein rasselndes Geräusch war zu vernehmen. Doch kurz darauf meldete sich eine fremde Stimme:

„Intrepid, Intrepid, hier Skylab II. Endlich empfangen wir Sie wieder. Was war los? Antworten Sie, Intrepid!"

„Hier Astronaut Henry Stokes. Der Treibstoff für Ihren verflixten Schleppkahn ist in die Luft gegangen. Cohen schwebt zwar im Rettungsballon, aber ich bin wahrscheinlich der einzige Überlebende."

„Mann, tut das weh!" winselte Cohen, was Stokes veranlaßte, einen Freudenschrei auszustoßen. Die Besatzung von Skylab II beglückwünschte die Männer.

„Ruhe bewahren", ordnete die fremde Stimme an. „Wir schicken eine Zugmaschine. Nach unseren Berechnungen müßt ihr unbedingt höher steigen, der Schlepper darf nicht so tief runtergehen. Ein Niveau von mindestens vierhundert müßt ihr erreichen, vierhundertachtzig wäre optimal. Der Kahn ist in hundert Minuten bei euch. Geht sparsam mit dem Sauerstoff um. Ist der Skooter intakt?"

„Ja, alles in Ordnung", meldete Stokes.

„Ihr müßt stark beschleunigen, das heißt, wenigstens drei

Minuten durchzünden", riet die Skylab-Mannschaft.

„Henry", unterbrach Cohen, „wie sieht's mit dem Treibstoff aus?"

„Einwandfrei."

„Hast du den Tank nachgefüllt? Leslie Gelb war heute früh draußen ..."

Daran hatte Stokes überhaupt nicht gedacht, denn programmgemäß wurden die Tanks erst nachmittags nachgefüllt.

„Stokes, wir können euch hören. Gibt's Probleme mit dem Treibstoff?"

Bleierne Schwere befiel Stokes – im Kosmos ein exotisches Gefühl. Die fürchterlichen Ereignisse der vergangenen Minuten verwirrten seine Sinne, und er schrie wie ein zu Tode Verurteilter:

„Für zwei reicht das Benzin nicht. Nur einer von uns wird die Katastrophe überleben."

„Immer langsam, Stokes. Wir nehmen sofort eine Bilanzierung vor."

„Ihr könnt mich mal mit eurer Bilanzierung, ich krepiere hier!"

Cohen versuchte, ihn zu beruhigen. „Henry, das darfst du nicht so pessimistisch sehen. Das Schlimmste haben wir doch überstanden."

„Laß mich in Ruhe! Wer hat denn die Karre aus dem Dreck gezogen und dir dein erbärmliches Leben gerettet? Ich hätte dich genausogut da drinnen schmoren lassen können. Für einen reicht das Benzin allemal."

Stokes kochte vor Wut. Vor seinen Augen wallte rötlicher Nebel, und der Magen drehte sich ihm um. Es war aber nicht die Kosmoskrankheit, sondern animalische Angst. Er hatte die Kontrolle über sich verloren. Unter Aufbietung aller seiner Kräfte zwang er sich zur Ruhe, um die Situation nochmals gründlich zu überdenken. Als er den Rettungsballon dichter zu sich heranzog, erblickte er im Bullauge Cohens blasses Gesicht.

„Was geht da bei euch vor?" erkundigte sich Skylab II.

„Er will mich loswerden!"

Henry Stokes breitete Arme und Beine aus, damit er nicht das Gleichgewicht verlor, und der an einem Stahlseil befestigte Ballon glitt davon. Für den Bruchteil einer Sekunde gewahrte Stokes noch einmal Dick Cohens verängstigtes Gesicht. Mit groben Flüchen und lautem Gebrüll unterdrückte er die aufkommenden Gewissensbisse.

„Intrepid, melden Sie sich doch! Hier Skylab II. Was ist los?"

Der Ballon sank in die Tiefe und war nun nicht mehr größer als ein Fußball. Stokes verstummte allmählich, er litt unter Atemnot, und seine Stimmbänder versagten. Vor den nächsten Augenblicken graute es ihm, Cohen würde ihn pausenlos anflehen und verdammen. Aber der gab keinen Mucks von sich. Außer den regelmäßigen Rufen von Skylab II drang kein Laut aus den Kopfhörern. Sein Kollege war offensichtlich wieder in Ohnmacht gefallen, vielleicht hatte er aber auch in selbstmörderischer Absicht das Gitter des Ballons geöffnet und sich der kosmischen Leere ausgesetzt. An Tapferkeit für einen solchen Entschluß mangelte es ihm nicht. Er mußte doch Verständnis haben für Stokes' Handlungsweise. Als Stokes den Skooterlenker erneut umklammerte und soeben starten wollte, vernahm er plötzlich eine vertraute Stimme.

„Was ist los?" schrie er. Dick antwortete ihm, ruhig und gelassen, als wäre nicht das geringste geschehen.

„Jetzt vergeudest du auch noch sinnlos Sauerstoff. Henry, was soll das? Willst du den Ballon an dich reißen, um ihn endgültig von der Zuleitung zu trennen? Es ist doch so, nicht wahr?"

„Du hast wie immer recht, du Schlauberger. Aber diesmal ziehst du den kürzeren."

„Das glaube ich kaum", meinte Cohen in seinem widerwärtigen britischen Dialekt. „Weißt du überhaupt, von wo du deine Funksprüche absetzt? Weder von deinem Skaphander noch vom Skooter aus, sondern aus meinem Ballon. Ohne Funkverbindung findet dich die Schleppfähre nicht."

„Erzähl schon, was du willst. Du bist zwar ein ganz Gewiefter, aber ich habe mich bisher jedesmal durchgesetzt. Was sich Stokes vornimmt, das erreicht er auch."

Der Rettungsballon kam bedrohlich nahe an den Skooter heran. Stokes streckte den Arm aus, löste die Sicherung und klinkte das Seil aus.

„Gott sei dir gnädig, du Schlauberger", murmelte Stokes. Er faßte den Steuerungshebel, wollte starten, aber die Triebwerke blieben stumm.

Verängstigt schaute er nach oben. Der von weißen Wolken eingehüllte Planet schien sich über ihm zu amüsieren. Stokes' Blick irrte zum Bullauge des Ballons. Lachte ihn etwa auch dieser Wichtigtuer aus? Er stieß die Kugel mit einem Fußtritt weg. Was hätte er sonst tun sollen?

Jetzt blieb er mit dem blauen, kugeligen Gesicht der Erde und deren wechselnden Grimassen allein. Einsam und verlassen in dem ausgebrannten Skooter würde er hier seine letzten Stunden fristen.

Der Ballon schwebte wieder auf ihn zu, widerwillig koppelte Stokes ihn an und stellte die Verbindung her.

„Jetzt hab ich's, so packen wir es!" vernahm er Dicks ruhige Stimme. „Von deinem Platz aus kannst du es nicht sehen, aber ich weise dich ein. Du mußt den Arm ein bißchen weiter nach hinten schieben. So ist es gut, jetzt öffne den Reservetank. Gib Zündung, starte durch und nichts wie weg hier. Hier gefällt es mir gar nicht."

Die Rettungsaktion glückte. Die Orbitalfähre stieß nach einem komplizierten Manöver in der Umlaufbahn auf ein höchst seltsames kosmisches Gefährt: einen mit einem ohnmächtigen Astronauten bemannten Raumskooter, dem im Schlepptau ein riesiger Ballon folgte. Henry Stokes stand kurz vor dem klinischen Tod.

Nach etlichen Stunden, als die beiden unter dem Sauerstoffzelt wieder zur Besinnung gekommen waren und in Schwebeliegen gebettet wurden, besuchte der Kommandant von Skylab II die beiden Geretteten, freute sich über die gelungene Aktion und fragte beiläufig:

„Männer, was war eigentlich zwischen euch los?"

„Darauf können wir Ihnen keine Antwort geben", wies ihn Dick ab.

An Bord von Skylab II fragte sie danach niemand mehr. Die Tonbänder mit den Havarieaufzeichnungen waren aus unerfindlichen Gründen gelöscht. Im Kosmos gelten eben andere Maßstäbe als auf der Erde, auch für menschliche Werte. Der Begriff „Mitleid" hat hier eine andere Bedeutung.

Der berauschende Trank
der Freiheit

Ich lag auf dem Fußboden, die Zunge so weit wie möglich herausgestreckt. So gelang es mir, meiner tristen Stimmungen Herr zu werden. Ein eigenartiges Ding, die Zunge. Ursprünglich diente sie mir ausschließlich zur Nahrungsaufnahme, heute weiß ich jedoch, daß sie universal einsetzbar ist.

Mein Herr streifte seinen Pullover ab, denn auf der Stirn hatten sich Schweißtropfen gebildet, und er sah aus, als wäre er gerade unter der Dusche hervorgekommen. Instinktiv schob ich meine Zunge vor, milde Kühle und ein ungekanntes Glücksgefühl durchströmten meinen Körper. Das Gefühl ebbte jedoch ab, als ein Roboter die Klimaanlage wieder in Gang setzte. Ich war stolz, die Hitzewellen im Körper selbst zu regulieren, und hätte den wohltuenden Vorgang gern wiederholt. Doch die Klimaanlage funktionierte nun tadellos.

Auch in dem Chronobus, in dem mein Meister und ich jetzt saßen, lief die Klimaanlage auf vollen Touren, und es war beinahe gemütlich. Allenfalls der Kerl, der mit uns ein Abteil bezogen hatte, war mir ein Dorn im Auge. Mein Herr ließ sich mit ihm in ein freundschaftliches Gespräch ein. Das will noch nichts besagen, denn er ist ein zuvorkommender Mensch und schließt schnell Bekanntschaft.

„Sie haben einen Hund dabei?" fragte der Fremde, kaum daß er sich in der Koje eingerichtet hatte. In der Frage lag Argwohn und gleichzeitig Respekt.

„Allerdings", lautete die Antwort, „aber keine Angst, er ist intellektualisiert."

„Ist ja das Allerneueste, daß Hunde auf eine Zeitreise gehen", tönte der Mann, „müssen Sie für den Köter Zuschlag zahlen?"

„Den vollen Preis habe ich für ihn auf den Tisch gelegt, mein Teuerster." Der Herr schmunzelte liebenswürdig, dem anderen war dagegen nicht zum Lachen zumute, er blickte eher mürrisch drein. Weder die feindselige Haltung des Fremden noch mein warnendes Gebell brachten den Herrn aus der Ruhe. Er ist eben oft töricht.

„Achtzehn Jahre habe ich für die Fahrt gespart", lamentierte unser Begleiter. Mit seinem Geschwätz wollte er meinen Herrn offensichtlich verärgern. Der ließ sich aber davon nicht beeindrucken.

„Seien Sie froh, daß ich meine Frau nicht mitgenommen habe, Sie müßten fortwährend ihr dummes Gewäsch ertragen. Dagegen ist der Hund ein stiller Gefährte."

Der Fremde wollte etwas erwidern, doch da ertönte eine Stimme aus dem Lautsprecher:

„Achtung, Achtung. Bei einem Tonsignal in hundertachtzig Sekunden startet der Chronobus 6004813. Die Strecke beträgt dreitausend Jahre in die Vergangenheit. Wir landen im Jahre 112 vor unserer Zeitrechnung im Prager Chronoport an der Moldaubiegung. Laut chronometereologischer Voraussagen sind die Zeitfronten ruhig. Geringfügige Turbulenzen erwarten wir lediglich im Jahr 1200. Mit einem leichten Schwanken des Chronobusses ist zu rechnen. Nach der Ankunft bitten wir Sie, den Anweisungen unseres Personals Folge zu leisten. Verstöße gegen die CHRONOORDNUNG werden streng geahndet. Der Reisende Josef Henda haftet für seinen Hund. Der Countdown läuft: sechsundachtzig, fünfundachtzig …"

„Haben Sie eine Kaution hinterlegt?" fragte der Mann.

„Ohne Kaution hätte Baron nicht mitreisen dürfen! Sie sollten sich an den Gedanken gewöhnen, daß er kein gewöhnlicher, sondern ein intellektualisierter Hund ist."

Aus dem Lautsprecher schallte die Zahl Null, der Chronobus wippte, und mir wurde schwindlig. Die beiden Begleiter erbleichten, wobei mein Meister seine Unpäßlichkeit durch unermüdlichen Redefluß zu verdrängen suchte.

„Wirklich schade, daß es bei uns außer Hunden keine Tiere mehr gibt. Der Gehirnchirurgie haben wir es zu verdanken, daß Hunde einen solchen Intellekt besitzen. Doktor Kubinek versicherte mir vor der Operation, Baron würde die Menschen der Altzeit bezüglich des Denkvermögens übertreffen. Das ist natürlich leicht übertrieben, aber im Haushalt erledigt er alle anfallenden Arbeiten."

„Die Operation hat sicher eine Stange Geld gekostet, was?"

„Für einen Pappenstiel operiert der Kubínek nicht. Aber es hat sich gelohnt. Mit Hausarbeit habe ich jetzt nichts mehr zu tun. Wirklich, ein Vergnügen, dem Hund zuzusehen. Zudem fährt er mit meinem Elektromobil, jedoch nur auf der Autobahn. Sie wären fasziniert von seinem Reaktionsvermögen! Er reagiert und funkt schneller als ein Bordradar. Lediglich das Einparken und Rückwärtsfahren will ihm nicht gelingen."

Der Chronobus schaukelte bedrohlich.

„Das müßte ein Zeitsturm sein", meinte der Mitreisende, „die Zeit ist hier dichter und kompakter als anderswo ..."

„Solche Stürme stehen mit der Dichte nicht in Zusammenhang", unterbrach ihn mein Herr belehrend, „sondern ..."

„Ist doch eigentlich egal", murrte der Fremde und linste zu mir. Warum wollte mein Meister bloß nicht wahrhaben, daß ihn dieser Mann herablassend behandelte? Ich erhob mich, scharwenzelte zu Herrchen und schleckte ihm die Hand ab. Darauf fixierte ich herausfordernd den Widersacher und gab erst Ruhe, als der sich brüsk abwandte.

Der Chronobus rumpelte, offensichtlich war er gegen etwas Hartes geprallt. Langsam ließen die pendelnden Bewegungen nach, und wir atmeten erleichtert auf.

„Geschafft", sagte mein Herr.

„Wir begrüßen Sie im Jahre 112 vor unserer Zeitrechnung", tönte es aus dem Lautsprecher. „In ein paar Minuten werden sich Ihren Augen wahre Naturschönheiten bieten, die Sie einige Stunden auskosten sollten. Ein letztes Mal möchten wir Sie an das Reglement erinnern; bei Verstößen verfällt Ihre Kaution in Höhe von zehntausend Megakronen."

Das Schnarren des Lautsprechers nahm ich nicht wahr, denn plötzlich öffnete sich im Chronobus eine Wand, und grünes Licht drang herein.

„Ist ja gut, Baron", beschwichtigte mich mein Gebieter, aber seine Stimme zitterte dabei vor Ratlosigkeit.

Zu unseren Füßen lag eine Stadt, die Prag nicht im mindesten glich. Wohin das Auge blickte, überall ragten groteske Bauten empor, die sich ähnelten und gleichzeitig grundlegend voneinander unterschieden. Jedes dieser Gebilde bestand aus einem stabilen Pfeiler, der abstrus gewunden war und in mehreren Armen endete. Die Streben verzweigten sich nach oben hin und kringelten sich bizarr. Die gebogenen schmalen Pfeiler waren mit Querbalken verbunden. Das Gehäuse war braun getüncht, die Oberfläche uneben, ja sogar rissig. Würde ein heimischer Roboter solche Pfuscharbeit liefern, wanderte er unverzüglich auf den Schrott. An den Querbalken baumelten winzige Plättchen, die hin und her wedelten und geheimnisvoll raschelten.

Nirgendwo eine Menschenseele. In der Ferne entdeckte ich undeutlich einen degenerierten Hund mit langen, zotteligen Beinen und mit Borsten hinter den spitzen Ohren. Munter wieselte der kleine Krüppel zwischen den Gehäusen umher und entschwand plötzlich. Über unseren Köpfen kreiste ein Flugzeug, nicht größer als eine Zigarettenschachtel. Obwohl der leise Piepton auf einen Defekt hinwies, drehte es Loopings in der Luft und schwebte behend davon.

Unweit des Chronobusses stand ein kleines Haus aus Plast, dessen Tür sperrangelweit geöffnet war. An der Wand lehnte ein dicker Kerl in einem grauen Mantel.

„Ich grüße Sie", sagte er. „Nicht so schüchtern, treten Sie ruhig näher, die vier Hektar Land stehen zu Ihrer Verfügung. Die Grenze des Chronoports wird durch eine blaue Umzäunung markiert. Bis dahin dürfen Sie spazieren, jedoch keinen Schritt weiter. Die Vorschriften sind Ihnen hinlänglich bekannt. Dieser Hund ist offenbar intellektualisiert?"

Mein Herr schenkte den Worten kaum Beachtung, und auch unser Begleiter starrte fassungslos in die Gegend. Der Dickwanst verstummte und zündete sich seelenruhig eine Zigarette an. Für ihn waren die Attraktionen dieser Stadt längst Alltag geworden.

„Da sind ja Bäume", flüsterte mein Meister. „Baron, schau mal. Dort fliegen Vögel. Sind das Chronoautomaten oder echte Vögel?"

„Echte Vögel", versicherte der Wärter. „Sie flattern über die Abzäunung. Es ist streng verboten, sie zu berühren, selbst wenn sich einer auf Ihre Nase setzen sollte."

„Warum überdachen Sie das Gelände nicht mit Ultraglas, wenn Sie schon auf ein Kraftfeld verzichten?" fragte der Mitreisende nervös.

„Tritt man aus Versehen auf so ein Biest, sind zehntausend Megakronen hinüber."

„Was meinen Sie, weshalb dieses Stückchen Erde so viele Menschen bevölkern? Gerade weil wir ohne Ultraglas arbeiten und keine Kraftfelder installieren!" klärte der Dickwanst auf.

Ich entfernte mich langsam vom Chronobus. Unter meinen Pfoten raschelte grüner Plast, und dem Teppich entströmte ein Duft, der an Suppengewürz und Frischgemüse erinnerte. Gleich darauf schlug mir eine Dunstwolke entgegen, die Schmutz und Fäulnis kennzeichnete und von Vergänglichkeit kündete. Ein Geruch, wie ich ihn von Zuhause aus lichtlosen Winkeln, verpesteten Abfallschächten und Verbrennungsanlagen kannte. Der Tod wird dort allerdings durch Hochfrequenzstrahler, Gase und Strahlenwerfer ferngehalten. Hier dagegen grassierte die Pest, und Mief breitete sich aus. Jedenfalls blieb ich standhaft, denn hinter dem penetranten Gestank verbarg sich etwas Geheimnisvolles. Mir war, als lockten mich exotische Fabelwesen auf einen Ball. Oder riefen sie mich gar zur Paarung? Alles schien auf eine Orgie hinauszulaufen. Unbegreiflich für mich, doch ahnte ich, daß sie mich auch geladen hatten.

„Schau, Baron, dort die Hunde!" frozzelte der Fremde.

Ich stellte mich stur und wandte mich erst nach der zweiten Aufforderung zu ihm um. Wieder dieses spöttische Grinsen auf seinem Gesicht. Niedergeschlagenheit schnürte mir die Kehle zu.

„Lassen Sie das!" beschwor ihn Herrchen. „Baron, zu mir!"

Langsam trottete ich zu ihm und schleckte ihm die Hand.

„Eine Augenweide, diese intellektualisierten Hunde", bemerkte der Wächter anerkennend. „Er hört aufs Wort, versteht er die menschliche Sprache?"

„Mein Elektromobil kann er jedenfalls bedienen, wenn auch nur auf der Autobahn", entgegnete mein Gebieter stolz.

Es beschämte mich, daß mein Herr ständig dieses Auto ins Feld führte, und ich beschloß, gleich nach unserer Rückkehr das Einparken und Rückwärtsfahren zu trainieren. Wäre ja gelacht, wenn ich das nicht schaffen sollte!

Der Dickwanst streichelte mir übers Fell und mahnte: „Geben Sie gut auf ihn acht. Die Hunde da drüben sind gewieft, ich verfolge das Treiben dieses Rudels schon lange. Heute hat es sich das erstemal so nahe herangewagt. Die Tiere leiden augenscheinlich Hunger."

Er deutete in die Richtung des Chronoports. Worüber die drei dann weiter palaverten, blieb mir verborgen, denn ich konzentrierte mich auf einen intensiven Geruch, der mich umwehte. Nach ihm zu urteilen, mußten sich hinter der Umzäunung an die fünfzig Hunde versammelt haben.

„Hüte dich vor ihnen, die nehmen dich in die Mangel", warnte unser Begleiter.

Sein höhnischer Tonfall brachte mein Blut in Wallung, dennoch lief ich unbeirrt in Richtung des blauen Zauns. Von dem durchdringenden Gestank bekam ich Kopfschmerzen, taumelte aber trotzdem wie benommen weiter. Ein Schrei unterbrach jäh meinen Lauf, mein Meister versuchte mich einzuholen, er schien sehr ergrimmt zu sein. Das berührte mich schmerzlich. Von einem Fremden ließ er sich alles bieten, akzeptierte sogar dessen bissige Bemerkungen, aber meinetwegen brach er gleich in Panik aus, als ob ich nichts von den vereinbarten Regeln wüßte und nicht intellektualisiert wäre. Was sollten denn die Hunde von mir denken, wenn ich nach dem ersten Pfiff sofort parierte und reumütig zu Herrchen zurücktapste? Jetzt war er dicht hinter mir. An mein Ohr drang das Gekicher des Mitreisenden und ein unruhiges Knurren der Hunde. Mir war speiübel vom Gestank des grünen Teppichs, meine Augen füllten sich mit Tränen, und ich brach in lautes Heulen aus. Ich lief wie ein Besessener, hoch oben dehnte sich ein blaues Band. Der grüne Teppich hatte plötzlich einen viel dichteren Pelz, und Plasthaare streiften sanft meine Brust.

Da besann ich mich endlich, äugte nach meinem Gebieter, und als ich begriff, daß uns der blaue Zaun trennte, wich mir das Blut aus den Adern.

„Die zehntausend Piepen scheinen im Eimer zu sein", frohlockte unser Begleiter. „Ein wirklich genialer Köter, gratuliere."

Der Herr scherte sich nicht um ihn, sondern bat mich inständig: „Mein kleiner Baron, komm her!"

Mittlerweile umzingelte mich die Hundemeute. Ich vernahm das Trapsen der Pfoten, das Hecheln, sah die gefletschten Zähne der degenerierten Geschöpfe. Mit einemmal befiel mich Furcht, ich wollte wegrennen, wußte aber nicht, wohin.

„Baron!" Mein Meister brüllte, daß sich seine Stimme förmlich überschlug.

Der Dickwanst blaffte ihn an: „Na, das haben Sie ja sauber hingekriegt, Sie und Ihre gottverdammte Töle. Jetzt muß ich das ganze Rudel erlegen, sonst nehmen sie überhand im Chronoport. Das wäre eine Katastrophe."

Zehn Meter vor mir verharrten die Hunde. Ich nickte ihnen freundlich zu, doch sie reagierten nicht. Am meisten interessierte mich ihr Anführer, der sicherlich als Welpe in den Müllschlucker gepurzelt war, so struppig war er und von Narben übersät. Mit geschwellter Brust warf er mir einen vorwurfsvollen Blick zu. Die glasartig glänzende Schnauze richtete er wie den Lauf eines Gewehrs auf mich, sog schnüffelnd die Luft ein und taxierte mich. In der Vorahnung eines Debakels ließ ich meine Ohren hängen. Unverhofft riß er das Maul auf – er hatte ein tadelloses Gebiß – und kläffte lauthals. Auf diesen Befehl wetzten die anderen zu ihrem Anführer. Sie verfügten über ein größeres Beschleunigungsvermögen als unser Elektromobil, das nicht gerade langsam fuhr. Ich sprang zur Seite, doch die Hunde umzingelten mich. Der Geruch ihrer Leiber hüllte mich ein, Wollust und Freude machten sich in mir breit. Ein Gefühl, wie ich es empfand, als die Klimaanlage entzweigegangen war. Aber ich konnte dieses Glück nicht genießen. Ein großer Hund war mir dicht auf den Fersen und hauchte mir ins Gesicht. Seine blutunterlaufenen Augen, die gläserne Schnauze und das weiße Gebiß schimmerten vor meinen Augen, und im Bruchteil einer Sekunde spürte ich stechende Schmerzen am Hals, an Pfoten und Schwanz. Über meinen Bauch rann eine warme Flüssigkeit, und vor meinen Augen tauchte ein behaarter Nacken auf. Das Maul, das ich wegen der Schmerzen weit geöffnet hielt, klappte zu, und der Nakken blieb dazwischen hängen. Immer fester biß ich die Zähne zusammen und zog kräftig. Meine Zähne drangen mühelos in das Fell des Gegners. Voller Wonne kostete ich den bisher unbekannten Geschmack eines berauschenden Getränks. Ich schwamm auf den Wellen des Schmerzes, leckte den belebenden Saft und hätte aufschreien mögen – ihr Dummköpfe, ich bin doch einer von euch! Die Angst bewog mich, den Nacken des unbekannten Hundes nicht loszulassen, und so sog und leckte ich trotz der Schmerzen, bis ich die Besinnung verlor.